# Fate/Apocrypha

The sage cries out. "Open, Gates of Heaven. Bless us and bestow miracles upon us!"

5

「邪龍與聖女」

東出祐一郎
插畫 近衛乙嗣

Kadokawa Fantastic Novels

## CLASS

# 裁決者

| | |
|---|---|
| 主人 | — |
| 真名 | 貞德·達魯克 |
| 性別 | 女性 |
| 身高、體重 | 159cm 44kg |
| 屬性 | 守序、善良 |

| | | | |
|---|---|---|---|
| 肌力 | B | 魔力 | A |
| 耐力 | B | 幸運 | C |
| 敏捷 | A | 寶具 | A++ |

## 職階所屬能力

| | |
|---|---|
| 反魔力：EX | 不僅擁有與劍兵同等層級的反魔力，加上堅定的信仰之心而能發揮出強大的反魔力。不過這只是能避開魔術效果，如果是廣範圍魔術攻擊的情況，只有貞德本人能沒事。並未對應教會的祕儀。 |
| 真名識破：B | 若以裁決者被召喚，便能自動揭曉接觸過的所有使役者真名及各項參數。但在面對擁有隱匿能力的使役者時，則必須進行幸運值檢定。 |
| 神明裁決：A | 裁決者的最大特權。<br>擁有對所有參加聖杯戰爭的使役者使用兩道令咒的權力，不可將令咒轉用在其他使役者身上。 |

## 既有技能

### 啟示:A

與「直覺」同樣的技能。
直覺是指戰鬥中的第六感，但「啟示」則適用於與達成目標
相關的所有事項（例如在旅途中選擇最理想的路線）。
因為沒有任何依據（本人是這麼認為），很難跟其他人說明緣由。

### 王者魅力:C

指揮軍團的天生才能。在戰場上高舉旗幟參與衝鋒的貞德身影
可以將士兵們的士氣提高到極限，讓整個軍隊化為一體。
她因為擁有王者魅力，能夠讓其他人也相信那些毫無根據的「啟示」。

### 聖人:B

表示該人被認定為聖人。在作為使役者被召喚而出之際，
聖人的能力可以從「提高聖禮效果」、「自動恢復HP」、
「提升一級王者魅力」、「可以打造聖骸布」之中選擇一項。

## 寶具

### 紅蓮聖女(La Pucelle)

層級：C（產生前）EX（產生後）種類：特攻寶具 範圍：??? 最大掌握：???

以「主啊，我將獻身予祢———」此辭世語為啟動的咒文，產生火焰的聖劍。用攻擊性態度解讀貞德火刑的概念結晶武裝，屬於固有結界的亞種。是將內心景象以劍的形式結晶化後的產物。這把劍就是英靈貞德．達魯克本人，作為寶具出現後，貞德會在戰鬥結束時消滅。

### 吾神降臨此地(Luminosite Eternelle)

層級：A　種類：結界寶具　範圍：1～10　最大掌握：???

生前貞德揮舞的聖旗化為寶具後的產物。以這把旗幟為中心，將範圍10以內視為天使的祝福守護下的領域，能將超乎規格(EX)的貞德反魔力直接作為物理性防禦能力使用。只不過，在高舉旗幟其間，貞德將無法做出任何攻擊。另外因為傷害會累積在旗幟上，若是濫用將會導致無法使用。

CLASS

# 裁決者

| | |
|---|---|
| 主人 | 無 |
| 真名 | 天草四郎時貞 |
| 性別 | 男性 |
| 身高、體重 | 169cm 59kg |
| 屬性 | 守序、善良 |

| | | | |
|---|---|---|---|
| 肌力 | C | 魔力 | A |
| 耐力 | C | 幸運 | B |
| 敏捷 | B | 寶具 | D |

## 職階所屬能力

| | |
|---|---|
| 反魔力：A | 雖然保有與劍兵同等層級的反魔力，卻並未對應教會的祕儀。 |
| 真名識破：B | 若以裁決者被召喚，便能自動揭曉接觸過的所有使役者真名及各項參數。但在面對擁有隱匿能力的使役者時，則必須進行幸運值檢定。 |
| 神明裁決：— | 因為並非此次聖杯戰爭參加者，失去了這項技能。 |

## 既有技能

### 啟示：A

與「直覺」同樣的技能。
直覺是指戰鬥中的第六感，但「啟示」則適用於與達成目標
相關的所有事項（例如在旅途中選擇最理想的路線）。
因為沒有任何依據（本人是這麼認為），很難跟其他人說明緣由。

### 王者魅力：C-

指揮軍團的天生才能。雖然無法統領國家，
但擁有能讓志同道合的伙伴不懼死亡的強大連結。
又因為擁有這項技能，能讓其他人相信那些「啟示」。

### 洗禮吟唱：B+

把形式變化為教會風格的魔術，對靈體能發揮絕大效果。
將之與持有的兩項寶具連動後，甚至可以超渡使役者。

## 寶具

### 右手，惡逆捕食（Right hand-Evil Eater）

### 左手，天惠基盤（Left hand-Xanadu Matrix）

階級：D　種類：對人寶具　範圍：1　最大掌握：1

為了讓共同走在苦難道路上的信徒懷抱希望，不斷引發奇蹟的他本人的雙手化為寶具後的產物。能夠連接所有魔術基盤，無論什麼魔術都能使用的萬能鑰匙（Skeleton Key）。
同時讓右手發動類似技能「心眼（真）」、左手發動「心眼（偽）」的能力，強化洗禮吟唱效果。

Balmung
「擊落——『幻想大劍・天魔失墜』！」

Vasavi Shakti
「燒盡──『太陽啊，降伏於死』！」

那麼要在這公平的場面開出一條血路，

只能靠彼此的拳腳了——！

少女以盛開的花朵般的笑容說出了那份心意。

# Fate/Apocrypha

The sage cries out. "Open, Gates of Heaven. Bless us and bestow miracles upon us!"

5

「邪龍與聖女」

東出祐一郎

插畫 近衛乙嗣

Kadokawa Fantastic Novels

彩頁、內文插畫／近衛乙嗣

Fate Apocrypha　Vol.5「邪龍與聖女」

# 目錄
CONTENTS

# 序章

# 序章

——說穿了，人生於世沒有意義（理由）可言。

——死亡也沒有理由（意義）。

——甚至這樣的過程對世界來說也毫無意義。

——世界想要的，只是那渺小的選擇罷了吧。

我們誕生的時代徹底不同，但是在知道她的時候，心中毫無疑問產生了無法自已的同理與同情。

自己聽了許多悲嘆，來自人民以及人民所信仰的諸神發出的悲嘆。在認為必須做些什麼的焦急念頭驅使下，做出了錯誤選擇。

這是何等重罪、何等愚蠢？

被要求的不是勝利，無論充滿多麼強大的痛苦與絕望，也必須採取證明此選擇有多麼高尚的行動。

所以，殺害他們的不是幕府，是天草四郎時貞本人。

那麼，他們的選擇就沒有意義了嗎？

他們的人生、生、死，都該被丟進垃圾桶裡嗎？

……不是，應該不是。那麼，該如何證明這點？

去憎恨某個人就好了嗎？

這麼一來，生出讓民眾拿起武器反抗的理由的幕府，以及認為這樣就好的人們，或許只要恨自己恨到極點，祈願自己消滅——就能獲得救贖嗎？

不可能有這種事。他們想要的只是和平的世界，沒有一個人想拿起槍枝。他們並不想手握武器，傷害他人。

只不過，不這麼做就會被逼上死路。

我認為。

索性要是能恨就好了。能恨殺了他們的人、能恨世界，就能作為一個普通人類破滅吧。

但我知道。

無論私欲、偏執、傲慢，都是無法抗拒的人類本性——敗北是理所當然，獲勝乃是少數。

想恨。

想恨啊。如果能取下他們的首級昭告大眾，究竟能沉浸在多麼短暫的快樂中呢——

然而，閉上雙眼就會看見。

他們也只是再平凡不過的人類、再平凡不過的存在，即使位於日本頂點的德川家也不例外。

我明白了——憎恨他們，就與憎恨深信自己、追隨自己而來的民眾同樣。

啊啊，即使如此，我心中仍有憎恨。它正對我低語，就這樣順從身為人最理所當然的激情而去吧。

憎恨一切，抑或憐憫一切。

……我選擇了。

憐憫一切吧、疼愛一切吧。我相信人類，相信他們終有一天會到達「那裡」。

然而，要到達那裡，將會失去許多。

遺憾如雪不斷累積，有沒有什麼我能做的呢？

我有辦法療癒人們的悲傷嗎？

——有了。

確實，這麼一來就能正確地拯救人類，是前往將去之處的唯一捷徑。

那是奇蹟的結晶。

被定位在世界之外的孤高術式。

天之杯（Heaven's Feel），這正是第三魔法之名，而其成果乃「靈魂物質化」。

所謂的靈魂在世界上正是永恆不變的存在。只要被記錄在與物質世界不同，名為星幽界這個次元的設計圖存在，靈魂便不會死亡。

但是，生物會平等地死去，這是因為靈魂無法單獨在物質世界之中活動。無論是靈體或肉體，靈魂若不與某些存在連結，便無法作為生命活動。

然後，肉體會毀滅，甚至靈體也會毀滅。結果造成靈魂也會劣化、腐敗。

怎會如此矛盾呢？無法契合的情況令人絕望。而這般錯開的狀況招來死亡，死亡招來欲望，欲望使罪惡集合累積。

正是第三魔法能顛覆這無可救藥的矛盾，甚至令人覺得悲哀的必然性。

整體世界都崇尚為善，值得愛的理想世界——

冬木的大聖杯是為了實現這魔法而存在的魔導器。

但是，艾因茲貝倫家的腳步過於緩慢。既然他們無法於聖杯戰爭取勝，他們就永遠不能實現第三魔法。

根本不值得協助，他們花了太長的時間走在孤獨的旅程上。

如果想實現第三魔法，就不應該選擇繼續身為魔術師。

奇蹟就在眼前。

有這樣的可能性，能盡可能多去掬起橫亙人世的悲哀。

前往將去之處的捷徑。

想要拯救。

無論善、惡、該疼惜者、該憎恨者，一切的一切。

所以悲憫原本應憎恨的對象，灌注深沉的愛給殺了自己心愛對象的他們。

必須扭曲的是自己的心，用鎚子毆打火熱的心，勉強把扭曲的心拗回來。自我改造

——為了忘記憎恨，為了轉換憎恨。

原來如此，我是聖人啊。

一個大意——就會很想刎頸自盡。

不可能忘記，要壓下它便已用盡全力，怎麼可能加以疼惜呢？

明明如此可恨。

殺意明明如此強烈。

即使如此、即使如此……我仍發過誓，要加以憐憫、加以疼惜。

所以，這是絕望般地背叛自己。

啊啊——憎恨不會消失。自己身為一個人的存在方式仍保留在那裡。

不過，我將之拋下、封印、視而不見。四郎流著血淚，背叛了天草四郎時貞。

背叛了不可背叛的自己，跨越許多苦難，現在四郎（我）就在這裡。

大聖杯內部，視覺性語言中樞魔術回路——既是齒輪，也是掌管系統之處。

與一切都是一片白的周邊不同，這中樞部分即使充滿了魔力，仍能瞥見閃閃發光的回路。

盡情穿梭的魔力線。由艾因茲貝倫引以為傲的獨一無二人工生命體所產下的大聖杯，果然連內側都是無比美麗。

要連接的應該就是這裡了。四郎如此判斷，雙膝跪地。

「我之右臂吞噬邪惡，我之左臂連結上天。」

這雙手便是以天草四郎時貞身分造就的許多奇蹟之集大成。面對使役者對手，只會是輔助戰鬥類型的寶具，畢竟面對的都是些赫赫有名的英靈。

不可能只仰仗奇蹟就在聖杯戰爭中獲勝。

但是，所謂天草四郎造就的「奇蹟」究竟是什麼樣的現象？四郎在這六十年之間分析自我，解出了這些現象。正是他的兩條手臂，能夠連接所有魔術基盤。

若該地特別強化鍊金術便為鍊金術，以咒術為基礎便為咒術，他能不容分說地連接刻劃在土地上的魔術基盤，並發動魔術（奇蹟）。

也就是說——他可以在毫無意識的情況下使用包含黑魔術、鍊金術、卡巴拉、降靈術、召喚術在內，存在於這個世界上的所有魔術。

他分析了自身的魔術回路，本來應該在打開開關後就會變成固定器官的魔術回路竟以每秒為單位持續變化，有時甚至連回路數量都會增減。

原來如此，若天草四郎時貞是一位魔術師——或許會因自身編織出的魔術而留名，或者被當成貴重的怪胎加以「保存」下來。

但四郎並非魔術師，四郎是為了拯救世界、拯救人類而活。

第三次聖杯戰爭。促成他現在身於此的理由「冬木」大聖杯。他憑藉少許情報抽絲剝繭，加以澈底調查並將之看穿……並且想到了。

若冬木大聖杯乃廣大魔術回路，這雙持續變化的手臂或許能與冬木大聖杯同化。

這不是移植，加以支配才是更精準的說法。連接魔術回路行為本身在雙方同意下乃是相當簡單的工程。但若是在「單方面」且「連接的一方要強行支配對方」的情況下，就不是這麼回事了。

但是，天草四郎時貞的魔術回路是例外。

無論對方是怎樣的大魔術師——或者是身為境界記錄帶（Ghost Liner）的使役者，這魔術回路都能像變化自如的萬能鑰匙那樣符合。

冬之聖女（羽斯緹薩）的意識已不存在。

她是巨大的電子頭腦（CPU），僅負責管理系統。

然後，他人的意識基本上不會加諸於此。使役者進入此地將會喪失人格，化為純粹的力量滯留。

若要說微小的可能性，大概就是僅僅存在便能使善惡成立的英靈吧……但前提也是要這種東西存在於這個世界上。

但是天草四郎時貞並未喪失人格（自我），存在於此。

他有自我意識，並且——懷抱意志。為了定下未定的力量方向性而打造成鋼鐵，同為烈火的意志。

——這是最後一戰。

四郎無謂地呼了一口氣，將雙臂伸進大聖杯內。

先不關心結果是成功或失敗，僅專注於眼前的現象。

好了——來實現願望（夢想）吧。

# 第一章

# 第一章

言峰四郎投身於大聖杯後經過了數小時，現在「紅（塞彌拉彌斯）」刺客應該正把還沒有成果的焦躁全都發洩在外敵身上。

「紅」術士（莎士比亞）寫到一個段落，再次回到大聖杯之下。這時他靈光一閃，演出這部舞台劇的演員（角色）全到齊了，應該也差不多要產生一些變化了。

「喔喔……！」

如他所料，大聖杯增加了亮度，藍白色光芒反覆膨脹縮小，簡直就像脈動。四郎（主人）事前有告訴過他，進入這個階段就證明他成功入侵大聖杯的系統了。

而在這個時間點，「紅」術士和刺客並未產生任何變化，就代表言峰四郎仍作為單一生命體存在於大聖杯內部。

剩下的就看他能不能掌握系統，實現願望了。即使可以入侵系統，也無法確定他的願望是否能實現。若願望無法實現，四郎就會永遠被關在大聖杯裡面。

四郎已經事先算出大聖杯進入這個階段到實現願望為止所需花費的大致時間。

「恐怕不用一個小時，如果超過這個時間，就代表大聖杯拒絕了我的願望，而我會變成無法逃離的異物，遭到排除吧。」

「紅」(莎士比亞)術士持有的懷錶屬於十七世紀前半的產物，很難知道正確的時間進展。那懷錶上沒有秒針，分針前進的步調也亂七八糟。但是，只要大致上知道一小時的長度就可以了，所以他並沒有太介意。

換句話說，最終決戰就是要爭取這一小時。

「黑」使役者們已經侵入這座「虛榮的空中花園(Hanging gardens of Babylon)」，展開激戰。

「紅」術士使用女王(刺客)給他的遠視用魔導器，看著正在作戰的使役者們。

「黑」使役者們在飛機上作戰，還有騎著鷹馬於天空遨翔的「黑」(阿斯托爾弗)騎兵。

「嗯嗯，每個人都想登上這舞台而掙扎著。看來——無法全數迎擊呢。」

尤其是裁決者，無論「紅」(阿塔蘭塔)弓兵出現多大的改變，仍不改這是一場劣勢對峙的事實。能在一小時內抵達大聖杯的「黑」陣營，恐怕她會是第一個吧。

這是天草四郎時貞的故事，同時也是貞德·達魯克的故事，其他演員頂多是配角。

無論是身懷劇毒的冶艷女王、成為開端的人工生命體、追求愛的反叛騎士，甚至包含自己，所有殘存者都只是配角。

但這篇故事真的是龐大得誇張，太誇張了！畢竟——這可是要翻轉整個世界。

那些人類並不知道自己的命運將在這座花園決定，而只是睡著懶覺吧。這也無可奈何，他們無法介入，他們跟不上花了六十年以上僅專注在唯一一件事情的聖人想法。

他決定拯救而使用自己的力量。

如果不想被他拯救，就只能拿出超越他的力量將他擊敗。而擁有這般權力的，在這世上只有裁決者一人。

無論聖人或聖女，都比任何人希望能拯救人類。但兩人相信的道路打從一開始就已經分歧，到了無法挽回的程度。

但是四郎仍對裁決者有所留戀。與其說他有所留戀，不如說他的真心話是不想和對方開打。她是目前最難應付的強敵，也是唯一有可能打倒四郎的使役者。

——所以，要靠你的寶具了。

四郎最後留下這句話，離開了這個世界。他託付給「紅」術士——在知名度這個層面超越了身為主人的天草四郎時貞，甚至能與貞德．達魯克匹敵的莎士比亞。但嚴格來說，他不是術士。

他是寫書人。

從這點來看，他擁有聖人也無法比擬的力量……這在聖杯戰爭中，原本是派不上用場的力量。

無論留下多少故事，都無法抵抗劍兵一刀。

但所謂的英靈，就是能夠顛覆這些道理。這個宮廷小丑可以用無法抵抗一刀的千言萬語對抗英靈，並且取勝。

這就是世界上獨一無二的劇本家莎士比亞應當擔任的角色。

「好了，只能祈禱吾輩的三吋不爛之舌能好好發揮！畢竟若不能以這張嘴燒掉那個聖女，吾輩就要沒命啦。賭上一把、成王敗寇，真是盡享使役者福氣啊。好你個言峰四郎，『竟然這麼信賴吾輩』！這下就沒辦法啦，只能做好萬全準備迎接那個聖女！哈，究竟是在講完第一句話之前就會完蛋呢，還是吾輩的話會占上風呢——好了，究竟會是哪一邊？」

「紅」術士準備了許多尖銳話語，等待聖女到來。

§§§

——有著食宿都在一起的回憶。

——在無法入睡的夜晚，聽對方說故事的回憶。

——還有給儘管渾身是傷，但仍打倒野獸的自己摸了摸頭的回憶。

擁有美好溫暖的回憶，並且珍而重之。

然而，兩頭野獸卻像是忘了那些一般互相瞪視。原本的十架飛機已經只剩下四架，其中一架上頭有裁決者，正在作戰。

包含下面的飛機，能用的只剩下三架，不過——

「所以說，『黑（凱隆）』弓兵，你的主人上哪去了？」

「紅（阿基里斯）」騎兵推測應該是怕得躲起來了吧。這行為雖然丟臉，但考慮到狀況，確實也是不得已。

畢竟這裡是七千五百公尺的高空，有著一切魔術都派不上用場的絕妙景色，同時是最糟糕的地獄。區區一介魔術師（主人）將會輕易墜落身亡。

這無可奈何，儘管無可奈何……但離得愈遠，「黑」弓兵的力量不就會愈是削弱嗎？「紅」騎兵只擔心這一點。

但「黑」弓兵以銳利的目光否定他的擔憂。

「答案是否定，『紅』騎兵，別侮辱我的主人。主人在這裡，確實在這裡，你無須擔憂，儘管拿出你使槍的本領吧。」

「黑」弓兵說完，將箭搭在弓上。

「紅」騎兵沒有為自己的失禮道歉，默默架起槍。恩師（弓兵）的眼神告訴他：你不需要道歉。

那麼，騎兵只需要使出全力奮戰。

在浩瀚天空中，以魔獸低吼般的風聲為背景。

「——上陣！」

「——來！」

過去的師父與徒弟。

至高大賢者與最強戰士。

父與子。

凱隆與阿基里斯衝突了。

§§§

天空沒有明月高掛。

據說過去「黑」騎兵曾在月球上找到自己的理性。

雖無法確定那兒究竟是否為真正的月球，但重點是他的理性在月球上的這段傳說。

反過來說，既然理性在月球，地球上的騎兵就沒有理性；而若月球不見了，地球上的騎兵就——

「好了，主人！我們上！」

幻馬（鷹馬）的嘶鳴不輸勁風，高聲響起。

以蹄踏破鋼鐵屋頂，鷹馬先是助跑一段——高高飛起。

「查里大帝十二勇士阿斯托爾弗！來當你的對手！」

隨著他高聲報上名號，即使只有一瞬間，但在場所有人都注意到了騎兵的動靜。

儘管身為傳說中的勇士，卻被斷定「很弱小」的滑稽騎士。

然而，其自報名號的行為屬於真正的英雄所有。

很高很高、很快很快地飛翔。

由聲名遠播的魔獸鷲獅與母馬之間產下，原本不可能存在的幻獸鷹馬，毫不介意在七千五百公尺的高度仍不斷吹送的勁風。

以強勁的氣勢襲向敵方要塞「虛榮的空中花園」——！

當然，「紅」（塞彌拉彌斯）刺客不可能眼睜睜允許他這麼做。

迎擊術式「十又一之黑棺」（Tirāmat Ūmū），是以據說由傳說中的怪物提阿馬特生下的十一隻野獸為基準所創造出來的巨大黑色棺材。

以A層級以上的光彈排除外敵，為「紅」刺客的最高傑作。

「紅」刺客冷靜地觀察大喝衝鋒的「黑」（阿斯托爾弗）騎兵。

原來如此，確實在氣勢上不輸給任何人。一度敗下陣卻仍能站起來，正因為他有著身為英雄的素質吧。

但他的確一度敗陣，且似乎沒有採取算得上對策的對策。不過，這也無可奈何吧。

「以為這次就能躲開嗎？蠢材，在腦袋分家之前好好為自己的傲慢後悔吧。」

「紅」刺客驅動「十又一之黑棺」，將目標鎖定在「黑」騎兵身上。

接著輕聲一笑，發射光彈掃射，這樣就結束了——

「——什麼？」

理應如此。

§§§

天上沒有皎潔的月，狂亂的內心平靜下來，止不住顫抖。

儘管如此，白色騎士仍未墜落。齊格雙臂環在騎兵的腰上，緊緊抱著對方。齊格已沒再多說什麼，他相信騎兵。

無論這個「黑」騎兵有沒有理性，都不改他是一位勇敢騎士的事實，他毫無疑問——是一位英雄。

「好啦好啦，期限到了！我心在無月之日因恐懼而顫抖，然絕不退縮！解放(Set)——『破滅宣言(Casa Di Logistilla)』！」

他取出的書本內頁四散，紙張隨風飛舞。

「黑」騎兵完全無視以音速迫近而來的光彈，只管猛衝。即使騎兵持有A層級的反魔力，仍能將他打落在地的對軍層級光彈——這次卻無法傷他分毫。

光彈隨著鋼鐵粉碎般的聲音被彈開。當然，光彈不是只有一發，而是像流星雨那般襲向「黑」騎兵。

然而，在解放了真名的魔導書（Grimoire）——「破滅宣言」的效力之下，所有魔術只能毫無意義地四散而去。

「啊哈哈哈！好爽——！主人，你抓緊了！我要再加速嘍——！」

「嗯，我知道了！」

身為他主人的人工生命體齊格也不甘示弱地大喝。書頁圍繞在周遭，光彈則是命中書頁後四散而去。

「但話說，這真是厲害啊！」

騎兵聽到齊格說話後大喊：

「厲害是說書本嗎？」

「不是！厲害的是騎兵你吧！」

這代表女王蘿潔絲堤勒信賴他，認為他是值得託付書本的人類。以及直到前一刻，在仍不知這書本真名的情況下衝上天的勇氣。

「哼哼，驚訝還太早喔！來，我們衝第一！」

騎兵輕拍猛衝的鷹馬脖子，使牠更加速，光彈也更增加了數量。作為防衛機能的黑色棺材，十一口裡面已經有六口對準了「黑」騎兵。

「一舉發射……好啊，就來試試看啊！」

那早已是光之瀑布，是單純壓倒性的數量暴力，然而——打不破。

「黑」騎兵沒有屈服，只是不斷往前又往前推進。

「瞄準那黑色的大砲台！只要沒有那個，裁決者他們就能抵達花園！」

「能打碎嗎？」

齊格發問，「黑」騎兵立刻回答：

「我不知道！試試看吧！」

「……好，我們上。」

或許該阻止，但確實如騎兵所說，只要破壞了這些砲台，要入侵花園就會變得容易許多。

需要介意的是對面的刺客——也就是塞彌拉彌斯會怎樣行動。她不可能笑著放過我方，而我方目前恐怕也沒有任何手段能對抗她。

§§§

「原來如此，也就是說還藏有王牌啊。」

無論驚愕或激動都只有瞬間發生，「紅」刺客已經取回冷靜的思考能力。即使如此，她仍因為焦躁而不斷用手指敲著扶手。

「——可是，無論有多麼堅固，那都是特別針對魔術強化的。」

她聽說過寶具之中有所謂張設結界的防禦系寶具。

例如寫下傳說的盾牌，或者像「紅」騎兵(阿基里斯)那樣肉體本身已經化為防禦寶具——

但是，「黑」騎兵身上並沒有類似的傳說。就刺客所知，他身上沒有與盾相關的故事，而他的身體也沒有成為傳說——說起來，他甚至被寫成很弱。

那麼，那些紙張是什麼？

……刺客推測應該是女王蘿潔絲堤勒賜予騎兵的魔導書，記得那本書的確據說能打破所有魔術。

與前一次不同的點在於——

「解放真名了嗎？」

恐怕前一次並未解放真名。究竟是無法，或者是沒有這麼做呢？無論如何，魔術對現在的騎兵已經沒有意義。

「……那麼，看來吾也得早早拿出壓箱底的王牌了呢。」

刺客露出嫣然的笑送出念話。

「槍兵啊，有敵方接近了，將之擊落。」

『……明白。』

最強的攻擊手隨著平淡話語上陣。如果連那個「紅」(迦爾納)槍兵的攻擊都不管用，那不管做什麼都沒用了吧。但「紅」(塞彌拉彌斯)刺客判斷不至於如此。

「雖然認為已經打破吾之魔術乃是傲慢，但看在閣下要被大卸八塊的分上，姑且饒過吧。」

這是刺客唯一不滿的點。話雖如此，只要他們能墜落，多少可以減低一些不滿吧。

然後，最後一張王牌「紅」槍兵上陣了。

印度最古老史詩《摩訶婆羅多》中所述的大英雄迦爾納，乃與「紅」騎兵阿基里斯並駕齊驅，毫無疑問是最強英雄之一。

§§§

當渾身起了雞皮疙瘩的瞬間，「黑」騎兵慘叫：

「用力！」

這句話很明顯是對齊格所說，畢竟連齊格本人都能輕易察覺這再明顯不過的鬥志。

那鬥志並不是像惡意那樣冰冷的感受，而是有著足以使人內心燃燒的熱度。如同齊格推測，「紅」刺客的下一招就是「最強的槍」——！

「『紅』槍兵……！」

目視到對方的「黑」騎兵（阿斯托爾弗）不禁低語，站在黑色棺材上的正是太陽化身，施予的英雄迦爾納……！

「——不好意思，麻煩你們下去。」

他以單手轉著神槍，毫不猶豫地從棺材上躍起。完全不管驚訝得說不出話的兩人，「紅」槍兵態度平常地以「魔力放射」噴出火焰，超越光彈，眼見就要逼迫而來——！

「無法置信。」

「我也同意！既然這樣，我們也——去吧，鷹馬！接著要靠你的力量了！」

鷹馬振奮地嘶吼。聽到那怪鳥般的聲音，「紅」槍兵仍不改臉色，直接連同「黑」騎兵一刀兩斷。

「……？」

「紅」槍兵僵住身體，那對彷彿看穿一切的冷漠眼眸因驚嘆而睜大。

因為沒有將物體一分為二的手感，對方甚至消失了身影。被鑽過了？不，不是這樣，「紅」槍兵的雙眼的確捕捉到了兩人。

但是，他們卻在轉眼間消失了。

下一秒，「紅」騎兵領悟了一切。

「次元跳躍……！」

「沒錯！我們現在不在這裡！」

彷彿回應「紅」槍兵的低語，鷹馬在他背後「出現」了。

「紅」槍兵仍面不改色，一個轉身追著鷹馬而去。但騎著鷹馬的「黑」騎兵、騎兵主人和鷹馬身影再次變得模糊不清。

「黑」騎兵駕馭的「非屬此世幻馬（鷹馬）」正如字面所述，並非屬於這個世界的存在。

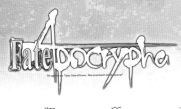

畢竟他的名稱本身就有著「不可能的存在」這般含意。牠原本就是被鷲獅當成「餌」吞下的母馬合成而得的獸類。

因此，這種幻獸如同字面所述，存在本身便非常曖昧。

究竟有沒有活著？究竟是不是死了？說起來真的存在於這個世界上嗎？

一旦啟動真名，只要愈展現其力量，就反而會讓此幻獸非屬此世的認知愈加強烈。

這也意味著從這個次元昇華，抹去其存在。

但牠的騎手乃實際存在之使役者與其後方的主人齊格。又稱為境界記錄帶的使役者是透過召喚這種假定形式，但仍是停留在這個世界的存在；而齊格儘管能夠變身為使役者，基本上是個活生生的肉體。

即使淡去消失，實際存在的騎手會將之拉回。

反覆著抹去又出現的他們，雖然只有一瞬間——卻處於能夠躲開存在於這個世界的所有觀測的立場。

因此無論「紅」槍兵的攻擊是如何能夠神擋殺神，也絕對無法傷及這匹幻獸分毫。

齊格心想：真不可思議。明明一瞬間覺得自己好像臨死般意識脫離——正在下方飛翔的噴射機引擎聲、強力吹送的勁風聲，更重要的是劇烈衝撞而來的光彈粉碎聲，都明顯地遠離了。

並且在這之間片段瞥見。

幻獸們居住的世界背面。

但那也是轉瞬間的事，聲音瞬間恢復，令他回到現實。

然後很奇妙地，「紅」槍兵竟在身後揮著槍，對著直到方才自己確實存在過的場所

——對著那裡的殘影揮槍。

「雖然狀態很好，但這樣真的能擺脫『紅』槍兵嗎……」

「怎麼了？」

「……嗯，是還好，就是有點不祥的預感。」

齊格也有同感，「紅」槍兵不可能就這樣結束。這麼一來，答案只有一個。齊格摩娑了蠢蠢欲動的令咒。

§§§

——好遠、好遠、好遠、好遠。

——內心紛亂，心意溶解於空中消逝。

——啊啊，那是既悲傷又渺小的某種事物。

「裁——決——者……！」

女子的咆哮乃憎恨的證明。

在飛機上對峙的是裁決者與「紅」弓兵（阿塔蘭塔）。位在七千五百公尺的高空，吹送的強風幾乎等於一種暴力，是能排拒生物進入的絕對性魔域。

「紅」弓兵背後有著黃金鳥籠——空中花園。若沒能打倒「紅」弓兵，裁決者就無法抵達花園。

「我要……殺了妳。」

「——很遺憾，這不可能。」

「紅」弓兵身上散發以戰鬥來說太過慘痛的情緒。她認定這是復仇、是互相殘殺。

但裁決者沒有這層認知，只知道對手擅長使用的武器，因此絕不會怠忽戒備，確實地以雙眼緊盯著弓兵，無論她何時拉弓搭箭都能應對。

雖說裁決者目前重點放在防守上，但她是個擅長近身戰的使役者。

當然，她的對手既然是弓兵，應該會專注在遠距離的狙擊上。

只要被貼近就會退開不斷放箭，這才是弓兵該有的樣子吧。

然而，令裁決者驚訝的點在於「紅」弓兵選擇了近身戰。

裁決者驚訝於弓兵竟是如此敏捷。那是讓人認為這雙飛毛腿絕對不遜於阿基里斯的全力狂奔。

是否基於對裁決者的憎恨呢……不對，裁決者立刻如是判斷。「紅」弓兵沒有愚蠢到只憑著一股恨就向自己挑戰近身戰。

至少還有些「事物」足以讓她挑戰貼身戰，而那並不是武器。當她作為弓兵被召喚出來的當下，就被視為負責遠距離戰鬥的角色，如果有這類武器應該無法帶過來——而更重要的是從沒在她的傳說中聽過名劍、聖槍的相關事蹟。

如此一來，就代表——

「裁——決——者——！」

落地同時放出的箭有三枝，幸好「紅」(塞彌拉彌斯)刺客射出的光彈已經將目標修改為「黑」騎兵，雖然裁決者也不是完全不擔心他們的安危，但現在更應專注面對「紅」弓兵，於是她集中精神。

裁決者一揮聖旗，擊落了來襲的三枝箭。「紅」弓兵已逼至眼前，右手臂澈底染黑，一眼便知完全遭到怨靈侵蝕。

怨靈是一種非常低級的靈，從使役者的角度來看，是只要加以拒絕便能致使昇華的存在，但弓兵無論如何也不會選擇這麼做。

弓兵已經錯得致命，因此裁決者也不與她對話，只有目光稍稍交錯——弓兵臉上的表情滿是憎恨。

在她拿出「王牌」之前，必須進攻、進攻，不斷進攻。

裁決者毫不猶豫地以旗尖攻擊，但對手好歹是弓兵，論敏捷絕不下他人，何況阿塔蘭塔可是出了名的飛毛腿。

弓兵閃躲的動作有如野獸迅捷，接著更一步踏進裁決者懷裡，轉眼間放出一箭。但裁決者毫不猶豫以護手撥開這以速度為先，犧牲了威力的一箭。

『怎麼可能，難道近身戰才是她的精髓嗎？』

即使以高速使出突刺和橫掃，也被弓兵利用那雙腿輕鬆躲開，並能只在轉瞬間放箭。弓兵以有如手槍的速度射出箭。

在那些箭之中，終於有一枝箭刺進了裁決者側腹。

但裁決者的呼吸並未因這點小傷而紊亂，她似乎甚至覺得拔出箭麻煩，選擇默默忍視。裁決者心想：原來如此——確實近身戰才是弓兵的精髓所在，但她仍認為這不是一項好選擇。

裁決者後退，選擇以旗幟使出橫掃。她所持有的旗幟柄為鋼鐵所製，只要能直接命中，一定會造成損傷。

對自己的腳下功夫有自信的「紅」弓兵儘管進逼，仍一躍躲開。

但是，裁決者毫不猶豫地半途停下這招旗幟橫掃。

接著當機立斷放開旗幟，以劍柄往逼過來的弓兵心窩賞了一記。

「唔……！」

接著腳下一踢旗幟，再次握住。旗幟纏住踉蹌往後退的弓兵腳部，裁決者接著不留情地將旗幟連同弓兵高高舉起，猛力砸下。

巨響——弓兵被以超高速砸在噴射機頂，嘴唇泛出鮮血。

裁決者並不認為這一招就收拾了弓兵，但她肯定已將對手逼到絕境。

裁決者想盡可能快點收拾掉弓兵，而這念頭並非基於她急著想進行後續作戰，也不是她擔心齊格之類。

而是更單純。

她知道一旦與弓兵之戰拖久，狀況就會變得愈致命。

「紅」弓兵阿塔蘭塔，希臘神話中的傳奇獵人。她參加了擊退魔獸的作戰，也是傳說中的阿爾戈號船上成員之一。

裁決者實在不覺得這樣的她會只是一個擅長弓術的存在。

從旗幟鑽出的「紅」弓兵呼吸急促，血從垂下的臉滴落，應該是在撞擊時傷到了內臟吧。

然而，「紅」弓兵卻笑了。

「哈、哈哈、哈哈哈，痛啊，很痛喔……那些孩子一定也很痛吧。無法為善，也無法作惡，說起來連什麼都做不到就被殺害，究竟是多麼絕望的一件事呢……！」

「妳在說她們(開膛手傑克)嗎？」

「去妳的殺童魔，她們才不是開膛手(Ripper)，絕對不是。」

「……是啊，我是殺童魔，而現在我也要在這裡殺了妳。」

「我沒意見，我們打一開始就不認同彼此，無論怎樣、發生什麼事，我都要殺了妳。即使——」

裁決者看到「紅」弓兵取出的黑布，瞬間腦髓整個凍僵了。

「即使，我將化為魔性存在。」

「弓兵！那是——」

……不對，那不是布！仔細觀察便可看出表面帶有毛且揪扭著。那不是布，是皮，且明確散發著魔力。那塊皮毫無疑問是——！

「卡利敦的魔獸……！」

「沒錯！即使我變成那令人忌諱厭惡的存在（東西），也要打倒妳！我對這條右手臂發過誓！若沒打倒拋棄小孩的妳，還算什麼正義、算什麼英雄！」

「怎麼會……『紅』弓兵，妳別這麼做！」

「紅」弓兵完全不聽裁決者制止，披上那塊「皮」。

……卡利敦的山豬。卡利敦王歐紐斯在奉上活祭品給奧林帕斯十二神時，獨缺了狩獵女神阿緹蜜思。有一說表示歐紐斯之所以沒有獻上活祭品，是因為被選為活祭品的就是國王歐紐斯本人。總之，阿緹蜜思因為沒有活祭品獻給自己而震怒，派了一匹巨大魔獸過來。

那魔獸身軀龐大得超乎規格，根本不該稱為山豬。全身散發著腐壞臭氣，汙染土地。牠只消靠近，便能讓作物澈底腐敗，正所謂只要在場就會造成危害的生命體。

因此，當然組成了討伐隊。

在希臘勇者接連自告奮勇當中，唯一以女性身分參加此役的不是別人，正是阿塔蘭塔。而在許多男性甚至連一箭都射不中，白白遭到吞噬的情況下，勇敢地第一個以弓箭射穿魔獸的也是她。

那之後，在殘存者的奮戰下收拾了魔獸。而剝下魔獸的皮並砍下魔獸頭的，是以鏢槍給予魔獸最後一擊的歐紐斯之子，麥萊亞戈。

但是，他將魔獸的頭與皮交給了阿塔蘭塔。

『第一個讓魔獸見血的是妳，那麼，這塊皮的所有權當屬於妳。』

不知是否基於單純的愛戀之情，或者只是想要表現公平，總之，殘存者強烈反對他的行為。

他們不是說如果打倒魔獸的麥萊亞戈不需要這塊皮，就應該讓給我們；不然就是說阿塔蘭塔的箭根本沒有傷及魔獸，應該將之讓給真正擊傷魔獸之人——

對生活在森林裡的阿塔蘭塔來說，地位和名譽什麼的根本沒意義。

但若要說自己的箭沒有傷到魔獸，這她實在不能接受。

於是無謂的互相殘殺就這樣開始，無論愛戀、憎恨阿塔蘭塔或是圖謀不軌的人，都悽慘地死去。

阿塔蘭塔將妝點了憎恨與偏執的這塊獸皮據為己有。她認為這應當是阿緹蜜思給她的啟示。

不能迷戀他人、不能墜入愛情，那只會是生出憎恨的玩意兒。

她從未想過要用這塊皮。

然而，魔獸皮就在這裡，確實作為寶具存在著。

儘管阿塔蘭塔本人帶著它降臨此世，至今卻都不明白其用途的無意義寶具。

但她知道了。

她確實明白了，這寶具必須在她心懷憎恨的情況下才能拿出來使用。

無論自己變成怎樣都無所謂，滿心想著狠狠殺掉對手時降下的上天恩惠。

啊啊，好啊，無所謂。我恨，我好恨，恨那個聖女，那個殺童聖女。無論如何都無法原諒她————！

「阿塔蘭塔，妳住手……！」

「寶具——『神罰之山豬（Agrios Metamorphosis）』。」

阿緹蜜思（阿緹蜜思）月女神的使者，神罰的象徵，同時也是憎恨與欲望的團塊。

將之披在山豬身上，就會變成毀滅國土的大魔獸；將之披在人身上，就會變成超越人的怪物；將之披在英雄身上——將會化身為魔人。

翠綠色衣裳染黑，染紅的虹彩如蛇一般射穿了裁決者。

然後，黑色霧靄像要保護「紅（阿塔蘭塔）」弓兵般包覆著她——

化為魔人的「紅」弓兵愉快地笑著，使勁抱住自己的雙臂。

「啊啊，痛啊。很痛、很痛，這是那些孩子的痛。所以說，裁決者，妳也透過這份痛楚落入無窮無盡的連鎖之中吧……！」

裁決者無言。

挑釁和嘲笑對她來說毫無意義，只是裁決者也有不能浪費太多時間的理由。即使是她，要是從這七千五百公尺的高空落入底下的黑海，就再也沒有方法抵達空中花園了。

能用的時間只剩下一點點，於是她重新握好聖旗，眼前的阿塔蘭塔已經變成既是弓兵也不是弓兵的存在了。

參數完全未知（Unknown），除真名之外一切不明的她不能當成與之前相同的存在。

裁決者為了掌握旗幟的攻擊範圍，往前踏出一步。

「……咦？」

在那瞬間，「紅」弓兵──動了。但說她動了，也未免太過迅速。
連起使動作都無法看清，「紅」弓兵便殺進了裁決者懷裡。
然後下一招更是遠遠超過裁決者的思考範圍。
「紅」弓兵「咬碎了」裁決者的肩膀。

§§§

互相殘殺之中帶有喜悅。
從砸下去的槍尖傳回的肉的觸感真是超棒，不需要什麼命運性的達觀。
甚至覺得若這一瞬間能永遠持續就好──同時也希望能早一秒結束。
恐懼帶著香辛料般的味道。一邊接近到與槍相同的攻擊範圍，並以同樣攻擊速度射出的箭是多麼可怕。
即使將槍砸在他所使用的弓上也毫不動搖。
那是他用了好幾年、幾十年的弓，儘管沒沒無聞，也絕非粗製濫造。
忽然察覺──這把槍的槍柄是以梣樹打造，那把弓說不定也是同樣材質。

由「黑」弓兵（凱隆）親手打造的槍與弓，作為武器本身來說強度在伯仲之間，如此一來就只能靠使用者的能力壓過對手。

不過——

「……唔！」

事情發展至此，「黑」弓兵的弓變得淩厲無比，完全沒有多餘、空檔、大意，以鑽研至頂點的動作瞄準的部位全是要害，或者盡是些連結到下一波攻擊的舉措。

可以斷定這應該是在弓術這個領域的最高峰技術了。

雖然不確定與我軍的「紅」弓兵相比，究竟何者為優——即使如此，先不論團體戰，在個人戰這點來說，她或許略遜一籌吧。

這般思考閃過，消失。

目前狀況毫無疑問必須使盡全力，但仍能一搏。重來、反覆、挑戰許多次，將所有狀況投入作戰中。

將一切賭在這場戰爭。

無論性命、名譽、榮耀，投入了自己所背負的一切。

這真可說是讓腦融解的快感。

大喝，有如雄壯的野獸大吼大喝，刺出手中的槍。

怎會如此可怕？

他的弓毫無疑問想殺了自己。

怎會如此快樂？

我的槍毫無疑問想殺了他。即使不夠格當個人，但作為一個戰士，此乃正確答案。

不過，這樣仍不行。

在反覆過許多次的腦中戰鬥裡，「紅」騎兵（阿基里斯）一次也無法勝過「黑」弓兵。

即使能獲勝，也花去太漫長的時間。

他想在更短暫的時間內、令人發麻的剎那之間分出勝負。

那麼——只能用了。

我的寶具、我的榮耀，原本是毫無意義的寶具，認為應該不會拿出來用的「殺英傑」之槍。

「紅」騎兵拉開距離，只消一跳便來到飛機尾翼附近。

「黑」弓兵見狀儘管覺得訝異，仍搭起了箭。即使是弓兵，心中也沒有料到對方會有拉開彼此距離的選項。

若是說自己拉開距離還說得通，但拉遠距離對「紅」騎兵來說一概沒有好處可言。

若要說有——

「……寶具。」

「沒錯。『黑』弓兵，正如你所想！」

「紅」騎兵的爽朗聲音響徹夜空。

「黑」弓兵微微笑著心想：「這是怎樣一個桀驁不遜的英雄啊。」同時打起精神。

他手中的槍是弓兵親自用青銅與梣樹打造的武器。

然而，阿基里斯手握這把槍，創造了許多傳說。

他用這把槍持續打倒了以大英雄赫克特為首的所有勇者。

若是那個阿基里斯以全力擲出的槍，應當能輕易讓自己從這個世上消失吧。

但是，躲得開——「黑」弓兵如是確定。

大體來說，在「投擲」與「射出」這類範疇內的攻擊手法之中，應並不存在任何手段能打倒身為弓兵的自己（凱隆）。

即使離得這麼遠，弓兵仍完全掌握了對手的一舉手一投足。從呼吸、神經、目光看向的方位到肌肉的動作，甚至可說因為盡收眼底，比對方貼近自己時更容易判讀。

……當然，也有只靠這些無法判斷的狀況，若能扭曲因果關係，自己很有可能在不知不覺間承受攻擊吧。

不過，比任何人都熟知阿基里斯的「黑」弓兵可以斷定這不可能。

他生前並未擁有這類寶具的跡象，也未曾聽過他擁有類似的技術或傳說。

但是，「黑」弓兵更深入思考。

那麼他為什麼會退開？有什麼理由讓他捨棄自身有利之處？

答案不是由別人，而是「紅」騎兵本人說出口：

「就讓你見識一下連你都不知道的這把槍的力量吧。」

這麼說完，「紅」騎兵擺出擲槍架勢。「黑」弓兵立刻戒備，但又因那槍所指的方向而更加困惑。

「衝啊！我的槍、我的信念——『穿梭天空群星之尖(Diatrekhon Aster Lonkhe)』！」

槍正確地飛向天，刺中機體中央部分。

這槍並未瞄準「黑」弓兵，他所擲出的槍甚至不帶一絲殺氣。

「究竟在做什——」

弓兵只說到這裡。總是告誡自己在戰場上要常保冷靜並加以實踐的「黑」弓兵，因為過於驚嘆而繃緊了身子。

雖然那確實只有一瞬間，卻是若第三者知道這一瞬間存在便足以收拾他的鬆懈。

但也不能怪「黑」弓兵如此衝擊，無論魔術師或使役者，面對他啟用的寶具——不，大魔術，應該沒有人能不吃驚吧。

那個世界是如此單純而堅固。

與其說那是牆壁，更像是把空間本身切開一般，與世界隔離的感覺。但因為魔力供應並未斷絕，所以並不是完全與世界切割。

風依然強勁，猛一看會覺得與方才沒有分別。雖然看起來是如此，但毫無疑問有種自己是存在於與方才不同次元的感覺。

中央是「紅」騎兵插著的槍，簡直像將它作為「軸」一般深深刺著。

地面雖不像是方才那般滑溜溜的鋼鐵，但也不是軟綿綿的感覺。如果摔在這上面——頂多受到骨折、神經斷裂的傷勢吧。

問題在於毫無疑問是那把槍創造出這個空間，也就是「紅」騎兵做的。

這與那個原始巨人（亞當）想做到的改寫世界本身，也就是固有結界有些相似，卻不盡相同。熟知魔術的「黑」弓兵明確地知道這個空間只是堆疊在原本的世界上形成的。

黑暗牆壁的另一端，應當就是與方才同樣的世界吧。
即使如此，這也不是一般魔術師能夠使用的大魔術。
「……沒想到你竟然會魔術。」
面對不禁開口稱讚的「黑」弓兵，「紅」騎兵露出囂張的笑，搖了搖頭。
「做法怎樣都無所謂啦……這是我為了跟赫克特大叔分出高下而打造出的空間。」
——在特洛伊戰爭中，儘管坐擁像阿基里斯和埃阿斯這般有名英雄，卻花了好幾年仍攻不下特洛伊的理由有幾點。
首先是阿基里斯討厭首腦阿加曼農貪婪、傲慢而捨棄了戰場。
即使在他回歸之後，對立仍然持續，因為內部抗爭導致戰力比團結一致的特洛伊更差，士氣也更為低落。
有可能是因為特洛伊這座城市有著歷史上罕見的堅固結構，再加上它處於太陽神阿波羅的庇護下也是原因之一。
但以上都是枝微末節的小事，如果只有以上原因，亞該亞軍儘管辛苦，也不至於陷入屢攻不下的絕望之中。
最大的原因必須歸結到一個男人，也就是特洛伊王子，大英雄赫克特身上。

既是戰士也是將軍，同時是軍師、政治家、王族的赫克特統率特洛伊，義氣風發地持續作戰。

在阿基里斯因為與阿加曼農對立而離開戰場時，亞該亞甚至被逼到只差一點就要撤退的險境。

特洛伊戰爭本身雖然是為了朋友起義的阿基里斯打倒赫克特而以特洛伊敗北做收，但赫克特僅靠一人之力便使亞該亞軍陷入困境是不爭的事實。

「那個傢伙（大叔）笑著說『要是跟擁有女神庇護的你交手，大叔我會遭天遣的』並逃走了啊。這是『為了跟他公平地一對一作戰』而誕生的技術。」

「這——」

「黑」（凱隆）弓兵只能啞口無言。

原本他認定這個空間對「紅」騎兵壓倒性有利，可以提高他的參數，或者降低我方參數層級——形成有這類效果的空間應該才是此一大魔術原本的用途。

而他——

這男人只是為了追求公正無私的戰鬥，就打造了一個不會被他人干擾的空間。

「紅」（阿基里斯）騎兵開心地互擊雙拳說：

「在這裡神性什麼的都是屁，挨揍了就會流血，被拗就會骨折，不僅第三者，『連幸運』都沒有介入的餘地，時間也是靜止的。若能在這裡分出高下，也能決定在外界的贏家，如何，很單純吧？」

驚訝之情平復之後，「黑」弓兵露出自然的笑容。

「原來如此，所以說，赫克特回應你了吧？」

「嗯，那傢伙說『既然如此，應該就有一點勝算吧』並回應了我的挑戰，最後是我勉強揍倒他了。」

「黑」弓兵「喀啦」一聲扭了扭脖子。

接著像是要確認地面般踏了兩下。

「所以說，老師，你接受嗎？」

「黑」弓兵先做出稍稍思考的舉動，接著像是突然想到什麼般說：

「那麼，在這場仗結束之後，我有個願望想請你幫我實現。」

「願望……？」

「嗯，那願望是——」

「黑」弓兵說出願望，「紅」騎兵驚訝地皺起臉——見他如此，弓兵覺得開心。

「……那麼，我接受你的決鬥。所以說——你有勝算嗎？」

「紅」騎兵頷首。他根本不考慮自己會敗北什麼的……應該說他甚至認為要與弓兵交手卻想著敗北實在失禮。

「黑」弓兵與「紅」騎兵隔著槍再次對峙，一邊是一派輕鬆的賢者，另一邊則是火紅的瘋狂戰士。

「有。在這裡我無法用槍，但相對地你也無法使弓。一對一，拳頭對打，在猛揍對方之後還能站著的為勝。」

「你沒想過我會用寶具嗎？」

「想用也無所謂，反正你的寶具也跟弓有關連吧？如果能夠擊潰我『穿梭天空群星之尖』形成的鬥技場（Battle Field），就儘管試試看吧。」

「紅」騎兵毫不動搖。他不僅對自身創造出的這個世界有著絕對自信，同時也相信弓兵不會使用寶具。

確實如他所想，弓兵無法在這個狀況下使用寶具，他也不打算用。

若要用，也是分出高下之後的事，也就是跟現在沒有關係。

「哦……『紅』騎兵，看你對自己的拳腳功夫有信心，真是再好不過了。」

「喂，你少來，你才是十八般武藝樣樣精通吧。」

「嗯，我想你並不知情，但在這次聖杯大戰之中，我熟練的程度也是能將『紅』劍兵（莫德雷德）摔出去。」

「既然這樣，就足夠當我的對手啦。」

「哎呀，這話該是對哪一邊說的呢？」

雙方露出淒厲的笑。即使如此，他們仍以拳頭互觸作為最後的禮儀。

只有現在，能把聖杯大戰和身為使役者的使命全拋諸腦後。兩人是只有名字的拳法家，彼此也都認為這樣就好。

三——

「『紅』騎兵，我真名為阿基里斯，英雄珀琉斯之子。」

二——

「『黑』弓兵，我真名為凱隆，大神克洛諾斯之子。」

一——

「各憑本事——」

零。

「分勝負！」

直線擊出的拳頭在貫進凱隆的同一瞬間，他的鉤拳分秒不差地命中阿基里斯的肝臟。

彼此大吼、瞪視，帶著歡喜出拳。

本來剛剛那一下應該就能大致分出勝負。一般人會被阿基里斯的直拳轟至頭顱粉碎，而若是凱隆使出的鉤拳，別說肝臟，甚至足以粉碎所有內臟，使之化為絞肉。

即使不是普通人，而是使役者，也理所當然地無法站立。

甚至連一流使役者在吃了這兩位的拳頭後，應該也笑不出來。

這確實不正常，而是在帶有一些瘋狂的鍛鍊下才能練就的鐵拳。

「喔、喔、喔、喔、喔——！」

「喝啊啊啊啊啊啊啊啊啊啊啊！」

兩人一邊吼著一邊彷彿要粉碎世界般出拳。

即使如此，先不論兩方出拳的水準，在方向性有著很大的差異。

阿基里斯以直線及最快速度瞄準凱隆的頭擊出，完全體現了所謂的一擊必殺。

而凱隆則鎖定身體各處要害，以千變萬化的組合攻擊玩弄阿基里斯，這正是要確實殺害對手的拳術。

凱隆在心裡理解狀況確實如他預測。

的確，阿基里斯的拳擁有無比威力，但還是無法否認他的攻勢太直接了。這也是因為他擁有壓倒性的強大所致吧。

無論如何，他都不會挑戰伯仲之間的勝負。

因此要抓住這個空檔，也就是累積超乎他推測的行動並且獲勝。這是鍛鍊了許多英雄的凱隆才能達成，在英雄之間的戰鬥中取得優勢的戰術。

阿基里斯做不到。

過於突出的英雄阿基里斯無法達到這個境界——

『什……？』

凱隆瞠目，拳頭被化開後，阿基里斯立刻衝到懷裡。

凱隆為了應對而使出足以擊飛棕熊的右膝撞，但阿基里斯想用雙手抱住他的膝蓋。

不過，當然是凱隆的膝撞早了一瞬命中阿基里斯的臉。

然而阿基里斯仍抱著凱隆的右膝把他往後面一摔。

這感覺不像身體浮空，更像是自己的肉體被當成玩具亂甩——臉被重重砸在地上。

兩者受到的創傷幾乎相等，但問題在於姿勢。使出反身摔的阿基里斯不留空檔地扭住凱隆的腳踝，打算使出關節技（Submission）。雖然凱隆快速地翻轉身體，但阿基里斯仍打算立刻破壞他的膝蓋，於是想扭住他的腳跟。

要防範這招，有一種戰術是把身體往阿基里斯扭轉腳跟的方向翻轉，並用空出來的那隻腳使出踢擊，從固定技之中脫身。但凱隆並沒有這麼做，他把雙手平貼在地上——就只是撐住了。

「什、麼……？」

值得驚訝的是接下來發生的事。誇張的是凱隆只憑一條右腿的力量就把阿基里斯抬起來。阿基里斯咂嘴，急忙放開雙手的束縛，拉開距離。

「呼……哎呀呀，真是驚人啊。」

凱隆以平靜的聲音嘀咕，嘴脣泛著血，但應該只是稍稍扯破了吧。在阿基里斯看來，原本想扭斷的膝蓋似乎沒毀，但他認為應該有受到損傷。

當然，阿基里斯絕對不會大意，他甚至不覺得自己朝勝利邁進了一步。阿基里斯堅信這是起跑點——不是已經使出全力，而是若不使出全力便無法獲勝。

凱隆忍著不笑。

並深深反省，是自己低估了。

凱隆也還沒使出全力，腳能動、手能動，思考也很冷靜。

凱隆「咚」一個蹬地躍起。

輕飄飄地浮在空中的凱隆對著阿基里斯的頭部使出一踢。

凱隆脫了鞋，賞了反射性地交叉雙臂保護頭部的阿基里斯一記紮紮實實的腳刀。

這一記沉重、強悍，劇烈痛楚竄過全身，兩條手臂沒斷真可謂奇蹟。

但阿基里斯挺住了，他朝向打算落地的凱隆跨出一步，使出肘擊。不過凱隆也沒落地，直接在空中以迴旋踢應戰。

凱隆的踢腿命中阿基里斯側頭部。

阿基里斯的肘擊直搗凱隆心窩。

阿基里斯邊挨招邊傻眼。居然想把採取防禦態勢的兩條手臂也一併粉碎，真是超脫智慧的強勁腿力……不，因為他是半人馬，說來也是合理吧。

同時讚嘆他真是靈巧，並因為側頭部遭受攻擊致使腦部震盪，一度意識不清。

不過也只有這樣。阿基里斯只要天蓋沒被毀、心臟沒被挖，就絕不會倒下——！

阿基里斯不管疼痛的頭，對落地護著心窩的凱隆出腿，這一腳直直往臉送去。

連同凱隆舉起防衛的雙臂將之踢飛，兩人幾乎都忘記自己正站在飛行於七千五百公尺高空的飛機機頂上。

阿基里斯追上起身的凱隆。

他的速度可謂神速。「慧星走法(Dromeus Kometes)」——位於有史以來所有人類頂端的疾風腳程。

儘管理解，卻無法掌握。

怒吼的阿基里斯揮拳——一下、兩下，順便第三下。

第四下——凱隆像預測到一般抓住他的拳頭。

阿基里斯全身滲出警告意味強烈的冷汗。

即使無法掌握，也能夠推測。在這短短幾秒之間的鐵拳交流，凱隆看穿了第四拳的出招位置，然而阿基里斯卻背叛了他看穿的點。

阿基里斯不僅把拳速加快到超過凱隆的預測，甚至在途中由拳頭變換為手刀。如同凱隆看穿了第四拳，阿基里斯也確定自己的師父一定會在第四招之前看穿攻勢。

阿基里斯的手刀直接戳中凱隆的喉嚨，致使他停止呼吸。面對凱隆驚嘆，阿基里斯竊笑——但也只有短暫一瞬，因為凱隆以雙手緊緊握住他使出手刀的手。

阿基里斯反射性想抽回被抓住的手臂，不過抓住的瞬間便採取下一步行動的凱隆稍微快了點。他跳起的同時用雙腿纏住阿基里斯的脖子——利用躍起的衝勁折斷了他的左手臂。

不快的「喀啦」聲從體內傳出，阿基里斯在被凱隆撲上的瞬間便迅速接受了這股劇痛與失去左手臂的事實。凱隆緊緊扣住他，認為他無法動彈的這個狀況乃絕佳良機。

阿基里斯的右拳再度貫入緊抓自己手臂的凱隆的心窩。他覺得雖然賠上一條左手，但代價還不差。

這條左手臂在回到現實之前都無法再使用，不過自己（阿基里斯）還有雙腿和右手。他判斷只要有這些便足以戰鬥。

凱隆使出一記猛烈的右迴旋踢，不過在沒有任何假動作的情況下，這招當然無法構成威脅。

阿基里斯在極其危急的狀況下避開，凱隆的腳從他眼前掃過，轉身背對自己。阿基里斯正想抓準這絕佳機會近身——不過……

「？」

背脊僵住。背對自己的凱隆一定有什麼盤算。

——糟糕，快退回……！

背對著的凱隆順勢彎身，擺出有如深深鞠躬的姿勢，同時再次踢出觸地的右腳。

這名為蹬踢的一招命中阿基里斯，但阿基里斯交叉雙臂擺出萬全的防禦姿勢……趕上了！接著朝凱隆的阿基里斯腱猛力出拳。

「嘎……！」

破裂般的痛楚令凱隆失去平衡。阿基里斯確定對方不會再出腿之後，纏住凱隆準備一把摔出去——卻被看穿。彼此有利、不利的狀況就像變魔術那樣交替，一回神阿基里斯就發現自己被拋了出去。

那與方才相同，是想砸爛腦袋的摔法。阿基里斯拚命採取受身，出腳猛踢想推開打算騎在自己身上的凱隆的肩膀。

才剛出乎對手意料，卻馬上被對方反撲；回敬一招之後，這回敬的一招又被反咬。沒有交談、呼吸急促，為了調整呼吸就耗盡全力。兩人都在思考打、摔、關節技之中，究竟何者最理想。

瞬間得出結論，想都不用想。

說穿了，自己手上的武器是為何存在？為了打敗無法用拳頭打倒的對手。那麼要在這公平的場面開出一條血路，只能靠彼此的拳腳了。

凱隆帶著意外清爽的心情擺出架勢——

彷彿乘著狂吹的風一般跳躍，灌注渾身力量擊出這一招。

阿基里斯儘管吃了這一拳，仍憑藉特有的強壯往前一步。

這是何等勇猛果敢，凱隆已經認定阿基里斯是一位遠超過自己預測的大英雄。

他已到達自己所知的風景更上層，但凱隆不清楚那裡是頂點或者只是半途。不過凱隆心想自己也想看看。

如果打倒阿基里斯，就能看到嗎？

用拳頭打倒他，就能來到他所立足的地方嗎？

想去看看。

想打倒。

想奪走。

……想勝利，只是單純想勝過他。

這般感情真切地、確實地湧現。

不斷壓抑又壓抑的激情如怒濤般爆發。

大喝。

不知道喊了什麼，也不想知道。

直拳、刺拳、上鉤拳，凱隆以神速揮出無數拳。

阿基里斯則以撥開、彎低、扭身化解這些殺招，邊躲邊向前。

若實力在伯仲之間，就無法做到一擊必殺。至少凱隆如此認為。

但阿基里斯不這麼想。

他的拳中帶有信念、矜持、榮耀，以及愛。

忍受、忍受，不斷忍受。

評估最佳時機。

——如疾風般奔過的這段人生。

——有幸受到朋友、母親、父親、老師等許多助益。

——短暫人生，然而一次也未曾因此後悔。

——啊啊，所以才能投注這一切。

渾身染血、皮開肉綻、粉身碎骨、神經斷裂。

以此為代價。

以這十秒的絕望為代價。

製造出非常些微，甚至能否容下一張紙都不確定的空檔。

他沒想過這是不是陷阱。如果真的是，那凱隆就是位於更遙遠、更高層次的存在。

但阿基里斯確定不是這樣。因為這是凱隆唯一沒有受到培養也無法培養的，透過持續作戰自然獲得的戰士直覺。

……說起來，阿基里斯可能覺得即使是陷阱也好。

如果老師真的那麼高位，那就太棒了。

這一切只是些許多餘且沉積的思考，但這些思緒分毫不影響出拳速度。

瞄準靈核，完全沒有多餘的幻惑（假動作），只是直直往前。

『凱隆，收下吧。』

『這就是我的拳、我的劍、我的槍、我的打擊、我的一切……！』

這是最快、最棒、最強的一擊。

「————」

吃下一招的瞬間，有時能夠理解一切。

這一招究竟是怎樣鍛鍊的產物？能打倒怎樣的對手？還有自己能否承受呢？

凱隆領悟到。

這右拳是阿基里斯灌注一切的一擊。在這樣的條件下，想必能打倒所有世界知名的英雄吧。

而自己也不例外——會被打倒。

全身發麻。這一擊擁有能粉碎靈核的威力。

然而，第一個閃過腦海的念頭是「漂亮」這般讚賞。這拳不是隨便誰都能揮出，是英雄生而為英雄，並且毫不鬆懈地鑽研才能抵達的領域之中存在的拳。

這是不遜於寶具，閃閃發光的「一」。

所以凱隆只能這麼說：

「……漂亮。」

「……感謝。」

凱隆隨著感嘆倒下，無法起身。為了起身所必須的東西已經遭到破壞。

即使如此仍不能怠忽善後。阿基里斯忍受著全身上下的痛緩緩後退，抽出插在中央的槍。

鬥技場（Colosseo）恢復原狀，原本緩慢的時間再次取回應有的流逝速度。

但也有不會恢復原狀的部分。阿基里斯的傷勢不會馬上痊癒，凱隆的靈核也完全遭到破壞。

這已經不是靠治療便能改善的狀況，在挑戰那場勝負的瞬間，他便已經拋下所有保險。即使擁有復甦寶具或技能，也無濟於事。

在那場單挑中敗北就是「死」。

「老師，感謝您。」

阿基里斯如是宣告——「黑（凱隆）」弓兵默默搖頭。

「『紅（阿基里斯）』騎兵，該感謝的是我……你很強，你真的是最強。」

「老師……我的力量、技術，都是因為有您才能獲得，都是多虧您教導有方。」

「黑」弓兵輕聲笑了。

嘴脣滲出血的弓兵應該無力起身了，只見他躺著仰望一片漆黑的天空。

見證恩師死亡——雖然是生前做不到的事，但真的很煎熬。

「別稱呼我為老師，我已經不在可以被你這樣稱呼的立場。既然那場決鬥結束，你就應該以『黑』弓兵稱呼我。」

「紅」騎兵仍想辯駁，「黑」弓兵加以制止。

「好了，我還活著……既然活著，我就是你的敵人。我們不是凱隆和阿基里斯，而是『黑』弓兵和『紅』騎兵。阿基里斯，送我上路吧。」

「……我做不到。」

張開緊握的拳頭，眼中的瘋狂已經消失，出現了一張前所未有的知性且親切的清爽臉孔。

「我與你交手時之所以沒有使用寶具，是有原因的。」

「黑」弓兵著實太過唐突地這麼低語。

他用手按著被毀的心臟，僅剩一點時間能在世。第二段人生即將結束，準備步向第二度死亡……儘管如此，他卻這麼說了。

「……原因……？」

這句話讓「紅」騎兵稍稍發寒。

他竟不知不覺與瀕死的弓兵拉開距離。

「在我可能使用的攻擊手段之中，這寶具在威力和精密度上毫無疑問是最高峰。然而更重要的是它有個決定性的特異之處。」

「紅」騎兵認真聽起滔滔不絕的話語，儘管止不住發寒，仍無法制止「黑」弓兵繼續說下去。

「——當然，這是為了攻擊而存在的寶具，那麼我必須將箭搭在弓上。這也是理所當然，無論是劍或是槍，各類寶具都必須握在手中、擺出架勢、加以啟用。」

當然架勢是天差地遠，有些以詛咒為主軸；有些將劍本身當作媒介；有些甚至不是稱呼武器本身，而是因為技術昇華而以寶具稱之。

「但是，我的寶具不同——高掛天空的星星，若那是我，『我就隨時搭著箭』。」

「…………！」

聽到這句話的瞬間，理解一切的「紅」騎兵想大大往後方躍去，但露出得意笑容的「黑」弓兵高聲宣告：

「也就是說，寶具已經啟用了，瞄準的點也已定下。我不需要積存魔力，甚至不需要喊出真名使之啟用，因為我已經完成——瞄準發射的動作。」

「紅」騎兵察覺的時候，一切都結束了。

射手座（Sagittarius）已經搭好箭，拉滿弓。「黑」弓兵要啟用寶具所必須的，只是將那枝箭瞄準目標，甚至不需要啟動真名。

寶具名為「天蠍一射（Antares Snipe）」。

那是瞄準天上天蠍，持續拉滿弓的星座才被允許的絕對射擊。

弓這種武器一定存在致命的時間落差，而能將這般時間落差完全化為零，確實是打破定論的寶具。

流星（箕宿一）分毫不差地射中阿基里斯的腳跟並貫穿。

「嘎、啊啊啊啊啊啊啊啊啊啊……！」

痛楚、痛楚，明確的痛楚——而且是記憶中曾有的痛。

生前也體驗過同樣的痛，像是將自己的一切全數吐出，被活生生剝皮那樣的痛——腳跟被射穿的痛！

「弓兵，你……！」

「黑」弓兵呼了一口安心的氣。

「我的星星正確地射穿了該射的點嗎……直到最後的最後，我似乎終於完成了身為使役者的任務了。」

「紅」騎兵停止吶喊，因為他理解了再怎麼咒罵也於事無補。弓兵的眼中已無生氣，流星的一擊把他最後一滴力量也攢了出來。

地面突然搖晃——飛機正在下降，「紅」騎兵只能跳上僅存的三架飛機其中一架。

——「黑」弓兵往下墜。

但他已經沒有任何該做的事了，直到最後的最後，他總算以使役者身分派上了一點用場。

而這成果能化為喜悅倒是出乎意料之事，因為他認為一旦在聖杯戰爭中受到召喚，一定會覺得魔術師們的爭奪很惱人。既然身為使役者被召喚而出，就回應他們的期待，但並不打算更進一步干涉——明明是這麼想的，一回神卻拚死命作戰了。

失去僕人資格的使役者。

失去魔術師資格的主人。

奇蹟般相遇，然後這樣離別。

菲歐蕾．佛爾韋奇．千界樹並不是當英雄的料。

作為魔術師確實一流，不過也不至於稀有。

甚至可說是個極其平凡且平均的魔術師。

然而她是那麼拚命。

真的賭上性命、賭上榮譽，只是愚蠢正直地不斷正面挑戰。

在可行的範圍內做到自己能做的事。

懼怕、恐懼失去，因此流淚，即使如此仍交出自己的性命，投入不成功便成仁的賭注之中……這是任誰都能做到，也是任誰都做不到的事。

很好。

平凡很好，正因為平凡的存在如此拚命——人才能化為閃耀之星。

祈求身為自己最後學生的他們能夠閃耀。

儘管知道這念頭傲慢，但自己還是喜歡可以教導、學習、引導、受指引的現在的人類——

「黑」弓兵最後呼了一口安心的氣，消失了。

「你很奸詐耶。」

……這不是說他藏了流星這一手，而是在最後的最後，他不再是凱隆，而是回到了「黑」弓兵的身分。

克盡使役者職責，專心致志打倒「紅」騎兵。

正如凱隆熟知阿基里斯，阿基里斯也很清楚凱隆的性格。

如果只是一個平凡的主人，他不會那樣賭命，至少會滿足於最後那一場單挑並直接消失吧。

那麼，就代表「黑」弓兵獲得一個好主人了。

雖然在立場上區分敵我，但這仍是好事一樁……「紅」騎兵不自覺地安心。

腳跟上的箭已經消失，但他能透過實際感受理解自己的「不死身肉體」已經卸去。

腳跟是他的弱點，也是關鍵。原本這副軀體能彈開所有攻擊，但現在已無關乎對手有無「神性」技能，甚至自豪的飛毛腿都暫時要打個三折了。

……話雖如此，也不代表「紅」(阿基里斯)騎兵注定敗北，正如無論金剛石(鑽石)如何髒汙，它仍是金剛石，名為阿基里斯的英雄不會因為這點程度就失敗。

至少，他有自信可以拿下對面的使役者——如「黑」(齊格菲)劍兵和騎兵。但若對手是裁決者，或許有點困難，然而面對以守勢為主的她，基本上不至於敗戰。

好了，問題在於那份約定。

阿基里斯沒有義務遵守，畢竟那只是凱隆單方面傳達給他。約定有分可以遵守和無法遵守的……不過，凱隆確實接受了挑戰。如果沒有在阿基里斯架設的領域內作戰，他甚至應該可以伺機啟用寶具，而這麼做獲勝的機率將會提高。之所以沒有這麼做，當然一部分是阿基里斯自身的期望……

不合理的咆哮突然響徹天空。

「紅」騎兵往那個方向看過去，不禁愕然。

「……那是什麼啊？」

他只能倒抽一口氣，直到方才還是熟悉樣貌的她未免變太多了。

§§§

「唔……唔、唔……？」

肩上的肉被扯了下來……？

裁決者甩開瞬間的驚愕，以聖旗牽制對方。但「紅(阿塔蘭塔)」弓兵鑽過牽制，緊跟著裁決者。

這速度非比尋常，並不是單純腳程快什麼的。若只是這樣，裁決者還是能夠應付。

畢竟她可是跟著這面旗幟一起穿梭戰場的槍林彈雨之中。

不過，「紅」弓兵的速度早已超越生物範疇。

畢竟她的動作幾乎沒有所謂的「啟動」。層層疊疊纏繞在「紅」弓兵身上的黑色漩渦讓身為生物的行動一舉攀升。甚至有種「紅」弓兵溶解在這團漩渦內的感覺，不，這沒有錯，她恐怕真的溶解在其中了。

卡利敦山豬是魔獸，魔獸是對於不屬於此世界生態體系生物的一種統稱。牠們的存在本身就是一種神祕，是超越魔術的存在。

遑論從神話時代便存在的魔獸，而且還是月女神（阿緹蜜思）的聖使，裁決者推斷其靈格即使不及神獸，也能與幻獸匹敵。

但是——與使役者同化的牠究竟能否稱為「生物」就有得爭論了吧。

無怪乎希臘的名英雄們會苦戰，因為牠的舉止彷彿作為生物該有的骨頭、神經、肌肉並不存在那般。

簡直像和只是剛好形成人類外型的不定形生物（Blob）交手。

但擁有意志。

不祥的笑容——這讓裁決者背脊稍稍發寒。

「……『紅』弓兵，妳醒醒啊！」

她沒有回應呼喚，像是覺得不需要那麼做，毫無預警地動了。

裁決者在驚險之際閃過。所有攻擊都帶著惡意、憎恨、偏執。

「紅」弓兵浮在空中——伸出右手臂。雖然距離拉得太開，但裁決者的直覺強烈地警告著她。

一揮旗幟便彈開了箭，即使化身為魔性存在，她仍是「紅」弓兵。全身帶著汙泥般的黑暗，以「天穹之弓（Tauropolos）」放箭。

「我殺了妳、我殺了妳，我要、殺了妳……！」

事情發展至此，「紅」弓兵已然成了該稱為「魔獸」的存在。

她自己當然也很清楚會變成這樣吧。雖說是寶具，但也有該使用的寶具和不該使用的寶具。

她在清楚一切後果之下，接受自己將化身為魔獸的事實。既然是強制人體做出不可能的事，當然身為使役者的阿塔蘭塔全身便不斷產生劇痛，甚至已經無法正常思考。即使自己的願望實現了，也不留能理解這點的智慧。

——這也無所謂，就算變成這樣，仍會留下自己造成的結果。

她已經沒有身為英靈的榮譽了。

只是恨。

連一個小孩也拯救不了的世界、明明可以拯救卻沒有選擇出手援救的裁決者，以及比起任何人，什麼也拯救不了的自己真是可恨、可恨、可恨——燒盡了自身。

所以，她已經搞不清楚究竟恨誰了。

悲傷消失了、喜悅消失了、憤怒也消失了，剩下的只有使命感。

「——妳真是個可悲的英雄啊。」

裁決者真心覺得可悲。她知道無法理解彼此是無可奈何，也覺悟到既然像這樣現身於世就必須承受所有憎恨。

然而，若連憎恨都拋諸彼方，她的心意將往何處徘徊呢——？

即使如此，裁決者仍猛力跨步。沒錯，她的動作絕對無法判讀。

承受攻擊的總不是她，而是自己。

不過，如果以此為前提——

「紅」弓兵認為該迎戰裁決者而來襲。只消一眨眼的時間，她的身影已從裁決者眼前消失。

右臂突然閃過強烈衝擊——有如神經被挖開的痛楚。但是比起思考，裁決者選擇了先迎戰。她揮舞左手所握的旗幟，將旗頭尖端朝「紅」弓兵刺去。

手感傳了回來，無論對方如何不再保有生物的樣貌，她的聖旗仍然擁有足以除魔的靈格。

「這——？」

但是，現在的「紅」弓兵是受到甚至忘了方向性的偏執驅使，直到恰到好處地擊碎靈核為止，「紅」弓兵絕不會停下。

「裁、決、裁決、裁、者……裁、決者啊啊啊啊啊啊啊啊啊啊啊！」

「紅」弓兵儘管被旗幟刺中，仍不斷地往前推進。

抱著痛楚、抗拒昇華，化為液體的手臂往裁決者的脖子伸去。

手接觸到裁決者纖細的項頸。

那是足以讓背部凍僵的憎恨團塊，夾雜了自我厭惡與對他人的憎恨，有著非常苦澀的味道。若不能更貼近一些，即使跳躍也無法抵達花園。但要怎麼打倒眼前這個對手——這個即使腹部遭到貫穿仍持續動著的魔獸……！

這般迷惘造成了致命性空檔。

「紅」弓兵打一開始便捨棄了自身勝利，一旦裁決者像這樣動彈不得，記憶彼端——已忘卻名字的「那個女人(刺客)」肯定會加以迎擊。

「紅」弓兵的一切原動力都是基於聖杯，以及聖杯能夠實踐的新世界。那麼要拜託「紅」(塞彌拉彌斯)刺客根本不是什麼大問題。

而「紅」刺客呼應了她。

「弓兵，做得好，這樣一來裁決者便要脫隊了。」

伴隨著淡淡的笑，女王將「十又一之黑棺」的所有砲口對準裁決者與她所搭乘的飛機。在「黑」弓兵（凱隆）已逝的現在，只要能收拾裁決者……不，只要能擊落那架飛機，他們便無法追蹤我方。

她已經什麼也無法做了。

「紅」刺客滿足地頷首，準備發射光彈——卻因產生的震動而繃起臉。

「……這回又是怎麼著？」

§§§

「唔……很煩耶！」

「黑」騎兵（阿斯托爾弗）不時瞥向身後。面對以時速四百公里的速度飛翔，甚至偶爾會脫離這個次元的「幻馬」，「紅」槍兵（迦爾納）邊噴著火焰邊緊追不放。

「那個亂七八糟的槍兵到底是怎樣啦！一般都會死心吧？即使沒有死心也不會追上

來啊！」

儘管已經抵達空中花園，「黑」騎兵和齊格卻無法降落。只要一降落，兩人便會被那個「紅」槍兵收拾。

「——很遺憾，我這邊的魔力用不完啊。」

活生生是個魔力大胃王的「紅」槍兵現在可以充分發揮實力。

但更可怕的是他的眼力。

脫離次元的瞬間，他就能看出幻馬接下來將於何處出現，並朝該處躍去。

而他的推測從未失準。

「主人！這樣會消耗大量魔力，你還好嗎？」

因為性質，寶具「非屬此世幻馬」非常消耗魔力，這等於是持續使用A級寶具。另外還要加上一點，「破滅宣言」也處於全力運轉狀態，讓兩件寶具同時啟用，即使是一流魔術師也撐不過五分鐘吧。

「……嗯，沒問題。」

原本「黑」騎兵擔心這樣主人的魔力可能會先用乾，狀況卻與他的預測不同，齊格的魔力仍相當充足。

「啊啊，太好了——你也真是不得了的魔力貯存槽呢！」

「但這樣下去沒完沒了啊。」

「我知道！我是知道——」

「六分鐘。在這段時間內，我希望你盡可能破壞這些黑棺。這麼一來，裁決者和弓兵應該就能抵達此處。」

……這句話讓「黑」騎兵大大一驚，但立刻頷首表示肯定。他也知道必須這樣。

「別死啊！絕對不能死喔！」

「嗯——騎兵，相信我。」

這句話令「黑」騎兵嘴角微微放鬆。既然主人都說了「相信我」，服從他才是好使役者。

正面有巨大的「黑棺」——是個絕佳落腳點。瞬間再度脫離次元的「黑」騎兵先讓幻馬勾出斜角上升，緊貼著黑棺飛翔。

「準備好了嗎？」

「嗯！」

「了解——去吧啊啊啊啊啊啊啊啊啊啊啊啊啊啊啊啊啊啊啊啊啊啊！」

抵達黑棺頂部的瞬間，伴隨著「黑」騎兵的大喊，齊格毫不猶豫地跳下幻馬，並策動魔術回路使令咒發出低吼。

重新建構肉體、鋪設靈體，為了招來英靈而編織出的極小召喚陣。

「黑」劍兵（齊格菲）再次降臨。

「——來了啊。」

「紅」槍兵並未驚愕。話雖如此，他也沒有吝嗇到不願稱讚對方的勇氣。

「紅」槍兵透過魔力放射以超越音速的速度衝入。儘管沒有加上任何技巧，但因為速度壓倒性地快，一般使役者肯定會在瞬間被衝撞得粉身碎骨，不過齊格架起幻想大劍接下這招。

「這樣會墜落喔，『黑』劍兵。」

「——若真是這樣也挺有意思。」

「黑」劍兵露出輕鬆的笑，毫無窒礙地加強幻想大劍的力量。

沒想到對手會在第一招使出必殺絕活的「紅」槍兵也不禁瞠目。

「『幻想大劍——天魔失墜（Balmung）』！」

隨著啟動真名，黃昏色極光迎戰了「紅」槍兵。藉助神話時代力量的龐大光海擋下了「紅」槍兵的衝刺，甚至像散花般將之擊飛。

不過「黑」劍兵很清楚，「就這點程度，就只是寶具直接命中」，他不可能會死。

齊格帶著雄壯怒吼，從黑棺上躍起。

追上被打飛到空中的「紅」槍兵——砍過去。但是，瞬間重整態勢的「紅」槍兵勉強以神槍接下這劍。

高度七千五百公尺，齊格並不害怕，心裡有的只是無比興奮的感覺。

聖杯大戰初期，在羅馬尼亞交手過的兩人總算得以再次交戰。

「紅」槍兵以神槍化解齊格的連砍，並抓準空檔利用「魔力放射」的力量順勢踢開齊格。齊格整個人撞在黑棺上，緩緩滑落。

互壓的場面於此展開。彼此邊從黑棺滑落，邊互換著上下位置。

比起能利用「魔力放射」做出幾乎等於飛行的跳躍的「紅」槍兵，只靠本人便能對應這狀況的齊格更令人驚訝吧。

雖說擁有「黑」劍兵的肉體，但在這足以令人昏倒的高度——一不小心失足滑落就會悽慘地脫離的狀況下，他仍平靜地拆招。

他並沒有對墜落抱持不安，就像完全不怕摔下去那樣。

攻守轉眼間交替。

齊格一舉踢蹬牆壁，朝著距離數十公尺遠的另一座黑棺躍去，仍持續與「紅」槍兵交手。

儘管處於無法更進一步的狀態，劍兵(Saber)和槍兵(Lancer)使出人類所不能及的技巧，熬過彼此的必殺招式。

兩人像火箭般無止盡地加速，且深知破滅總有一天會造訪，彼此揮著劍、舞著槍。

不知是為了相助或純粹當作誘餌，「十又一之黑棺」對準齊格一舉放出光彈。

光彈每一發都是規格之上，齊格卻一副理所當然的態度，一一撥開甚至能擊落擁有A級反魔力的使役者的那些光彈。

究竟是對自身盔甲擁有絕對自信，還是除此之外的力量呢？無論如何，只有「紅」槍兵能夠打倒齊格。

舞蹈、跳躍。

經過數次變身，齊格已經完全抵達了「黑」劍兵的境界。

《尼伯龍根之歌》曰。

——無敵的騎士，榮耀的勇者，偉大的英雄。

——沐浴龍血的無敵肉體，驅逐所有怪物的那雙手上握有「屠龍劍」巴爾蒙克。克服許多冒險，甚至獲得令人炫目（Line）的黃金。

實現人民、朋友的願望，最後以自身之死實現所有願望的男人。

其名為齊格菲。

身為劍之英靈，毫無疑問屬於最強之一。

然而，接下攻擊的對手也毫無疑問是最強之一。

《摩訶婆羅多》曰。

——無任何所求，無任何貪戀，無任何所得的男人。

——因為太過高尚，感到羞恥的主神（因陀羅）交給他一把弒神之槍。

有生以來便配戴於身的金色鎧甲遭奪、功夫遭奪，甚至連名譽也遭奪，卻仍完全沒有恨的男人。

施予的英雄，其名為迦爾納。

身為槍的英靈，他也是足以稱為最強的英靈。

若迦爾納是面對大軍可以發揮無敵之力的英雄，齊格菲就是獨自完成「屠龍」偉業的英雄。

同樣身為英雄，彼此的做法完全相反。

每次交手便造成火焰飛散。黃金鎧甲壓低了齊格所有斬擊的效力，而沐浴過龍血的肉體也完全不把「紅」（迦爾納）槍兵的攻擊當一回事。

當然，不至於毫髮無傷。

即使如此，彼此承受的傷害仍能立刻痊癒。「紅」槍兵心裡突然浮現疑問，他很清楚自己的治療能力能輕易治癒這點程度的傷勢，不過是誰治療了他的傷勢呢？

不是主人。既然這已是變身過的模樣，齊格的主人就是齊格自己。這麼一來就是眼前這個人類正在使用治癒魔術，但看起來沒有這種感覺。

稍稍思考一下，建立出某種程度的推論，但「紅」槍兵選擇駁回。畢竟這不是作弊，而齊格本人也並非有意識地這麼做。

當然，即使算上這層力量，仍很明確能用這把槍收拾對手。

可是——他只能現界短短三分鐘，或許為了活用這短暫的時間，齊格的劍攻得無比猛烈，更重要的是使用寶具也完全不遲疑。

他的幻想大劍（巴爾蒙克）再次發光，「紅」槍兵立刻目視到這徵兆後，一蹬黑棺在花園外圍部分落地。這裡是過去「紅」槍兵等人與「黑」（弗拉德三世）槍兵激戰的場所，周遭沒有任何人。

「……刺客，我會稍微損毀花園，不要怪我。」

以念話如此傳達後，「紅」槍兵不待回覆便單方面切斷。

話雖如此，他也不可能使出全力攻擊。一旦他使出全力，只會造成空中花園莫大犧牲，重點在於讓自己避開那把大劍的射程範圍。

「雖是美麗無比的極光，但我也不能直接挨招。」

嘀咕了這番話後，「紅」槍兵架起神槍。

火焰席捲，大英雄迦爾納的魔力灌注到神槍上，外表「啪」地一聲爆開，發出野獸般的「嘎嚕嘎嚕」低吼。

「上吧——『梵天啊，詛咒我吧（Brahmastra Kundala）』！」

一舉抬起腳，彷彿要踏破石地板般重重踩下。

射出的神槍帶著雪崩般的破壞力，朝逼近過來的極光衝去，讓這片沒有月光的夜晚天空充滿了太陽的光輝——

§§§

原本並沒有打算使用巨無霸噴射機，說起來那是準備來當作使役者們的立足點。身為普通魔術師的菲歐蕾和卡雷斯不需要那麼誇張的玩意兒。

一架小型噴射機偷偷藏在巨無霸噴射機後面飛行。當然，若被發現是一擊就會遭到擊墜。但即使是巨無霸噴射機，這點也相同，於是兩人做好覺悟，只能任憑局勢安排。

……但這個策略確實奏效了，沒有任何一位「紅」陣營的使役者找這架小噴射機的麻煩。說起來，對他們來說，應付眼前的使役者才是最首要的任務吧。

他們兩位完全沒遇到障礙便抵達空中花園。剩下就是要順利讓自己的身體前進。

「還好嗎？現在的話還——」

「我不是說沒關係嗎？好啦，抓住我，由我擔任主軸，現在我覺得我比較擅長。」

「……嗯。」

卡雷斯一把拉過想說些什麼的菲歐蕾的手，打開噴射機門，機體立刻因內外側氣壓的影響產生搖晃。

「原始靈（Anima）／猛禽（Vulture）。」

因為迅速詠唱出的術式效果，讓他們可以不把強勁的風壓當一回事，兩位魔術師朝距離數公尺以上的石地板跳去。猛禽型的低級靈抓起卡雷斯和菲歐蕾，就這樣在花園上滑行。

卡雷斯心想：還好現在是夜晚。底下似乎是深不見底的大海，但若是白天，就會具體知道現在大概在多高的地方。

即使如此，他仍因為太超脫現實的光景而頭昏。在落地之前，卡雷斯都沒有自己活著的感覺。

「……呼。」

「操控重力和氣流讓強風無效不就好了？」

菲歐蕾提點正在擦汗的卡雷斯，被戳到痛處的卡雷斯只能別開目光辯解：

「要是同時操控重力和氣流，我會混亂。」

「真是的，現在刻印在你身上耶，你要能應付這點程度，這點小意思——」

菲歐蕾說到這裡便停下來，整張臉僵住。卡雷斯立刻理解發生了什麼事。

「被幹掉了嗎？」

「……嗯。」

已經做好覺悟。「黑」弓兵（凱隆）挑戰的是希臘神話之中可與海克力斯匹敵的大英雄阿基里斯。

儘管身為老師，但「黑」弓兵確實有十足的機會敗北。沒有道別、沒有任何餘韻——只是轉眼之間的事。

不，已經道別過了。昨晚交談時已做好離別的覺悟。

即使如此，事情這麼乾脆地發生，還是令人很難過。更重要的是菲歐蕾相信「黑」弓兵會獲勝。現在還只有失落感，但要不了多久，悲傷便會湧進開了的洞吧。

然後，因為「黑」弓兵遭到擊敗，狀況變得更加嚴峻。

說不定他有對「紅」騎兵（阿基里斯）報上一箭之仇，但「紅」方陣營還有槍兵、弓兵、刺客、術士。

「黑」騎兵（阿斯托爾弗）的寶具究竟能派上用場到什麼程度，另外裁決者是否能抵達花園？

齊格……「黑」劍兵（齊格菲）能利用三次變身對抗敵方使役者到什麼程度？

身為魔術師的兩人已無事可做。

只能在七千五百公尺的高空看著壓倒性的暴力展現——

§§§

「黑」騎兵駕馭的幻馬不可能完全破壞「虛榮的空中花園」上的防衛兵器「十又一之黑棺」。

即使能辦到也頂多兩座或三座，如果還剩下八座，防禦能力仍很充足。這是看穿騎兵能力的「紅」刺客（塞彌拉彌斯）做出的判斷。

但英靈就是將不可能化為可能，獲得作為追求聖杯的使役者而被召喚出來的權利。即使只靠鷹馬不夠，騎兵也還有書本和騎槍。

「——好啦，我們上。別擔心，相信她的書吧！」

「黑」騎兵撒出打旋的紙張，並以幻馬衝刺，手中握著黃金色突擊槍（騎槍）。

面對阻擋於前的堅硬黑牆，騎兵嚥了嚥口水。一道聲音對他低語：「你是認真的嗎？」當然是認真的。既然現在沒有月亮，理性便已回到自己手邊，所以才覺得害怕。

這次衝刺可能派不上任何用場。

畢竟這本書低語著：要全數破壞黑棺幾乎不可能。

然而——只要集合書本與鷹馬的力量，或許就有可能。主人（齊格）正在作戰，拚命與「紅（迦爾納）」槍兵互別苗頭。

現在的自己派不上任何用場，既然如此，至少要破壞這些黑棺，做出一點小小的貢獻。

「我們衝啦啊啊啊啊啊啊啊啊啊啊啊啊啊啊啊啊啊啊啊啊啊啊啊啊啊啊啊！」

脫離次元——悉數鑽過黑棺的光彈，幻馬似乎也理解了主人的覺悟，伴隨尖銳的嘶鳴開始加速。

化為光箭的「黑」騎兵漂亮地擊毀了一座「紅」刺客自豪的防衛裝置「十又一之黑棺」。

然而，代價當然很大——再加上他目前只破壞了一座。

「唔、嗚嗚嗚嗚嗚嗚……！」

全身骨頭粉碎般的痛楚讓他眼角泛淚，但只是痛而已。

「鷹馬，還行嗎？」

嘶鳴表示了肯定，「黑」騎兵相信鷹馬的回應並鞭策之。

破壞第三座時，突擊槍折斷了。騎兵心想這也沒辦法，於是乾脆地丟棄了槍。

第六座——愛馬的額頭開始出血。鷹馬雖然是幻獸，但層級比為父的鷲獅低。也就是論神祕的程度，比不過「紅」刺客。

可是，這座「虛榮的空中花園」頂多就是虛榮，是以存在於這個世界的材料打造出來的寶具。

結果造成兩種神祕幾乎抗衡——雖然可以破壞，卻無法完全不受傷。

「這樣就…………第十座！」

破壞了第十座黑棺，因為一定程度代替鷹馬承受衝撞時的損傷，所以「黑」騎兵損耗得相當嚴重。左手臂報銷、額頭撞破，正噴著血。

只剩下最後一座。

但這最後一座實在太困難，「黑」騎兵心中滿是氣餒。正當他想可能就到此為止，自己的力量到這邊就是極限了而要放棄時——

鷹馬嘶鳴了三聲。

「……可以嗎？」

肯定。不過騎兵實在不覺得可行，因為鷹馬的臉已經歪扭得令人不忍。

腳蹄裂開、尖喙折斷，頭蓋骨也肯定裂開了。

下一撞可能就會死。雖說是寶具，但鷹馬也與使役者相同，是以生物的型態被召喚出來，所以牠會覺得痛也會恐懼，即使如此仍破壞了十座黑棺。

「黑」騎兵粗魯地抹了抹眼頭，用手梳開鷹馬的鬃毛。

「——我們上！」

再一擊，絕對可以再來一擊。現在不管、也不知道之後會怎樣，不過這樣就好。畢竟千界樹的魔術師們、裁決者，當然還包括主人，都相信自己這個弱小使役者，並投身此次作戰。

主人說過，即使弱也無妨。

沒錯，自己就是弱，這沒辦法改變。自己不是神子，不是屠龍英雄，也沒有當過王。雖然做過相當程度的努力，不過也沒有拚死修行過。

報應就是反映在自己的弱小上了吧。這著實無可奈何。

不過，騎兵怎樣也沒想要拿弱小當藉口。

也不想把做得到的事當作做不到而逃避。

無論怎麼有勇無謀，自己的主人也絕不會逃避，為了做到能做的事情而掙扎，並且為了把做不到的事情變成能做到而掙扎。

……既然如此，身為使役者的自己不可能做不到。不管有沒有被召喚出來都沒有關係。

使役者與主人相似，主人也與使役者相似。

「『非屬此世幻馬』！」

「黑」騎兵伴隨雄壯吼聲衝刺。

來襲的無數光彈果然還是被「破滅宣言」的紙張阻擋、粉碎。

那是有意志的槍彈。

勾出螺旋飛翔，朝著防衛兵器黑棺衝去。亂來和無謀也要有個限度。

即使如此，「黑」騎兵仍不想認輸。

他早已將恐懼凍結風乾，咬緊牙根，做好覺悟這張臉要撞得不忍卒睹，發誓頭蓋骨就算裂開也偏不死。

並且相信。

相信至今為止都不太信任的自己。

打從心底相信主人所信任的自己。

「衝呀啊啊啊啊啊啊啊啊啊啊啊啊啊啊啊啊啊啊啊啊啊啊啊啊啊啊啊啊啊啊！」

第十一座黑棺伴隨著大吼粉碎。

騎兵急忙收回差點要四散紛飛的意識，圍繞空中花園的十一座黑棺已全數破壞。

這就是自己能做到的極限了。

鷹馬踩著搖搖晃晃的腳步降落在空中花園，雖然逃過往七千五百公尺下方的大地摔下去的遭遇，但真的用盡全力的騎兵勉強讓鷹馬化為靈體之後，暈了過去。

「——可恨，沒想到吾之『十又一之黑棺』竟被這貨色如此輕易地全數摧毀。」

「紅」刺客帶著冷酷的表情俯視暈厥過去的「黑」騎兵。只要在空中花園內，對她來說空間傳送根本就是小意思。

話雖如此，她壓根沒有在這場戰鬥中出馬的打算。只要「十又一之黑棺」存在，防衛能力應可謂萬全。

這些卻被她最瞧不起的「黑」騎兵(阿斯托爾弗)全毀了。

當然，她知道寶具的可怕。那是英靈們的象徵，將不可能化為可能的尊貴幻想(Noble Phantasm)。

即使如此，她也認為能完全破壞「十又一之黑棺」的寶具並不存在。

能將超乎規格(EX)的魔力如豪雨般打下的防衛兵器，守護「虛榮的空中花園」的王牌。

「可是，到此是極限了嗎？沒辦法，回頭再修復黑棺——」

刺客朝睡死一般的「黑」騎兵舉起手。既然騎兵已經昏倒，那可以讓各種魔術都失效的書本也無法啟動。

「斬首嗎？唉，吾可不擅見血啊——沒辦法。」

對「紅」(塞彌拉彌斯)刺客來說，試試為了「他」而準備的毒是也不錯，但若騎兵仍活下來，確實會變得有些麻煩。

英雄之中，有些人對於毒的抗性非常強。

無法保證這個使役者不也是如此，因此要確實加以殺害。

從指尖射出的光線輕易切斷「黑」騎兵的脖子。

這是一秒之後的未來將發生的事。

也是無可挽回的事實。

身為主人，同時是「黑」(齊格菲)劍兵的齊格正與「紅」槍兵激戰。

「黑」(凱隆)弓兵正與「紅」(阿基里斯)騎兵決鬥，甚至沒有察覺到「黑」騎兵的危機。

裁決者也正與化為魔獸的「紅」(阿塔蘭塔)弓兵交手，沒有餘力來救人。

但是，這裡——

既不是使役者，也不是主人，完全跳脫所有魔術的框架，極其凶猛的兵器朝著「紅」刺客襲擊而來。

「啥？」

察覺奇怪聲響的「紅」刺客回頭時，已經太遲了。

兵器名為導引炸彈(Smart Bomb)。施加了能探測由魔力造成的熱度的這炸彈，在反射性想將之彈開的女王(塞彌拉彌斯)眼前爆炸。

§§§

米哈伊爾・科格爾尼恰努空軍基地

「……竟然叫『槍兵』，不爽耶！」

「紅」劍兵(莫德雷德)一開口就這麼抱怨。她看到透過魔術協會的協助，收容在空軍基地機庫裡面的米格21現代化改裝版，別稱「Lancer(槍兵)」的羅馬尼亞空軍正式規格戰鬥機後，說的第一句話就是這個。不過她雖然嘴上說著不爽，嘴角還是泛著笑容，獅子劫界離於是認定不是什麼大問題。

「所以──真的要用這個過去？」

「沒錯……不，老實說我並不想開這種東西過去，但要抵達空中花園，也無法使用魔術方式啦。」

對獅子劫界離來說，比起飛機、戰鬥機，使用魔術當然習慣得多。儘管他在利用機械這方面沒有什麼拘泥之處，但還是認為祭出軍用戰鬥機實在有些太超過。

不過，對手是「紅」刺客的神殿寶具「虛榮的空中花園」。既然對手是那種程度的要塞，就不是現代魔術可以對付的對象。

獅子劫拋下無聊的堅持，為了抵達那座空中花園，準備了最適切的答案。

負責駕駛的當然不是獅子劫，而是他的使役者──「紅」劍兵。

「所以說，妳知道飛彈怎麼用嗎？」

雖然用上的可能性低，獅子劫保險起見仍開口詢問。「紅」劍兵自信滿滿地點頭。

「我知道啦，我的騎術技能可不是只會握著控制桿，而是視為能夠充分駕馭這架戰鬥機的技術，所以總有辦法啦。不過，真要用上那種玩意兒嗎？」

「很難說。哎，雖說我覺得不會管用，但或許可以達到牽制效果。」

魔術協會派來的男人完全被兩者間的對話壓倒，即使是個介於普通人類和魔術師之間的人，也能理解這位少女有多異常。

——那是從存在方式就與活在現實中的我們相異的生物。

儘管外表嚇人，仍算在「人類」範疇裡的男性想著這些，並繼續解說有關戰鬥機的事項。

「如同指定，這是一架練習用的複座式，彈射椅(Bailout)也調整成只能由後座控制，並且有依照你的要求，盡可能施加魔術改裝以避免被探測到魔力。只不過，基本上不可能完全消除。」

獅子劫點頭。幾乎都如他的要求。真虧他們能在沒什麼時間的情況下準備好。

「還有，這是你指定的裝備。」

男子將沉重的手提箱交給獅子劫。

「那啥啊？」

「紅」劍兵探頭來看。打開手提箱，裡面是一件厚重的黑色大衣和幾個小玻璃瓶。

「這是為了避免我因為妳的駕駛而完蛋的準備。」

獅子劫界離雖是魔術師，但身體機能當然與一般人類無異。雖然不知道身為使役者的「紅」劍兵會怎樣駕駛這架飛機，但她非常有可能做出凌駕人類體能極限的駕駛。

甚至該說，若不這麼做將無法抵達空中花園吧。在穿過對方的魔術迎擊時，應該會做出正常人無法容忍的舉措。

為此，同行者獅子劫也有必要把身體變成超越人類範疇的存在，因此即使要花一些錢，能從戰鬥機產生的G力下保護身體的大衣和強化內臟就不可或缺了。

「所以，這些費用找誰收？」

而獅子劫當然沒打算自己付這些錢。

「鐘塔，交給法政科。是與聖杯戰爭相關的請款，若有疑慮去問現代魔術學部長，艾梅洛閣下II世。」

作為活在魔術世界的人，現在聖杯戰爭已經是常識了。男子理解似的頷首。

「那麼，準備好了請聯絡我。今天跑道已經全數淨空。」

「好喲。喔，對了，麻煩把這個送去鐘塔。」

接過行李的男子離去後，獅子劫嘆了口氣攤開大衣。那是一件為了承受強烈G力而寫滿必要防護術式的長大衣。本來應該是白色的大衣上面因為用細字筆寫滿了密密麻麻的術式文字，看起來幾乎變成黑色了。

獅子劫脫下外套，小心翼翼地收進接過的手提箱後穿上大衣。「紅」劍兵見狀，覺得很沒趣似的嘀咕：

「哦～～看起來沒有比較帥。」

獅子劫先思考了一下說道：

「如果到這一步，我滿懷自信地拿出來的是一套粉紅色西裝，妳會笑嗎？」

「會笑死我。」

「是吧。」

獅子劫接著連續喝下裝在玻璃瓶裡的鮮豔液體。

「好喝嗎？」

「水溝水的味道都好過這個吧。」

獅子劫覺得難喝似的摩挲了一下胃部，按住了嘴。「紅」劍兵坐立難安地不時瞥向戰鬥機的駕駛艙。

「時機未到，不要這麼猴急。」

「我才不猴急，我可是很冷靜啊。」

儘管嘴上這樣叮囑「紅」劍兵，獅子劫本人也有些急躁。自己的願望無所謂，只是這場聖杯大戰要打出個結果來。

他只是基於想看到結束這般純粹的好奇心……說穿了，魔術師就是一群即使投入自身性命，也想追求「某事物」的大笨蛋集團。

獅子劫想起過去曾如此告訴年幼少女。記得當時她好像理解似的點頭，並低聲說「啊，這麼一來，我也想變成大笨蛋呢」——

行動電話響起，是派去監視機場的人打來的。看來千界樹的飛機已經起飛了。

「飛行方向呢……這樣啊，果然。」

獅子劫掛斷電話，使役者探出身子。

「可行嗎？」

「嗯，目的地恐怕是黑海上空。首先讓那幫人過去幹掉對手。」

「……你真是挺卑鄙的耶。」

「不滿嗎？」

「怎麼可能，我完全贊成讓他們處理小兵。畢竟我們可是要直搗黃龍啊！」

「紅」劍兵開心地笑，突然像是想到什麼般起身。

「喂，主人，把那個叫什麼來著的，就是……可以寫的那個借我。」

「寫……？啊，大概知道了。」

獅子劫理解似的對正打算比手劃腳說明的劍兵點點頭，立刻往機庫角落過去，並發現了那個。

獅子劫喊著「接好」後拋出，「紅」劍兵順利接下。

「對對，就是這個。」

她拿著噴罐，對著機體側面噴出紅色噴霧。

強勁但仔細地蓋過原有文字。

「哼哼，比起槍兵什麼的二流職階，還是這個才對啦！」

看著新噴好的五個英文字「S—A—B—E—R」，「紅」劍兵滿意地點點頭。

……結果，兩人在大約過了三十分鐘後才升空。

離開機庫，從跑道起飛。如同「紅」劍兵自信滿滿的態度所示，她的駕駛技術確實一流。

順利朝著事先設定好的目的地前進，身為使役者的「紅（莫德雷德）」劍兵並沒有戴上氧氣面罩，也沒有穿飛行夾克，身上仍是一如過往的皮夾克配牛仔短褲的打扮。

「主人，你怎麼樣？」

「目前還沒問題，但應該差不多了。」

獅子劫下意識地按捺住微微蠢動的令咒。雖說他喝下了強化器官和壓抑精神動搖的水藥（Potion），仍無法避免緊張。

「……看見了！」

「紅」劍兵的話讓獅子劫也看向前方。強烈的光在遠處閃爍，偶爾還可看到某種東西爆炸、降低高度——應該是飛機墜毀了吧。獅子劫由衷佩服，不愧是實質支配了這個國家魔術師們的千界樹家，真是選了一種大膽的做法。

「看樣子追上了。好了，主人，我們怎麼辦？」

「爬升。劍兵，機會只有一瞬間喔。用妳的視力看清現況，並判斷能否入侵。若可行就盤旋之後再突擊。」

「若不可能怎麼辦？」

「就努力讓它變成可能。」

「紅」劍兵愉快地笑了，重新握好控制桿。

「ＯＫ啦，主人（SABER）！那麼先試試看吧！」

飛行的戰鬥機發現了下方的空中花園與正嘗試接近（Approach）的多架飛機。

將速度減緩到接近失速——即使如此也只有短暫瞬間能夠掌握，但「紅」劍兵的視力在這瞬間已經吸收了一切所需情報。

「是『黑』(阿斯托爾弗)騎兵。」

「啊？」

「『黑』騎兵正在毀掉空中花園的防衛術式。」

「防衛術式……是怎樣的？」

「巨大的黑色板塊，不過看起來應該是A級以上的魔術，要是直接挨打，大概連我都吃不消。」

「等等、等等……妳說正在毀掉，那『黑』騎兵沒事嗎？」

「嗯，那應該是寶具的力量。我不認為那傢伙本身具有超越A級的反魔力。」

「……如果是查里曼十二勇士的阿斯托爾弗，應該就是那麼回事吧。」

「——好了，主人，我們怎麼辦？」

「紅」劍兵駕駛的戰鬥機勾勒圓形，嘗試再度接近。獅子劫立刻決斷。

「就像我們一開始講好的那樣行動，我會在安全範圍脫離後潛入，妳則在那之後衝進空中花園。盡量大鬧一番，避免他們察覺我的位置。」

「了解！」

獅子劫界離設定的戰術極為單純，就是透過戰鬥機個別潛入。獅子劫在利用彈射裝置脫離後，使用降落傘落地。接著把獅子劫沒有搭乘的戰鬥機當作誘餌，讓「紅」劍兵也潛入花園。

尤其「紅」劍兵只要能接近花園就沒問題。她只需要靠近到能在「魔力放射」後一躍而至的位置便足夠。

幸運的是，戰鬥機似乎完全沒有被發現的跡象。一來是因為戰鬥機飛行在千界樹梯隊的上方位置，二來因為所有人都投入戰鬥，根本沒有餘力察覺吧。

「還有三十秒便會再次接觸，時機上來說在二十一秒之後彈射最理想。」

計算出軌道的「紅」劍兵做出如此結論。獅子劫點頭，握緊了手動彈射裝置。

「劍兵，妳別死啊，不然我要從花園下來的時候就頭大了。」

「嗯？你想在七千五百公尺上用『魔力放射』滑空嗎？我記得之前好像說過打死不幹第二次耶。」

聽見或許這才想起來的獅子劫低聲呻吟，「紅」劍兵笑得更開心了。

冠名劍兵(Saber)的戰鬥機畫出圓形——再次看見空中花園來到正面。

「三秒前。主人，去吧！」

「妳別遲到啊！」

一拉握把，後座的座艙罩彈飛，獅子劫連同座椅彈射出去。

獅子劫立刻張開降落傘，同時使用操控氣流的魔術，一舉往花園前進。

「是說這樣認真一看，還真大啊……」

獅子劫傻眼地望著眼下的巨大黃金色陀螺。在過去多次發生的聖杯戰爭中，也未曾有過「紅」（塞彌拉彌斯）刺客打造的「虛榮的空中花園」這般巨大寶具的案例吧。與前次不同，當它飄浮在空無一物的空中，只會讓人聯想到某種超現實主義創意產物。

然後，火焰與閃光從花園四處迸出。

「黑」與「紅」，或者該說天草四郎時貞與貞德・達魯克。兩者的衝突確實可稱為頂尖決戰。

不過，這跟獅子劫界離與「紅」劍兵無關。雖說不是完全無關，但是對他們來說，確實不想介入那兩者的思想與利害衝突之中。

當然，他們得攻下強占聖杯的「紅」陣營，但又不能被「黑」陣營捷足先登。

時間與時機勉強配合上了，但在這之後可是一場障礙物賽跑。

使役者是超乎世間道理的規格外存在。儘管是人，卻能與以一擋百的兵器匹敵，甚至可以很普通地使用幾乎等於魔法的奇蹟。

對手是天草四郎時貞、塞彌拉彌斯、迦爾納、阿塔蘭塔、阿基里斯，以及至今仍未見過的術士——共六位。

獅子劫嘆氣，光想就累。

迦爾納、阿塔蘭塔、阿基里斯三位只能祈禱「黑」陣營能好好奮戰。「黑」弓兵（凱隆）在那次會議時，也判斷這三位會是實戰部隊。

問題在於剩下三位——天草四郎時貞、塞彌拉彌斯以及術士。關於術士，現在想也於事無補，只能祈禱不是一位強大的使役者。

那麼該怎麼防範天草四郎時貞和塞彌拉彌斯呢？

裁決者他們非常警戒天草四郎時貞……哎，這也是當然，無論是能延續六十年的執著，還是高唱拯救所有人類的精神，都是絕對值得警戒的部分。

……不過獅子劫認為更應該警戒原本的使役者，也就是這座空中花園的持有者「紅」刺客。

如果說天草四郎時貞這個主人是光，她就是影子，而且是一旦有機會就將拉下光的影子。

絕對不可大意待之。她是比任何使役者都該優先除去的對手，光是她存在，就會致使戰況持續不安定吧。

透過降落傘與操控氣流魔術，獅子劫界離總之先在空中花園落地了。如果以空中花園前進的方向來設定前後方位，現在他所在的位置應該是最左側的地方。

周遭是老舊的石柱與日曬磚瓦蓋成的牆壁，還有從下游往上游流去的細小人工河渠。獅子劫利用貓頭鷹眼球開始觀察更遙遠的地方。

果然，目前自己所在的位置應該屬於外圍，該前進的目標肯定是位在中央部分的那座「塔」。不過雖說是塔，它目前卻是往下方伸出。不是往上蓋，而是往下走的塔，無法判斷內部為何種構造……抵達塔之前似乎沒有什麼明顯的障礙。當然，有可能暗藏了一些機關，但這類陷阱設置在塔內的可能性較高。

總之，獅子劫只能等自己的使役者前來會合——

「……喂。」

貓頭鷹眼球感應到強烈光芒。

那不是魔力致使，而是物理性的爆炸反應。而現在，這裡有兩樣東西有可能促成物理性爆炸。

其一，千界樹很明目張膽地利用的巨大客機。

其二——將自己與「紅」劍兵（莫德雷德）送來這裡的戰鬥機。

§§§

讓獅子劫界離離開後，「紅」劍兵便能傾注全力駕駛戰鬥機了。在構造上就與人體相異的「紅」劍兵可以輕易做到人類在G力影響下不可能做出的動作。

這不是人馬合一，而是人機合一。戰鬥機簡直像是把客機當成巨大擺飾品般在其空隙間穿梭。

「紅」劍兵毫不猶豫地發射了導引炸彈……這是沒有在魔術師之間，而只在玩魔術的人之間流傳的「常識」，無論是主人還是使役者，一旦驅動了魔術回路，體溫就會產生變化。而無論是怎樣的魔術，這樣的變化幾乎都是固定的。

那麼在直接攻擊魔術師之際，只要判讀出那樣的溫度變化，就能輕易地以物理手段將之擊潰。

剛剛「紅」劍兵發射的導引炸彈也是一種。預先設定好只會追蹤、探測一定程度體溫變化的這款破壞兵器，將朝著只要待在空中花園（這裡）就無論如何都得隨時啟用魔術回路的使役者——也就是「紅」刺客直直進攻。

只不過——

當然，只是多少加了些魔術效果的這項物理兵器不可能對這個使役者管用。

「——哼。」

「紅」刺客瞬間掌握現況，輕易地以即將切開「黑」騎兵（阿斯托爾弗）的手擋下導引炸彈。

在與她的手衝突之前瞬間閃現的白銀鎖鍊，像擰抹布那般把由鋼鐵和液體炸藥構成的炸彈擰碎。

「……無趣。」

口氣雖然充滿嘲弄，但現在「紅」刺客心裡怒不可遏。並不是因為有人與她為敵，她並不憎恨敵對這個行為本身。

問題在於這敵對手段甚至不是魔術，而是用了物理兵器。

——被小看了。

——澈底是瞧不起這方。

用上萬倍的憎恨回敬侮辱乃女王的常態。

因此在這個時間點，「黑」騎兵已經被她拋諸腦後。

「——『顫抖，墜落（en-lil2）』。」

「紅」刺客舉起的右手捲起強勁暴風，由魔像駕駛的客機轉眼間又墜落了一架。

不過，她的目標當然不是這個，是在那後方的存在——一個小小的機械。

§§§

——魔術！

「紅」劍兵立刻理解自己的炸彈轟到的究竟是哪一位使役者。

畢竟沒多少人可以在那麼危急的情況下瞬間擰爆導引炸彈。

是還未現身的術士？或者——

「或者就是那個討人厭的『臭老太婆』了！」

劍兵立刻掉頭，同時找麻煩似的朝前方的空中花園灑了一大堆機槍槍彈。

她並不期待能有什麼效果，頂多就是干擾一下視線罷了。

但是，至少當作找麻煩是很管用的。「紅」刺客(塞彌拉彌斯)像要反擊一般，把轟飛的客機機體朝米格戰鬥機「扔」了過來。

只要一架直接命中就能造成嚴重事故，以音速打過來的鐵塊彈雨。

選項有兩種——使用彈射裝置逃脫，或者利用陡升陡降躲開。

不過，這都是合理範疇內的選項。

「紅」劍兵原本就處於不合理的立場，是超脫常理的存在(使役者)。

「『SABER』，我們上！」

視覺情報猛烈湧入，直到即將發瘋為止。各處充滿死亡，可以看出無論有沒有失誤都將遭到擊落的未來。

那麼答案只有一個。

「看我硬是創造出好結局……！」

將滿載的對空飛彈、機關砲、炸彈等所有武器往前發射，前方因為連續爆炸，化為一片火海。

「紅」劍兵無所畏懼地往那片火海衝去。少女嘴角勾勒出凶狠的笑——類似食人鯊的「表情」。

慎重地評估距離。接著將來襲的不是鐵塊，而是「紅」刺客的本領——以魔術施展的迎擊。

這架戰鬥機無法避開那些攻擊，幾乎等於無法攻破。

然而有方法可以挑戰。「紅」劍兵算出抵達那裡需要三秒，三秒後她就會咬上女王的喉頭。

壓倒性數量的魔術攻擊來襲。那是不帶屬性，只專門強化壓垮對手的效果的砲彈魔術。正因為單純，所以是任何手段都不管用的慘絕暴力。

「紅」劍兵只是催滿了油門，沒有任何計策地突擊。機率大概是一半一半，不，四成對六成，我方不利。但「紅」劍兵捨去一切煩惱，她並不是因為自己夠強才認為可以成功。

只是單純地決心接受一切結果。

「紅」劍兵嘀咕著「以暴制暴。只有沒有理性的力量最適合拿來對付沒有理性的力量」——之類的話，並且有點不符合她個性地捨不得這架只一起飛了不到一小時，被她取名為「ＳＡＢＥＲ」的鐵馬。

無色砲彈來襲，尾翼遭到切斷，右翼炸飛，已經確定會墜機的「SABER」慘遭粉碎，但機體爭取到了關鍵三秒。

機體爆炸——「紅」刺客臉上沒有任何表情變化，看著爆炸的狀況。

慧星衝出。那是旁若無人，否定各式虛假裝飾並將之打破的人形槍彈。

「——是妳嗎！」

「刺客，我來拿走聖杯啦——！」

反叛騎士莫德雷德——她所篡奪的「燦爛閃耀王劍(克拉倫特)」原本是只有王者能持有的劍，會拒絕除此之外的所有對象。

但莫德雷德強行握住了它，堅定表示不是劍選擇王，是王選擇劍。

因此，此劍現在的銳利程度較由王持有時低，但是這把劍的真正價值不在單純的銳利程度。

這把王劍掌管的是「增幅」，強化王的威嚴，給予王祝福。

使用技能「魔力放射」執行大幅跳躍，瞬間抵達空中花園外圍。眼前是「紅」刺客，可恨的宿敵首腦——！

然而「紅」刺客也是以人外之理戰鬥，窮極魔術的劇毒女王。

「粉碎吧，劍兵！」

「——妳才要粉碎啦！」

瞬間理解無法獲勝。

變樣的火紅邪劍無法斬開女王。

超乎規格的魔術無法擊潰叛逆騎士。

女王瞬間使出空間傳送，邪劍只稍稍砍傷女王的肩頭。

「……嘖！」

兩者的預感相同。「紅」劍兵（莫德雷德）掃開各種障礙，確實地給了她一招。

但執著與冷酷顛覆了結果。「紅」刺客毫不猶豫地傳送到了安全之處。

在這之中沒有身為英雄的過多尊嚴，一旦陷入不利，即使要難看地轉身逃跑也不在乎。在某種意義來說，「紅」刺客對活下去這件事比任何人都貪婪。

「果然無法這麼順利啊。」

「紅」劍兵嘆氣，瞥了昏倒在地的「黑」騎兵一眼。

可以不管他，或者送他上路……八成不太妙。應該可以叫醒他吧。

但「紅」劍兵決定不叫他。一旦叫醒了，就必須分道揚鑣。

這很正常。不論敵我，正如我方有目的，「黑」騎兵一定也有自己的目標，這麼一來就只能分道揚鑣了。

而「紅」劍兵覺得這樣有點寂寞。

不管怎麼掙扎，該死的時候就是會死。

無法避免離別，希望有時甚至會破滅。

而自己一路走來——正是踐踏了他人的希望。

悽慘的末路、甚至想捨棄榮譽的痛苦，以及無意義的死亡。這類事物長存世間，讓英雄墮落成普通人。

因此得到的離別才會是清爽的，也覺悟自身將死。「紅」劍兵很清楚這一點，儘管清楚——

「嘖！你就好好睡吧。」

「黑」騎兵是敵人，亦是朋友，是個讓人搞不懂的傢伙。

雖然多少有點煩，但絕不是討人厭的存在。

如此深深烙印在內心之後便不再回顧。終有一天將會忘懷這一點點寂寞——

「紅」劍兵為了與主人獅子劫界離會合而邁步奔跑。

# 第二章

# 第二章

——只是希望對方能笑一個。

——只是希望自己能笑。

幸福又無聊的日子／為了賦予未來希望，獻身作戰的日子。

雖然什麼也沒有，卻因此無比溫暖的周遭／拋開所有遺憾，我為了他人而活。

我似乎不太喜歡人類這個種族，急於求生，只是不斷增加數量，究竟想要追求什麼呢／我喜歡人類，那些掙扎、努力卻不停止向前，積極得甚至可悲的人們。

我沒有談過戀愛／妳也不懂戀愛為何。

我認為這樣就好。戀愛屬於我之外的人管轄，因為愛著人類，所以沒有喜歡過人。

這麼想著——

啊，怎麼會落得這麼難看，甚至不肯正視受傷的內心。

對於「黑」騎兵打下了「紅（塞彌拉彌斯）」刺客的所有迎擊兵器這點只能感謝，但危急的狀況依舊沒有改變地持續下去。

「紅（阿塔蘭塔）」弓兵笑了——她彷彿毫不在意。渾身染滿黑泥，臉上帶著笑的她想要殺了裁決者。

儘管聖旗旗尖插在自己身上，「原本是」「紅」弓兵的人終於抓到裁決者的脖子。

「啊…………嗚…………」

「紅」弓兵緊緊抓住的臂力根本是壓倒性。

裁決者因痛苦而皺起臉，想甩開掐著自己脖子的手但完全沒作用。看來對方不是單純增加了蠻力。

執著。

完全可以用單純的這句話道盡。現在對魔獸（阿塔蘭塔）來說，裁決者就是阻撓其夢想的象徵。

——我要殺了妳，妳個臭聖女，我要殺了妳。妳這個殺了「我的孩子」、「我所愛的孩子」的臭女人。我要殺了妳、殺了妳、殺了妳！

無論參數或寶具之類，得以用來決定使役者強弱的參考依據都已經無關，憎恨才是力量，執著才是足以使她現身於世的因素。

裁決者無法呼吸，意識漸漸遠去。

小小的光閃爍，看到過去幻覺。蕾蒂希雅的過去和貞德．達魯克的過去攪在一起。

回想起來。

回想起死者的面孔。

血的氣味令人作嘔，堆積如山的屍體都是被自己的手弄髒的。

妳只是揮舞旗幟——

這無法作為藉口。

對手不是人類——

怎麼可能。倒下之際微笑、死去之際抱著遺憾。他們不是狂戰士（Berserker），是為了錢、為了名譽，或者是某些相信的事物賭命而戰。

今後，肯定會一直一直永遠持續下去的無辜犧牲者。

有人說不要看比較好。

但我想將之刻劃在心上。

以這種方式做好覺悟，終有一天，這般遺憾會以最糟糕的形式、在最糟糕的狀況下落在我身上——

差點要對這段記憶露出苦笑。

原來如此，這真的是最糟糕的狀況。她的憎恨很正確，這毫無疑問是指謫聖女（貞德）罪孽的行為。

但是，自己早已做好另一項覺悟。

不回應指謫罪孽的行為——

捨棄應當承受的罪過——

現在，要完成使命。

既然身為聖女，通常注定無法完成使命。正因為以悲劇收場而動容地悲嘆，才是聖女該有的樣子。

如果要完成使命，自己便將不是聖女——

「阿塔蘭塔，妳可別瞧不起裁決者（Ruler）……！」

放開握住聖旗的手，用雙手抓住她勒住自身脖子的手。

紫水晶（Amethyst）的眼眸中沒有一絲憂愁。

正面粉碎魔獸顯露的憎恨——沒多久，魔獸雙手就被拉開。

接著握住旗桿，連同仍捅著的魔獸一起砸在巨無霸噴射機上。魔獸因為這動作擺脫了旗尖，在鋼鐵機頂上彈跳滑行，轉眼間墜落。

這樣就結束了。既然這場戰鬥已經分出勝負，那隻魔獸也就等於退出戰線了。

「……我得去空中花園。」

花園近在眼前，如果從這邊應該一躍就能抵達，畢竟腳下這架巨無霸客機已經開始搖搖晃晃了。

不管是敵人、伙伴，還是殺害對方，對裁決者來說，使役者都是很寶貴的存在。

因此，她才有必須做個了斷的念頭。

然而這仍是她將失去寶貴對象的行為。

真正該做出了斷的對象是天草四郎時貞——

突如其來的衝擊。

「……『黑』（凱隆）弓兵。」

「黑」弓兵消失了，迎接第二度死亡，離開了這個世界。

這就代表強敵「紅」（阿基里斯）騎兵存活了下來。當然這是個大問題，但更重要的是對我方來說，「黑」弓兵幾乎等於精神支柱。

他已經不在了，身為主人的菲歐蕾應該會長嘆不已吧……

我方陣營只剩下「黑」（阿斯托爾弗）騎兵和「黑」（齊格菲）劍兵。

裁決者躍起，終於抵達了空中花園。雖然她也想過先與其他使役者會合，但仍判斷現在必須盡早一步前往大聖杯所在之處。

「黑」騎兵和他的主人對「紅」陣營來說是不值介意的存在，恐怕會最優先被針對的就是自己。

那麼會合只會大大增加危險性。無論對方怎麼小看，都不會放過協助裁決者的他們吧。今後還是獨自作戰比較好，光是他們願意一起前來死地就已經非常令人高興了。

——我得快去。少女如此嘀咕，迅速前往中央高塔。

心中滲出不祥情緒——簡直像無法再做些什麼，一步步走向致命終結的感覺。但這樣的感覺是正確的。

§§§

女王咂嘴。因為被「紅（莫德雷德）」劍兵劃傷的肩頭淌血，弄髒了衣服。

無與倫比的自信與符合這般自信的實力。原來如此，不愧是頗負盛名的反叛騎士（莫德雷德），確實具有終結亞瑟王傳說的實力。

「——然而，一介莽夫竟然傷了吾一刀啊。」

被砍中所產生的憎恨，以及逃跑所產生的屈辱已不復在。該恨的，是因為支配了這座花園就鬆弛下來的自己的頭腦。

因為沉浸在這座花園的強大之中而大意，所以發誓下次見面一定要使出全力烹殺作為回禮。

……仔細想想，打從第一次見面開始，她就是個討人厭的傢伙。

這當然會敵對。對塞彌拉彌斯來說，反叛王（主人）的使役者是該最優先肅清的對象。

她邊嘆氣邊傳送念話給術士——沒有回應。

對方似乎無視了此次念話。塞彌拉彌斯瞬間心想他該不會產生反叛意圖了，但立刻打消念頭。恐怕是正忙著準備寶具吧。

「紅」(塞彌拉彌斯)刺客可沒有神經大條到跑去打擾人家啟用寶具。

接著她發現自己又下意識地用手指敲著扶手。她很清楚自己情緒煩躁，都是因為方才的大意造成。

還沒嗎？還沒嗎？還沒嗎？

吾主尚未回歸嗎——

想知道結果。

那個會失望嗎？會挫折嗎？會絕望嗎？或者——實現第三魔法，找出了希望呢？

讓所有人類抵達天之杯，人將成為不死存在。據說激情將會淡化，且欲望將不再支配人。

這麼一來——沒錯，說穿了人類將變成像「他們」那樣，而塞彌拉彌斯並不知道這樣是好還是壞。

人類的歷史高聲主張。

戰爭，是戰爭培育了人類。因為有戰爭、有持續在世界上打造極小地獄(Minimum)，現實才會存在。

這是人類的業嗎？或者該說必然？能夠很有效率地破壞人類的兵器，有時會打造出與想像中用途相反的未來。

少年（主人）說過。

聖人即使能從現實中拯救人們，也無法獲得未來。

戰爭使人類成長，這或許是事實。但是這麼一來——這麼一來，就會變成弱者持續遭到踐踏的世界。

所以要拯救。

拯救一切——

使役者一笑置之，認為這根本在說笑。

主人一臉正經地點頭，說或許如此。

但這是他活了六十年所得出的結論，無論碰到怎樣的障礙都要加以克服——

被召喚出來後，如此得知了他的目的。

……雖說是在訂定契約之後才被告知。

他說若沒能獲得自己同意，計畫毫無疑問會瓦解。原以為他會安排出自己不存在的備案，但四郎露出破滅性的笑容說了。

——在沒能獲得算是我半身的妳（使役者）協助的當下，就已經澈底走到死路了。所以這次我會放棄，等待下一個機會。

他很平常地說出等待下一個機會。

拯救全人類的心願澈底刻劃在他的靈魂上，死後被召喚到英靈座，即使激情只是化作單純的紀錄，他似乎也持續等待著下一個能作為使役者被召喚的機會。

當然大可笑他活得沒意義。

但若要說活得沒意義——現在這個瞬間確實「活著」的刺客（自己）也一樣。

第二人生，被召喚、被利用，接著消失，名為僕人（使役者）的奴隸。

有些人覺得這樣就好，歷史就是累積過去的工作，未來的人類有厚顏無恥地利用的權利，所謂英靈就是為此而存在。

但塞彌拉彌斯不這麼認為。無論如何，自己只為了自己而生，要為了別人、為了將來使用她的力量——說穿了就是從屬。

她雖然沒打算當個奴隸，卻無法阻止召喚本身執行。

那麼——藉由反覆永遠無意義的生，自己便能持續作為「最古老的毒殺者（塞彌拉彌斯）」存在。

這一點也不好笑。至少吾主想掙扎反抗。

……曾經猶豫是否找出機會將之變成傀儡，或者讓他把令咒轉讓給其他傀儡（主人）。無論哪種做法，只要憑自己的力量，這點小意思都能輕鬆辦到。

但是，當察覺了他掙扎的瞬間。

她發誓會協助主人。當然這是充滿了欺瞞的誓言，是以若他派不上用場便會立刻將之放逐為前提的誓言。

主人明明也理解這一點，但當女王發誓會協助時仍鬆了一口氣——以太沒有防備的笑容低語了一聲「非常謝謝妳」。

——這是何等偽善又偽惡啊。

他帶著毫無防備的笑容接受了她下的毒。

儘管肚子裡滿是壞水卻體會到了最終仍無法加以實踐的愚蠢女人。

咚、咚、咚。

手指又開始敲著扶手。四郎應該還在大聖杯裡奮戰，沒有失敗。若他失敗了，應該很明顯能感受到因果線（Line）發生異常。

但主人現在在大聖杯內部，可能無法感受到異常——

「愚蠢至極。」

即使如此，該做的事情仍沒有改變。控制大聖杯，支配地表，以永遠的女王立場君臨現世。

抑或……若覺得這一切都變得無趣，要捨棄所有也行。

甩開苦澀記憶，像某處的女王那般被蛇咬了等死便成。但說起來，自己不會被毒蛇毒死就是了——

「……哼。」

丟開敗犬般的念頭，無論最佳結局或最糟結果都能接受才是英雄。現在總之去做能做的事，只需要完成身為使役者的任務。

「紅」刺客在空中映出兩道幻象（Vision），一邊是「紅」劍兵，另一邊是裁決者。一位想要聖杯，另一位則是想阻止聖杯而向前奔馳。

女王沒有看向裁決者，而是瞪著方才傷了自己的劍兵。

「就跟妳玩玩排解無聊吧。盡量享用最古老毒殺者塞彌拉彌斯端出的美酒。」

「紅」刺客淡淡地笑，開始重組尖塔構造以將這兩位引導至理想的地點。

§§§

「紅（阿塔蘭塔）」弓兵無法飛翔。即使是使役者，也有辦不到的事情。無論怎樣優秀的劍兵，都不可能像擁有飛空戰車的騎兵那樣，在沒有輔助的情況下飛翔天空。

弓兵也一樣。阿塔蘭塔身上沒有關於飛翔空中的傳說，也沒有相關寶具和技能，只要躍入空中，就會直直下墜到落地為止。

這就是道理，這就是「常識之內」的範疇。

但是——現在的她卻是身於「常識之外」的存在。

沒錯，「紅」弓兵無法飛翔，但魔獸可不同。她身上所披的「神罰之山豬」是一塊以憎恨與欲望織成的布。

如果無法飛翔——

只需要把身體改造成能飛翔便可。

「裁……決者！裁決者啊──！」

發出可怕的呻吟，她的雙手扭曲變形。儘管因為痛楚而慘叫，阿塔蘭塔的黑色手臂仍以扯開的皮形成翅膀，朝天飛去。

當然，這不是能維持多久的翅膀，只是臨時構成，只要能往上飛個一千公尺就夠了的玩意兒。

張開雙翼，強行讓自己的肉體上升──神經、肌肉斷裂，並馬上修補。

即使如此，她這對難看的羽翼仍利用偏執這種燃料，做出簡直可謂強行的加速與爬升。變化成異形怪物將永不停止地給「紅」弓兵帶來痛苦。

但這點痛苦算什麼？

若是為了作戰所必須承受的痛苦，無論多少都接受。爬升一千公尺之後，勉強回到花園。

纖細美麗的兩條手臂已經變成擰爛的抹布那樣，血液源源不絕流出，無法抑止。

「──哈──哈、哈、哈──嗚、咿──」

「紅」弓兵笑了。

看見自身雙臂的瞬間，稍微找回了一點理性。怎會如此醜陋、如此難看啊……不過這也不重要。外表怎樣無所謂，身為英雄的榮譽原本就不關我的事。

理性刷淡，只有暴虐占據腦海。我還能戰、還能追、還能殺。

慢慢地一步一步追上裁決者之後。

沒問題，我記得她的氣味，一切的一切全都記得，這場戰爭還持續著。

「──喂，大姊？」

那頭傳來聲音。

這種聲音我才聽不見，即使聽見了也沒有義務回應。

中央尖塔──在抵達大聖杯所在處之前，一定要追上裁決者。

不管扭曲變形的雙臂，也不回應呼喊自己的聲音，魔獸往前奔出。

§§§

──抗衡著。

壓迫而來的黃昏色極光與不輸給這道光的鮮豔紅蓮火焰，無法侵蝕彼此的領域，四散黑暗之中。

齊格落地，「紅(迦爾納)」槍兵將槍插在石地板上。

「——三分鐘了。」

「紅」槍兵淡淡述說的聲音只是單純地道出事實。如他所言，結束三分鐘作戰的齊格瞬間變回了原本的肉體。

「嘎、哈……！」

齊格跪地咳血。雖然這是變回原有肉體時造成的反動，但症狀變得更加輕微。現在他只是稍微咳出幾口血就已經可以活動，甚至能再次變身。

當然，這不代表他有足以鍛鍊自己的時間。

這果然是一種預告。雖然可能不是預告死亡，但或許是死亡以上的——

——無聊，現在只需專心考慮眼前這個男人。

齊格激勵自己。即使戰了三分鐘也無法擊倒對方，但他還能再戰六分鐘。

這位「紅」槍兵毫無疑問是強敵，自己無論如何都得打倒他……！

「——等等，不好意思，請你等一下再變身。」

「……啊？」

齊格實在免不了傻眼，停下動作。「紅」槍兵著實一副很抱歉的樣子搔了搔頭說：

「其實我有事情想拜託千界樹的魔術師，希望能在這請託完成之後再開戰。畢竟難得——有兩個人在那裡啊。」

「紅」槍兵看向旁邊的石牆，齊格也跟著看了過去，躲在牆壁後面的佛爾韋奇姊弟於是露臉。

「……面對使役者，躲起來也沒用。」

「我只是沒有勇氣讓身體暴露在外。」

卡雷斯聳肩說道。齊格發現在他身後的菲歐蕾正抽動著肩膀哭泣——因此體悟「黑」（凱隆）弓兵已經過去了吧……這麼一來，就代表「紅」（阿基里斯）騎兵還活著，或是兩敗俱傷。

「所以……方便嗎？」

「紅」槍兵凝視齊格的雙眼。他的眼睛妖美得令人發毛，但話語明顯別無他意。

「我明白了，麻煩請盡快。」

「嗯，這是當然。千界樹的魔術師，跟我來。」

「紅」槍兵率先邁出腳步，卡雷斯推著菲歐蕾的輪椅跟上。齊格猶豫了一下，但因為想知道槍兵期望些什麼而跟著三人過去。

走下外圍的日曬磚瓦樓梯，來到一個小小的房間。這裡就是「紅」槍兵的目的地。

入內後的卡雷斯等人不禁抽了口氣。

「這是……」

五位男女坐在五張椅子上，圍繞著一張圓桌。

口中分別嘀咕著毫無脈絡可言的話語。

「聽好了，比起明確的式子，東洋術式更注重柔和——」

「我拜見了傳說中的伊凡雷帝書庫，這麼一來應能理解俄羅斯一帶的魔術師究竟經歷了怎樣的變遷——」

「吾兄啊，明明獲得了聖杯，為什麼願望沒有實現呢？」

「吾弟啊，這不是當然嘛，因為我們沒有獲得聖杯啊。」

「啊啊，想工作、想工作，什麼都好，必須工作——」

這是某種活祭品還是什麼嗎？既然能開口說著莫名其妙的話，這些人肯定還活著，但這個狀況真的能說是活著嗎？

看看他們的服裝，所有人身上都確實穿著魔術禮裝，從稍可瞥見的手臂咒術性防護刺青來看，他們明顯是魔術師，而且都是一流。卡雷斯他們似乎理解了這些人是什麼人。

「這些傢伙——該不會……」

卡雷斯抽了一口氣，菲歐蕾的臉色也略顯慘白。

「沒錯，這才是我們『紅』陣營原本的主人們。」

聽到「紅」槍兵這句話，齊格也總算能理解。原來如此，確實「紅」陣營也不是一開始就由四郎召喚出所有使役者。起初應該是由「紅」陣營——也就是魔術協會召集的主人們召喚出使役者才對。

「他們……還活著嗎？」

菲歐蕾這麼問，「紅」槍兵點點頭。

「是的，刺客為了讓他們和平地轉讓令咒，下毒降低了他們的思考能力，因此我想應該能加以治療，我不認為這樣的毒素會永遠有效。」

卡雷斯詢問：

「——所以說，『紅』槍兵，你希望我們怎麼辦？」

「紅」槍兵說道：

「如果可以，我希望你們能救助這五人。雖然他們與聖杯大戰有關連，但已經處於敗退狀態，不能就這樣一直讓他們待在這裡。」

「……說要救助，但這對我們沒有好處啊。」

卡雷斯這麼說。「紅」槍兵直直地看著他，他的額頭馬上冒出汗水。

沒錯，不可能沒有好處，應該說有太多好處了。

這些人接下魔術協會暗地裡的工作，是檯面下的魔術師，其中一位甚至是鐘塔都報以期待的菁英。

說白一點，救助他們只有好處，對現況被逼到絕路的千界樹而言，這簡直可謂天上掉下來的救命繩，能用來交涉的籌碼當然是愈多愈好。

「或許是這樣，但這邊只能拜託你通融一下。」

「……『紅』槍兵，如果我們救了他們，你願意做什麼？我認為身為施予英雄的你，不可能沒有準備任何回報給我們才對。」

菲歐蕾精準地要求起更多好處。卡雷斯心想：這樣「紅」槍兵應該會動怒，但他卻以嚴肅的態度接受了這個要求。

「確實如此，但很遺憾，我沒有什麼能夠給你們的。」

「那麼，你覺得——那把槍如何？」

菲歐蕾戰戰兢兢地提出厚臉皮的要求，「紅」槍兵難過地搖了搖頭。

「——很遺憾，把槍給你們就等於表達將勝利交給你們的意思，所以我做不到。因為我發過誓，要全力與『黑（齊格菲）』劍兵一戰。」

這再合理不過的理由讓菲歐蕾困擾地垂下眉。

聽到這句話的卡雷斯直截了當地問：

「『紅』槍兵，你說你發誓要跟『黑』劍兵全力交戰，是真的嗎？」

「是的，我早就知道『他（齊格菲）』只剩下心臟，以及這個人工生命體只能變身為『黑』劍兵三分鐘。」

卡雷斯瞥了齊格一眼。

「這麼一來就好說了。既然你發誓要全力而戰，那如果你不能在三分鐘內打倒這傢伙，能不能放過我們呢？」

「……唔。」

「因為不就是這樣嗎？『黑』劍兵只能存在於這個世界三分鐘，他把這寶貴的三分鐘獻給了你。那麼無法取勝的當下，不覺得就等於你敗北了嗎？」

「紅(迦爾納)」槍兵難得說不出話。齊格認為按一般常識來思考，會拒絕這項提案。說穿了，只要沒能在三分鐘內打倒自己，實質上就等於「紅」槍兵敗北。

「……確實，面對在三分鐘內出盡全力應戰的戰士，卻得花超過三分鐘才能將其打倒，也沒什麼榮譽可言。我了解了。」

不過「紅」槍兵似乎有自己的一套原則。

令人驚訝的是，他接受了卡雷斯的提議。而當然齊格只要能戰滿三分鐘，就等於獲得實質上的勝利。

「等一下……『紅』槍兵，你不認為我會想辦法把戰鬥拖延到超過三分鐘嗎？」

齊格這麼問。

這對槍兵來說應該是最不樂見的發展。無論他怎麼想全力交戰，只要齊格拒絕——

但「紅」槍兵以一派平常的表情點頭。

「這也無妨。我發誓要全力而戰，跟你選擇不使出全力，只打算戰成平手的戰術是兩件事情。說來在這種情況下，沒能在三分鐘內收拾你的我才是最有問題的。」

強大的自信。

以及非常高尚的英雄理念。

「你不會全力奮戰……要選擇逃避嗎？」

迦爾納詢問。

那對眼眸深邃、穩重，裡面不帶一絲非難的情緒。

如果想逃避也沒關係，他本人比任何人都深知誓言之類都很自我。

那只是——靜靜地認為這也無可奈何並接受一切的眼神。

在印度最古老且最壯闊的史詩《摩訶婆羅多》裡，背負著遭到大英雄阿周那討滅的宿命的悲劇英雄，迦爾納。

所有悲傷與所有詛咒降臨其身。

在迦爾納襁褓時代便拋棄他的母親懇求他與其監護人難敵不要與敵對的般度族五兄弟交戰。

——那麼，除老三阿周那之外，我不交戰。

身為般度五兄弟父親的雷神因陀羅因為護子心切，便玩弄奸計剝奪了迦爾納身上的黃金鎧甲與耳環。既然能擋下各種攻擊的鎧甲遭奪，將來便只有一死等待著迦爾納。

——不，我不能逃避。

甚至受到詛咒，在最關鍵時刻忘記必殺劍梵天法寶的用法。

——這也無可奈何。

而現在，他正打算以不同形式接受詛咒。

面對能確實取勝的對手，被迫發誓要放棄這份勝利。

「……在那之前我想問一件事。你為何要救他們？」

「持有『黑』劍兵心臟的人工生命體啊，我想救他們很奇怪嗎？」

不奇怪。

如果是慈悲為懷的英雄，就會想拯救他們吧。

但事情總有個限度，即使富人想援救窮人，也不至於想要因此導致自身破滅。

「不奇怪，但是——為什麼？」

「他們曾經是我的主人，理由這樣就夠了。我無法保護他們。儘管身為使役者，卻沒能完成這項任務。即使他們脫離了聖杯大戰，我仍想救他們的性命。我自己也覺得這個願望有點撈過界、傲慢……」

——三人只能愕然。這到底哪裡傲慢了？

「紅」槍兵以甚至令人覺得尊貴的眼眸看向仍嘀咕著莫名其妙話語的五人。

「即使如此，我也只能以這種方式活下去。而且，這種生存方式……意外地挺暢快的。」

齊格的邏輯性思考訴說著。

這真是大好機會。只要在這三分鐘內逃跑、逃跑再逃跑，用寶具抵銷對方的寶具，便能取勝。

畢竟對手是大英雄迦爾納，採用這種戰術絕不可恥，甚至是值得讚賞的策略。

然而，另一種思考訴說著。

這是一種丟臉的策略，難道不應該以自己的全力回應他的全力嗎？理念與信念不合拍，齊格拚命壓抑混亂，起碼不要表現在臉上。

——於是，卡雷斯清了清嗓子，打開局面。

「我知道了。不過魔術師無法帶著這五人下去，必須請『黑』(阿斯托爾弗)騎兵協助護送——」

「這點不成問題，有個房間可以傳送到地面。只要使用魔力，就連我都能把你們送回地上。」

「——等一下，這應該任何人都可以完成吧？」

迦爾納點頭表示當然，卡雷斯看了看菲歐蕾。

「……姊姊，到此為止了。」

這句話令菲歐蕾猶豫了一下——然後悲傷地緩緩頷首。

「是啊，我們必須與戈爾德叔叔取得聯繫，並好好保護、管理他們，所以我們得回到地面上。」

「黑」弓兵已亡，令咒也消失，菲歐蕾・佛爾韋奇・千界樹等於在這場聖杯大戰敗北了。

也就是她在這裡並沒有意義，只消多待一秒，死亡就會更加逼近。

……明明是這樣，卡雷斯卻很平淡地說：

「嗯？回去的只有姊姊喔，我要留在這裡。」

「……咦？」

「我不是說過了，我要成為千界樹，所以我必須好好見證這場戰爭的最後結果。」

身為千界樹一族之長，有義務見證到最後的最後。

「可是……可是！」

卡雷斯一副議論到此為止的態度冷淡地別開臉，對「紅」槍兵說：

「『紅』槍兵，麻煩你帶我們到傳送房，畢竟我們得帶這些主人走吧。」

「——了解了。」

迦爾納扛起三個人，剩下兩人則由齊格和卡雷斯各負責一位。

奇妙的四人組向前。

石造迴廊綿延不絕，或許因為施加過某種魔術，天花板散放著淡淡光芒。菲歐蕾心想：比起希臘，這風格更像殘存於墨西哥中央的阿茲特克人神殿。

她發現自己正下意識地追著弟弟的背影。她看著弟弟扛起被施予輕量化魔術的魔術師並默默向前走，心想：自己為什麼無法反對呢？

覺得現在的他跟自己熟悉的他有著什麼決定性的不同。

……或者、或許，其實開始有所不同的是自己嗎？因為再也不當魔術師了，便開始無法理解仍是魔術師的他了嗎？

想要往那遙遠的背影伸手，但停下了。

這和失去「黑」弓兵造成的悲傷不同，感覺好像被高聳牆壁圍繞，有種難以言喻的寂寥。

卡雷斯真的要——儘管毫無意義，仍要留在這座戰場上嗎？

「就是這裡。」

「紅」槍兵停下腳步，打開房門，地上刻著形狀複雜的魔法陣。槍兵細心地將扛來的三人放在地板上。

卡雷斯和齊格也跟著做。

「姊姊。」

在這句話催促下，菲歐蕾抱著不甚踏實的心情進入房間，並感受到地板流竄的龐大魔力。這種簡直像站在炸彈上的感覺讓她坐立難安，不安地看向卡雷斯。

「別擔心，我認為『紅』槍兵沒有說謊。」

「嗯，我不記得我說過謊。」

「紅」槍兵老實地同意。

「不是這樣——」

不是這樣。這樣真的好嗎？

卡雷斯也搔搔頭。

「……雖然我也應該一起回去比較好，但畢竟這是我們挑起的戰爭。主謀是達尼克，然而我們無法違抗。即使如此，我們還是開戰的那一方，所以我覺得起碼要有一個人見證到最後。」

「既然這樣——」

既然這樣，自己留下來也——

正想這麼說的菲歐蕾看到卡雷斯的眼神。那是比起自己的性命，更想追求神祕的魔術師眼神。

是自己終究沒能抵達的領域。

「……對不起。卡雷斯，拜託，你要活著回來。」

「我知道，都來到這裡了，根本不可能下場作戰。我會盡全力活著回去。」

菲歐蕾無力地笑。「紅」槍兵關上門。

突然，一股周遭魔力爆炸的感覺——很刺眼，讓她不禁閉上眼睛。

不過，能感受到的魔力只有一瞬間。

馬上抹消的同時，空氣變成了某種冰冷的東西。

「啊……」

環顧周圍，自己在一座很普通、隨處可見的小山丘上。拓展在眼下的是一片黑色漩渦，菲歐蕾推測那應該是黑海。

周遭沒有人影，沒有看見自己會騷動的人。只是除了自己，還有五位「紅」陣營的魔術師依然持續碎碎唸。

菲歐蕾立刻透過念話聯絡戈爾德，請他派出大型車輛來接人。

這麼一來就算是——平安逃脫了吧。沒想到自己竟會如此乾脆地接受到接近魔法領域的大魔術效果。

雖然是寶貴的經驗，但對將來卻沒有任何意義。因為菲歐蕾・佛爾韋奇・千界樹已不再是魔術師。

啊啊，我的聖杯大戰就此結束。

握緊拳頭，覺得好不甘心，沒能好好跟「黑」弓兵道別真的非常遺憾。

不過，那個使役者毫無疑問地，毫無疑問不會白死。

「紅」(阿基里斯)騎兵應該也已經死了，或者處於快死的狀態。

……那個人的寶具(王牌)就是如此優秀的武器，從召喚出來的瞬間便已裝填完畢的那枝箭肯定會分毫不差地命中「紅」騎兵獨一無二的弱點。

然而，這一切都已從自己的手中離去。

之後只剩活下去，放開至今握緊的手，挑戰不同的生活方式。

——我將走上不同道路，他將走上不同道路。

這雖然是好幾次在腦海中反覆的嚴正事實，然而一旦這樣遠離便理解了。

「……好寂寞呢。」

弟弟正在過去自己所走的道路上前進，不回頭，直直向前。

若自己還有些割捨不下地不時瞥向過去所走的那條路——會失望，也會安心吧。

——這樣就好。

想起之前曾被「黑」弓兵這樣提點過。

割捨不下是當然。

認為自己做錯了也是當然。

然而，這項選擇並沒有錯，有的只是對於自己放下的事物的鄉愁罷了。

——這場戰爭結束後，主人一定會發現另一項失去的事物吧。

——但那並不是失去，只是再也看不到罷了。

原本覺得他這番話很神祕，到了現在就能理解。

當卡雷斯毫不猶豫決定留在那座花園的瞬間，感覺弟弟好像變成了離自己的認知非常遙遠的存在。

再也看不到與弟弟之間的羈絆了。

那並不是失去吧。正因為有事先被告知，所以能夠理解。

但依然不改寂寥的事實。

菲歐蕾・佛爾韋奇・千界樹敗北了。

選擇不當一位傑出的魔術師，而是一介平凡人類——埋沒在世界而活。

凝視著眼前拓展的漆黑大海。

菲歐蕾靜靜地落淚。認為失去的東西、取回的東西、再也看不見的東西、變得能看見的東西都非常值得愛憐。

§§§

「——感謝你，這樣我總算卸下肩上的重擔了。」

「紅」槍兵帶著平靜的表情向卡雷斯致謝。卡雷斯聳聳肩，嘀咕了一聲「是無所謂啦」。

「……那麼，按照約定來分勝負。我們要換個地方，沒問題吧？」

「嗯。」

齊格毫不猶豫地點頭。

「紅」槍兵看向卡雷斯。

「千界樹的魔術師，你打算怎麼辦？」

「你問我怎麼辦……我原則上打算跟去。」

「你最好小心不要被波及，畢竟對軍寶具無法控制力道。」

「我知道啦。」

三人邁開腳步，齊格看向走在身旁的卡雷斯。他原本以為卡雷斯會理所當然地跟姊姊一起逃離。

他之所以來到這裡，是因為身為姊姊的菲歐蕾要跟「黑」弓兵（凱隆）同進退，齊格覺得既然她要逃脫，卡雷斯也會跟隨而去。

「……你真的要見證嗎？」

齊格這麼問，卡雷斯點點頭。

「嗯，我要……雖然我什麼都做不到，但也不能因為做不到就拋棄義務吧。」

「義務？」

齊格歪頭。卡雷斯搔搔頭，猶豫著該怎樣說明才好。

「因為是我們開始的啊。雖然整個戰局轉向意料之外的方向，但如果因為這樣就逃跑，我就不能算是主人了。」

「……你確實不是主人了吧。」

齊格淡淡地說，卡雷斯搖頭否定。

「直到這場聖杯大戰結束，我都必須以主人自居。我打一開始就這麼決定了。」

卡雷斯下意識地撫摸手背……之前令咒所在的位置。

齊格這下更不懂了。一般來說，在使役者消失的時間點就算是從聖杯戰爭落敗。儘管緊急與其他使役者訂定契約的發展少見，但並非沒有——然而以現況來說，不太有這樣的可能性。

「……說得也是，哎，該怎麼說……啊，不行啦，說穿了就是要拚一口氣。」

「只為了這一口氣，你就要前往死地？」

聽到齊格這個問題，卡雷斯繃起一張嚴肅的臉保持沉默……實際上，他本人也很難解釋這種被逼急了的情緒。

逃跑也沒關係、逃跑很合理、逃跑是當然。

這裡是使役者與使役者相爭的場所，不是區區一介連主人都不是的魔術師該存在的地方。

卡雷斯覺得齊格話中似乎有這層含意……所以他才拚了一口氣也要留在這裡。即使派不上用場、無能、可能會死，也一樣。

即使如此，這裡仍是自己該來的地方——

走在前面的「紅」槍兵（迦爾納）回頭說：

「那邊那個魔術師的決定或許不聰明，但我認為身為一個人，這是很高尚的行為。你別太苛責他了。」

「不，我不是在苛責他——」

卡雷斯嘆氣大喊：

「好啦，這話題到此為止！『紅』槍兵，你快點帶路吧。」

「嗯，已經到了。」

走在前方的「紅」槍兵停下腳步，不當一回事般打開厚重的石門，將兩人引入那非常寬廣的地方。

「這是——」

微暗房內的寬敞程度明顯異常，看不到天頂，讓人覺得沒有盡頭的地平線不斷延續。恐怕是利用魔術進行過空間擴張吧。

「紅」槍兵表示：

「如果是在這裡，不管我們怎樣大鬧都不會造成多大傷害。魔術師，你盡量離遠一點。」

「……好。」

卡雷斯頷首，然後盡可能與他們拉開距離，深呼吸一口氣——發誓絕對要好好看著他們。

——接下來要和「紅」槍兵交戰，這是從之前就決定好的事項，齊格也沒有任何不滿。但真的該與他一戰嗎？

這是一場只要在三分鐘內全力逃跑就一定能獲勝的戰鬥。

若要問自己是否憎恨「紅」槍兵，答案是否定的，但兩者之間有著約定。

只為了一個人工生命體，毫不躊躇地獻出心臟的劍士。

這是他所期望的戰鬥。

裁決者給了自己即使逃避也沒關係的選項，自己完全不需要作戰，就算逃跑了也無所謂。她說——沒有人會責怪你。

雖然不恨，但若不交手就不會開始，無法前進。

——也是會有這樣的戰鬥要面對。

那麼，自己要怎麼選擇？不是問何者正確，而是想選擇哪一個。

「怎麼了，你不變身嗎？」

「紅」槍兵疑惑地問。決定了，下定決心了。說不定這是太不合邏輯又最糟糕的選項。

不過——

總覺得若不這麼做就會失去稍微在自己心中生根的這股情緒。

「……我有一事請託。」

「嗯。」

「紅」槍兵默默地催促齊格「說說看吧」。畢竟他是個不惜一切持續造福他人的施予英雄（迦爾納），並不會躊躇。

「我給自己取名為齊格，這名字來自賜予我生命、默默地要我『活下去』的男人。所以，我希望你也能這樣稱呼我，然後——」

啊啊。

真是的。

怎麼做出如此愚蠢的選擇啊——

「為了報答你，我會盡全力作戰。雖然只有短短三分鐘，但我會像原本應當與你交手的那個男人那般作戰。」

「紅」槍兵稍微睜開了雙眼。

底。

場面沉默——這真是個愚蠢的選擇。明明這麼想，但不知為何有股沁涼的風吹入心

很舒暢。自己的選擇、自己的愚蠢令自己感到舒暢。

感覺槍兵稍微浮現了笑容……雖然可能只是錯覺。

「……這樣嗎？那麼齊格，就讓我們彼此拚盡全力吧。」

此話一出，齊格用掉第四道令咒。

龐大魔力包住他。如果這是最後一次就好了……但心中某處浮現了事情應該沒有這

麼簡單的念頭。

雙手握住幻想大劍。

「……齊格，我要攻了。」

「——來吧！」

在瞬間沸騰的空間內，最強的劍兵與最強的槍兵激烈衝突——！

§§§

醒來後，「黑」騎兵（阿斯托爾弗）落單了。

「咦？哎、呀、呀？這裡是……哪裡？」

「……什麼，你醒了啊？」

「黑」騎兵到處摸摸拍拍自己的身體。雖然他算不上聰明，但他也知道醒來前的記憶竟然忘得這麼透徹絕非一般狀況。

「呃——啊——我記得我——啊，對了，想起來了！」

「……喂，你有在聽嗎？」

急忙起身東張西望，確認周遭狀況。應在遠處飛行的飛機已經全部消失，看來是完成任務了。

主人——不要緊，還活著。

雖然活著，但不在身邊。

「呃呃呃呃……？」

得追上他，但不知道他在哪裡。該怎麼辦才好呢，找到線索就追上去嗎？好，那麼事不宜遲——

「阿呆，聽我說話啦！」

「哇呀啊！」

整個人彈起，然後往旁邊一看，一臉不耐煩的「紅（阿基里斯）」騎兵就在那裡。

……「紅」騎兵？

「你、你不是敵人嗎！」

「喔，是啊。」

「黑」騎兵手忙腳亂地從他身邊離開，準備抽劍——但沒有配劍，只能出槍——卻想起槍被自己丟了，只好先雙手握拳擺出架勢。

「……你該不會是笨蛋吧？啊啊，抱歉，你就是笨。」

「囉、囉唆耶，什麼啦，你活著就代表——啊啊，王八蛋，我們這邊的弓兵被幹掉了喔。」

「紅」騎兵聽了「黑」騎兵這麼說，移開目光，眼中充滿壓倒性的悲傷神色。他彷佛沒有一絲喜悅般難過地說：

「——嗯，沒錯，我打敗老師了。長年抱持的願望終於實現了。」

「……這樣啊。」

原本架起的手臂無力垂下。如果「紅」騎兵出言侮辱打倒的對手，即使要挑起絕望一戰，「黑」騎兵也會勇於執行吧。

但「紅」騎兵的態度澈底相反，因為老師的死亡而悲傷，悼念恩師。

「紅」騎兵所說的「願望」應該沒有虛假，打倒老師、超越老師，這是許多當徒弟的人心中描繪的理想。

但是，實現這願望之後留下的不是喜悅。打倒心愛的對象之後，抱持深切悲傷也是理所當然。

場面一片沉默。「黑」騎兵甚至有想與「紅」騎兵共享悲傷的心情，因為「黑」弓兵就是個這麼有魅力的人。深思熟慮、穩重，而且在最後的最後天真無邪地朝夢想邁進的男子。

「我得與你一戰嗎？」

面對「黑」騎兵提問，「紅」騎兵傻眼地聳了聳肩。

「……我覺得還是不要比較好喔。應該說——你打不贏我吧？」

「誰知道呢？如果是現在傷痕累累的你，說不定有機會呢。」

「黑」騎兵很乾脆地看穿「紅」騎兵腳跟已遭射穿的事實，「紅」騎兵不禁佩服地低聲「喔」了一聲。

「黑」騎兵阿斯托爾弗儘管屬於騎兵這個要在前線作戰的職階，卻是個被貶低為弱小的使役者——即使如此，仍因為長於戰鬥而受到召喚。

「——但很遺憾，我趕時間。抱歉，麻煩你找別人吧。」

雖然要打也無所謂，「紅」騎兵有自信不會敗，或許還可以打出一場不錯的戰。但他不想打了，已經滿足了，現在的自己跟死人沒兩樣，只是願望實現之後還活著的——

「這樣啊。那我要走嘍！」

「……不，等一下。」

「紅」騎兵反射性叫住立刻轉身打算邁步奔跑的「黑」騎兵。

「怎樣啦？」

「你的主人——就是那個『黑』(齊格菲)劍兵的『仿冒品』。」

「不要說仿冒品啦！主人有齊格這個很棒的名字！」

「黑」騎兵立刻反駁，「紅」騎兵一副嫌麻煩的態度搔搔頭。

「啊啊，好啦好啦，你的主人齊格啊……那傢伙正在跟我們的槍兵交手吧。」

「嗯——大概，畢竟他們之間好像有約定。我最後有印象的就是正在與『紅』(迦爾納)槍兵交戰的主人身影。」

「——這樣啊。」

「紅」騎兵迷惘了一會兒後下定決心。雖說自己這雙拳頭打倒了老師(凱隆)是事實，但他之所以答應與自己決鬥，也是因為兩人約定好了一件事。

一時迷惘、背叛……不，不是這樣，這是對願意配合自己目的的「黑」弓兵所能致上的一點點謝禮。

「你幹嘛啦，是你叫我等等，我才等你的喔，我要走嘍？」

「黑」騎兵一副等不下去的樣子轉身，「紅」騎兵又叫住了他。

「就叫你等一下了！」

「……煩耶……」

不耐煩地回過頭來的「黑」騎兵視線明顯帶著不悅。

但或許「紅」騎兵已經打算要這麼做了。他顯得格外神清氣爽地說：

「我有件事情要拜託你，我覺得你聽聽不會吃虧喔。」

「紅」騎兵目送爽快地答應這項「請託」的「黑」騎兵離去後，重新轉向位在中央的倒立尖塔。

§§§

——對雙親的回憶有些欠缺。

或許因為出生沒多久就被送走了，自己的記憶絕大多數都被與恩師凱隆之間的回憶占據了。

然而，要說雙親是拋棄了自己嗎？倒也不是。儘管父親珀琉斯非常愛母親忒提斯，仍深痛地感受到人與神之間無法跨越的高牆而離別。

並不是因為他憎恨妻子，更不是因為他憎恨兒子。

只是他體悟了——「不可能在一起」。

對年少的阿基里斯來說，聽聞這些關於父親的回憶是一項樂趣。

珀琉斯的個性謙虛純樸，但仍是一位立下許多戰功的男人。在戰場上的英勇事蹟、笑話、不禁令人淚灑當場的故事……

其中，珀琉斯說得比其他話題都更起勁的——是關於一位女獵人的故事。

他說她很美，而且不是只會在王宮欣賞花、蝶的那種美。

那是如同馳騁平原的駿馬般的美麗。

特別強化在某一點上的身體性能——她身上沾淤泥、染滿了血，完全看不到像王宮內的公主那樣的楚楚可憐。

然而她所有的不是一觸即彎的纖弱。珀琉斯說那種不把所有苦難當一回事的堅強有著足以撼動人心的美。

「……所以，你被摔出去了？」

「嗯，應該是我心懷不軌吧。我就整個人被摔出去，根本無法辯解。」

珀琉斯苦笑著回答阿基里斯的提問。

她名叫阿塔蘭塔。

希臘最優秀的獵人，同時是不與任何人相容的野獸——

她說她有個夢想。

她希望所有小孩都能被愛。雖說生前沒聽她提過這個願望，但如果真心問了，自己或多或少會做出跟「紅」(塞彌拉彌斯)刺客同樣的反應吧。會因不可能達成而放棄，並笑她這夢想太愚笨。

自己也是這麼認為的人之一，會說所有小孩都能被愛的和平世界根本不可能到來，這是愚蠢的夢話，並對身旁的不幸視而不見。

但是，儘管她的夢想會被嘲笑——仍不改這是很美妙的夢想這個事實。儘管知道永遠無法達成這項理想，阿塔蘭塔仍選擇走上這條路。

那麼究竟誰有資格笑她呢？

儘管知道這是很美妙的夢想卻對那段艱苦道路視而不見的膽小鬼，根本沒有權利貶低她的夢想。

——明明真心覺得那個夢想、那個自己走不上的道路非常尊貴。

「……為什麼會變成這樣呢？」

弓兵（阿塔蘭塔）把自己獻給了魔性，那毫無疑問是區區一頭山豬披上了就讓一個國家陷入恐慌的卡利敦魔獸皮。

「紅」騎兵並不知道她將之當成寶具帶了過來。既然他都不知道了，應該也沒有其他人知道吧。

這只是從老師(凱隆)那裡聽說的故事，卡利敦魔獸是月女神(阿緹蜜思)派遣下來的，只不過那原本只是單純的山豬。

但是，當月女神把那塊布披在牠身上的瞬間，牠就化身成魔獸。

應該是月女神想威脅人類。

——只要沒能好好獻上活祭品，你們國土的所有野獸都會變成這樣。

好，問題來了，如果是現在世界上速度最快的「紅」(阿塔蘭塔)弓兵披上這塊皮。

究竟會變成什麼樣的生物呢？

那已經不該以「紅」弓兵稱之，而是被貪念迷惑，已經迷失了最初目的的悲哀且最強怪物。

既高尚又勇猛的希臘最強女獵人阿塔蘭塔已不復在。

所以，該怎麼辦？

「……啊啊，真是的，這第二段人生也不會都是好事啊。」

「紅」(阿基里斯)騎兵嘆氣，過去師父的教誨浮現腦海。

『你對待自己認定為敵人的對象是無比苛刻，然而即使不是當成同伴，只要被你認定為「好人」的對象，你就會非常善待他們。』

「老師，您所言甚是。不過……」

生前父親曾對這樣的自己說過。他將手放在告誡自身要當一個英雄的自己頭上，於道別前說出了這番話。

『這是爸爸我最後給你的忠告，不可以基於身為英雄的義務而戰。你必須出於自身所想而戰，千萬別忘了這點——』

「紅」騎兵不知道自己是否正確。或許他做錯了所有事情，即使如此仍發誓要順從自己的心意而戰。而自己的願望毫無疑問是要拯救她。

所以他全力狂奔而出——腳跟傳來的疼痛對他來說早已不是障礙。

結果，阿基里斯（自己）只能作為一個英雄持續奔走。

§§§

裁決者正持續往目的地奔去，不管這裡有多寬廣，空間怎樣被魔術竄改，她都不會弄錯自己的目的地。

而既然主人不在了，也不需要費力應對沒用的陷阱。

這點「紅」刺客應該也心知肚明。她似乎只專注在利用距離爭取時間，但說到底這做法仍有極限，因此使役者們應該毫無疑問等在前方了。

「紅」弓兵、「紅」騎兵、「紅」(迦爾納)槍兵在外面執行奇襲，但「紅」刺客與「紅」(莎士比亞)術士兩位使役者至今仍未現身。

尤其是刺客——身為這座「虛榮的空中花園」主人的塞彌拉彌斯，恐怕就在非常接近大聖杯所在處等著吧。

術士則不明。畢竟在那片戰場上，以及首次與天草四郎時貞見面時，這位使役者一次也沒有露臉。有可能在某處設下了陷阱，或者——

裁決者邊思考如何對應各個使役者邊快步奔跑，毫無遲疑，即使眼前有一百個入口，她也不會猶豫地選出其中一個。

……齊格沒事嗎？

因為「黑」劍兵（齊格菲）的反應還在，她知道齊格還活著。但裁決者只能判斷「是否還活著」，沒辦法知覺到這條生命下一秒是否會死亡。

如果停下腳步，用聖水描繪地圖，或許就能知道他是否在活動——

瞬間捨棄這無聊想法，這想法實在太過愚蠢了。明明自己是為了不要在這裡停駐、要在這時候持續奔馳才走到這一步的。

——我要阻止。

我要阻止天草四郎時貞，我非得阻止他不可。利用大聖杯拯救所有人類這種事情不可能辦到，絕對不可能——

『他本人應該比任何人都清楚這點。』

『但為何他還是選擇了救贖呢？』

曾經好幾度浮現並遭到駁回的思緒再度閃過腦海。

他真的對人類如此絕望嗎……雖然不是不能理解他對人類絕望的心情。

儘管人類的本性亦正亦邪，卻是一種無法忍受自身是邪惡的存在。所以人類會以正義自居、執行正義、讚揚正義。

因為不這麼做就無法承受。

不過，從第三者的角度來看，天草四郎應該毫無疑問是正義的一方。他並不是為了出頭當官，是為了遭到欺壓的弱者而起義。

然後他失敗了。對他來說這等於邪戰勝正，所以才對人類失望，選擇救贖。

貞德心想。

為了拯救法蘭西挺身而出的自己和他（四郎），在本質上並沒有任何差別。

自己是聽見主悲嘆著什麼也做不了，少年則是承受了民眾的悲嘆。

但是，兩者之間對人類的解讀有落差，而且是致命性的落差。

強者並非永遠為強，也並非邪惡。

自己知道。

知道蹂躪、嘲笑自己的人類在心愛的人面前也是會溫柔地笑。

自己知道。

知道與自己並肩而戰的人也會無法看清而墮入邪道。

即使如此——自己知道即使如此，人類仍值得愛。

所以要戰。

所以要殺。

所以要救。

正因為事先已下定決心，她的心堅如鋼鐵。無論何種苦難、何種誘惑都對聖女（貞德）起不了作用，這點是確實。

……然而，但是，另一方面，她的心裡一直有一股風，那是她平常完全不會在意的弱風。

不過，這陣風一直吹著理應化為鋼鐵的內心，彷彿想表示既然她的心是鋼鐵，只要利用更強勁的風吹送便能輕易折服一般——

裁決者接下來衝進的房間只能用廣大形容。這大小粗略評估大概有一座棒球場大。有一點奇怪的地方，應該就是有許多石柱詭異地聳立著，讓人聯想到樹林吧。柱子上施加了魔術——並非攻擊性，應該是竄改空間，彷彿迷路森林那般迷惑人的機關。

當然對裁決者來說這毫無意義，她只需要順從直覺往前衝便可。

往前衝便可——

「……！」

突然，奔跑的裁決者背後竄過一股寒氣。

那是絕望性的魔性生物，對她的憎恨足以使人噁心嘔吐。

儘管裁決者心想不可能，但她仍立刻切換思考，以雙手握住聖旗，順從自己的感覺躍起同時回頭，揮下旗幟。

彼此都算是偷襲。

「原本是」「紅」(阿塔蘭塔)弓兵的魔獸(卡利敦)逼近到身旁，並在空中修正姿勢，千鈞一髮之際閃過旗桿。

對雙方都該覺得可怕吧。

只憑藉自身的感覺便能針對無聲偷襲加以反擊的裁決者。

而儘管無聲偷襲在空中遭到反擊，仍能避開的魔獸。

「『紅』弓兵——阿塔蘭塔……！」

「『還沒完』！我才……我才不會，讓妳阻撓……！」

她為了追求自身夢想，已經澈底走歪了。即使如此——正確的慟哭至今仍未停歇。

「我要拯救，一定要拯救！用不可能存在的聖杯實現不被允許的願望……！不要妨礙我實現夢想啊啊啊啊——！」

魔獸踢蹬石柱，並利用反作用力跳得更高。這柱子有如茂盛生長的樹木，對使用長柄武器的裁決者來說較為不利。

相對地，這對魔獸而言是壓倒性有利的地方，除了因為她是不把任何障礙物放在眼裡的傳說中的飛毛腿阿塔蘭塔之外，還有一點。

破風聲。

認知此為何的裁決者立刻躲到柱子後方。這是對剛才這道聲音有反應的人理所當然會採取的對應方式。

但是面對這魔獸——完全不該採取這樣的措施。

「唔——？」

黑色箭矢正確地貫穿石柱，插進裁決者的肩膀。裁決者從破風聲知道她放了箭，也認為躲在石柱之後就能防範。

或者，就算是引誘她躲到石柱後方的箭，她也還能應對。

但沒想到——竟是速度完全不滅，以音速貫穿石柱的箭，這究竟該怎麼應對……？

「這裡是我的狩獵場！裁決者，這裡是我的森林、我的狩獵場啊！」

詛咒般的聲音從黑暗的某處傳來，這句話令裁決者毛骨悚然。裁決者認為卡利敦獸皮透過讓阿塔蘭塔發狂的方式，催出她身為使役者的力量直到極限。

這點恐怕沒有錯，那更接近所謂的反英雄或魔獸，但她不僅擁有狂奔的力量，也還存在邏輯性思考。

目前無法得知這是因為她是阿塔蘭塔，還是卡利敦的特性造成，但這仍舊是可怕的事實。

……魔獸恐怕隨時都能追上裁決者，她卻壓抑自身氣息專注在追蹤上，並且認為這個房間是最棒的狩獵場，於是出手偷襲。

不能忽視。若能這麼做，打一開始就逃跑了。

所以從剛才起每過一秒就陣陣發寒，並因為遲了好幾拍才發出慘叫——！

§§§

——頭好暈，覺得世界嚴重萎縮。

敵人，敵人在眼前，發現敵人了……得殺掉，必須殺掉。為了某人、為了某物。

「肚子餓了」——非常飢餓，必須以殺意……填飽肚子。

景色渾濁，無法判斷是哪種生物，只要能判斷對象是否為生物就夠了。反正，全都要殺了吃掉就是。

從柱子移往另一根柱子，敵人應該就在這房內某處。

「……了妳……殺了妳……殺了妳，實現我的願望……！」

——找到了。

紅色的、火紅的顏色，魔獸（阿塔蘭塔）的雙眼確實掌握了人體散發出的熱度。

是敵人。

敵人就在那裡……！

「死吧——！」

在石柱林木間跳躍穿梭的模樣有如山中野猴，魔獸將柱子當作立足點放箭。

瞬間放出的五枝箭每一枝都灌注了必滅願望，即使躲在石柱後，這些黑箭也有連同柱子一併貫穿的威力。

仍身為「紅」弓兵時那種馳騁荒野的野獸般的美麗已經消失，相對地是非常扭曲不祥的東西構成了現在的她。

舉動也與過往大相逕庭，說到底野獸仍是生物，絕對不會做出極度損傷關節的非現實動作。

親自把手臂變形而成的翅膀像擰抹布那樣擰緊，在黑箭上加諸扭轉力道後以音速射出。這是一種模擬性的膛線（Rifling）效果，是生物絕不可能使用的射箭方法。

魔獸絕對不會抗拒這時候產生的劇烈痛楚。

『痛苦才是給予存在本身的凱歌。』

對卡利敦魔獸而言，痛與苦才是世界的一切。因此牠們很強，不抗拒被賦予的痛苦，在歡欣之情下接納被賦予的痛苦。

「這……！」

因為太過驚訝而往後一躍，拉開距離。放出的五枝箭，每一枝都帶著與寶具匹敵的破壞力殺向敵人——悉數遭到擊落。

是誰？能夠平常地實現這般奇蹟的敵人究竟是誰？

視野模糊……聲音不清。

「好啦，■先■吧，這是我和■■做個了斷的■■。」

「……我■■了，那麼■■■了，■■，祝你順利。」

「■死了，別磨蹭了——妳快■■■■——」

寂靜無聲。

言語已然化為聲音的羅列，甚至無法解釋其中含意。這也是當然，因為她選擇了成為魔獸。

『只要能殺，就夠了。』

一切的一切都是如此曖昧，一切的一切都已往濃霧彼端而去。留下的只有殺意，以及變得模糊不清的——「夢想」而已。

來吧，為了實現夢想，隨著狂亂的低吼消滅敵人吧。

魔獸奮發。

§§§

……男子不把劇烈痛楚當一回事，擊落了五枝箭。能如此簡單地完成即使在萬全狀態下也堪稱奇蹟的成果，完全是基於其硬實力之故吧。

男子被稱為英雄，也活得像個英雄。

但即使是英雄，也不代表能夠拯救一切。有如過去因為自己一時逞勇，招致盟友死亡那般——男子無法拯救眼前的她（怪物）。

在這場聖杯大戰中，最優先的事項是與師父對決，他只專心致力在這一點上。若要說沒有發現她產生異常當然是謊言，但他確實忽略了這些異常。

說穿了，「男子以自己為優先了」。

男子很想單純地看待事物，這之中沒有善惡之分，沒有法律與混亂，自己的願望與對方的願望等值，剩下就是彼此比較「力量」強弱以決定誰能實現願望。

世界以單純的競爭原理建構，憎恨與愛不過是附屬品，不該一直牽扯。

這是過去他所生活的世界中的道理。

她也活在同樣的世界，所以他擅自認為應該是一樣的。

即使知道女子那單一而純正的愛，以及因此產生的絕望，仍沒能真正理解。

男子完全沒能想像那竟然強大得可以讓她輕易拋棄身為英雄的榮譽。

——這是何等無知、傲慢且怠惰啊。

男子的罪過多不可數，所以即使是錐心之痛，即使是每當作戰便會噴發的肉體之痛，都是對他的懲罰，他必須加以贖罪。

平常覺得輕盈的槍無比沉重，每彈開一次箭的衝擊影響全身，一點都不想戰勝，或許乾脆敗了還輕鬆點。

……然而，不能這麼做。

變成那樣是她的選擇，而看不過去則是自己的責任。

所以，該與她分出勝負的不是裁決者——

「要打敗妳的是我。」

如此嘀咕的男子以石柱為立足點躍起，展開雙翅的魔獸發出擠壓般的叫聲。

放出的箭無視一切衝向男子，與其說這是出於計算，更像是憑藉一股蠻力。男子判斷出由無數箭矢編織而成的軌道，在評估過應接招的箭數與接近對手的必要性後，選擇了後者。

跳躍——再次踢蹬石柱，迅速修改軌道。

沒能躲開的一枝箭插入肩頭。

但無論劇痛與損傷，對現在的男子來說都毫無意義。他要做的，只有打倒這匹魔獸。躍起的男子付出肩膀中箭的代價，換來貼近魔獸的機會。

男子心想自己沒有資格為這澈底改變的樣貌哭泣。

與自己共度一生的槍流暢地舞動，直接命中魔獸的翅膀。男子動身追上被打飛後倒栽蔥下墜的魔獸。

但她在往下墜落，直接摔在石地板上的前一瞬間，強行扭轉全身，維持頭下腳上的狀態，用雙腳將自己固定在石柱與石柱間的夾縫中，並在這樣的狀況下對男子放箭。

男子在前一秒察覺這胡扯到極點的「砲擊」，千鈞一髮地閃過了。

脖子被劃開，滲出鮮血。

彼此都在危急之際做出幾乎不是人所能做出的動作。魔獸怒吼，但男子並沒有退縮或畏懼，直接刺出槍尖。

幾乎等於手槍的快速拔槍（Quick-draw）擊出的黑箭，和如紫電般的槍擊交錯。

劇烈衝撞的巨響撼動彼此的耳朵。

彼此都同樣嘗到差點要嘔出來的痛。

「嗚——！」

「咕、唔……！」

壓下痛苦的聲音，拉開距離。男子的傷明顯輕上許多，或許因為擊中胸甲，傷勢並不嚴重。

但對魔獸來說，傷勢嚴重與否並不重要。正因為直到斷氣之前都會持續活動、持續完成被賦予的任務，所以才是怪物。

男子嘆了口氣，看看自己的長槍。他用這把槍打倒過許多豪傑，然而這把槍卻受到了一項詛咒。

終有一天，會以這把槍殺了心愛的對象——

男子甩開多餘的念頭再次奔出，但被射穿腳跟的他與被譽為最快飛毛腿的獵人之間存在壓倒性的差距。

男子眼中所看到的只有模糊的身影，些許破風聲從右斜上方傳來。

男子再次擊落了看不見、無法察覺的幾枝箭。

魔獸掌握到了。

男子的槍擊明顯慢了下來，腳跟的傷勢有如詛咒般侵蝕著他。照這樣下去，他應該無法再熬過三枝箭吧。

魔獸立刻下定決心，為了合理且毫髮無傷地拿下這個男子而拉開距離。即使看不見他，也能透過熱度追蹤。

——魔獸並不在乎男子是什麼人。

只要他是可以拿下的對手就夠了。搭起的箭扭轉後高速射出。男子保持沉默打落了這枝箭。

從腳跟冒出的鮮血染紅了石地板，魔獸繞到男子身後放出第二箭。

當然，男子的槍依然管用，他打落了這第二枝箭。

不過非人的魔獸很清楚，他只能再忍受一次這般竄過全身的衝擊與痛楚。她在石柱之間奔走，選擇放出最後一擊的位置在男子正上方——瞄準了腦門。

旋轉的漆黑箭矢輕易突破音速這堵高牆。

如果被這箭貫穿很好，但即使無法貫穿，採取迎擊或閃避行動也同樣將連結到男子的死亡。

「喔喔喔喔喔喔喔喔——！」

男子大喝。怒吼著，灌注渾身力量迎戰瞄準腦門飛來的這一箭。

不僅從腳跟，他全身噴出鮮血，迎戰之際產生的震動使五臟六腑重重受創，甚至從口中與眼窩冒出了血。

無關乎是不是英雄。

現在他這副渾身是血的模樣，只要是生物，認定已死也絕不奇怪。

……然而，男子站著。

呼吸急促。從他的氣息來看已經瀕臨死亡，放著不管也無所謂。

雖然無所謂，但這男子是使役者，無論怎樣瀕死，只要沒有死透，就有機會翻轉勝敗。

魔獸立刻合理地判斷，從石柱上滑下，在男子正前方落地。男子別說閃躲了，甚至連動一下也無法，五感恐怕幾乎都喪失了。

呼吸細如絲。

心跳聲早已消失。

沒有猶豫、不捨、留情，魔獸將最後一擊——釋放出來。

侵蝕這個世界，嘲弄這個世界吧。魔獸乃為此而生，直到消滅為止都會這麼做。

「『闇天之弓（陶羅波羅斯）』——貫穿吧！」

漆黑的箭射出。男子一動也不動。瞄準了靈核。能從一切惡意之下保護自己的母親的祝福（鎧甲）已不復在，只要中箭將會非常理所當然地被死亡囚禁。

如同過去受到太陽神（阿波羅）祝福的英雄（帕里斯）用箭射穿他的腳跟與心臟那時一般——男子將迎接第二度死亡吧。

男子已經接受了這點。

儘管接受了……仍有一件事無法退讓。

『男子的槍受到了詛咒。』

男子忽視了一秒之後將到來的死亡，他所追求的是在更之後的事物——
高聲地喊出：
「——去吧！『穿梭天空群星之尖』！」
流星之槍與漆黑之箭交錯，下定決心的男子心甘情願地承受黑箭，驚愕的魔獸嘗試迴避，但慢了的這短短幾秒決定了成敗。為了給敵人最後一擊而全力放出的這箭，讓魔獸的迴避動作慢了一點點。
「嘎……！」
腹部遭到貫穿的魔獸發出痛苦呻吟，雖然是致命傷，但不至於死亡。
……男子也很理解這一點。
這不是說他擁有預知未來的誇張能力，只是他身為戰士的直覺這樣告訴他，所以男子毫不猶豫地奔出。
就算腳跟被射穿，再也不是速度最快的人類——即使如此，我仍是最快。在他眼中只有看到墮落為魔性的一匹野獸，以憎恨為糧食，想實現夢想的少女身影。
「唔喝啊啊啊啊啊啊啊啊啊啊啊啊啊啊啊啊啊啊啊啊啊啊！」

男子的飛毛腿瞬間奔過戰場，魔獸雖想迎擊，卻被刺入的槍完全封堵了動作。

魔獸心想那就換方法，於是再次召喚出箭矢。即使沒有方才那般威力也好，只需要讓他停下腳步一瞬間就夠了。

之前那箭已經貫穿靈核，只要再稍稍推一下這個已經站在死亡深淵邊緣的男子。

最終她放出了三枝箭，男子甚至沒有表現出要躲開它們的意圖。

腹部、大腿、胸腔三處中箭——現在甚至不是說是否為致命傷的階段了，他的傷勢已經嚴重到死了也不意外的狀況。

但是，這樣的箭甚至連牽制都做不到。男子奔跑的速度並未減緩，甚至還加速了。與方才的槍同樣，有如慧星一般的狂奔。

「喔喔喔喔喔喔喔喔喔喔喔喔喔喔喔——！」

面對怒吼的男子，魔獸做好覺悟，看他是要抓住槍、折斷脖子、挖出心臟還是打碎頭骨——做得到就來試試看啊。

別以為這點程度就能擊敗自己，我可是卡利敦的魔獸。只要這份詛咒還在，就絕對不會死透。

男子躍起，用一隻手抓住魔獸的脖子，同時另一手打算扯下從背後長出的雙翅——

這動作令魔獸愕然。

「住、手……住手、住手、住手……！」

這男子（敵人）——

「閉嘴，不准再玷汙她。」

打算把魔獸（我）「整個扯下來」——！

男子灌注了即將致使肌肉破裂的強大力量，強行扯下這張髒汙的薄皮。被扯碎的皮先是劇烈地抽搐了一下，接著化為塵埃消失。她之所以會變成魔獸，就是因為擁有寶具「神罰之山豬」。

只要失去寶具，她就只能變回「紅」（阿塔）弓兵（蘭塔）。而在那之後，她想起了眼前的男子是誰。

茫然嘀咕男子的職階名。

「你是……騎兵……」

「大姊，抱歉，我來遲了。」

為什麼自己會與他戰鬥呢？為什麼會與他互相廝殺呢？自己並不討厭他，說起來根本就是伙伴，應該不至於要跟他動手……不過，還是打了、廝殺了，自己披上了那寶具，並相信那麼做是對的。

領悟到這點的瞬間，死亡快速地襲向她。

§§§

天草四郎時貞沒有引發過奇蹟。

不，信仰他與他所信之天神(宙斯)的人們，確實親眼見證了奇蹟吧。但是，那仍然不能算是奇蹟——四郎很清楚這點。

例如治好了盲眼少女並非奇蹟，只是一種治癒魔術罷了。呼喚鴿子，或者走在海面上——諸如此類「人們認為自己不可能做到的事」，都屬於魔術或類似魔術的能力，並非奇蹟。

天草四郎單純只是「天生就能使用魔術」。

所謂奇蹟是神所授與，天草四郎身上並沒有任何神所授與的事物。

——至少他在死之前都是這麼認為。

在成為被稱為英靈的存在之後，因果關係顛倒了。

過去使用的魔術在許多人讚嘆下昇華為奇蹟。「奇蹟」——沒有多少詞彙能如此曖昧、不確實，卻又能夠令他人信服。

這兩條手臂上寄宿了奇蹟——

通過因果線介入大聖杯的系統，周遭的印象有如察覺到入侵(Hacking)般變成具有攻擊性的感覺。

現在的自己說穿了就是惡性病毒，但是惡性病毒會惡化，並以細胞增長的方式加以抵抗。

自己並不會增長，也不會變得強大，感覺好像周圍被白血球包圍了。

並知道自己會被殺害。

因為你的想法、你的希望之類都跟大聖杯無關而遭到指謫。

這點正確。至今為止大聖杯都沒有與世界連結，說穿了這座大聖杯只是為了實現願望的祭壇，只是位在與世界隔離之處的萬能願望機。

聖杯可以實現願望，願望不分善惡，只會被評估可行與否。

為了有朝一日艾因茲貝倫能夠實現第三魔法，冬木的大聖杯就只是存在著。不過，這也要宣告結束。

不是因為實現奇蹟而產生了信仰。

是因為有信仰，才能成就這番奇蹟。

「沒錯，所以這是大家相信我——相信天草四郎時貞所產生的力量。」

四郎顯得著實開心地如此嘀咕。過去覺得這兩條手臂有如詛咒，當崇敬自己的人們遭到殘殺，自己的雙手被砍斷時，產生的情緒甚至不是絕望，而是歡欣。但現在的他確實需要這兩條手臂。

天草四郎時貞能夠創造奇蹟——跳過（Skip）所有來襲的不可能，只把結果拉出來。

支配大聖杯，追加新功能（系統），天草四郎要變成大聖杯。

電光竄過兩條手臂，強烈的痛楚類似歡喜，以強勁的氣勢入侵（Hack）、侵蝕（Crack）：——改寫（Alter）大聖杯中樞。

目標是第三魔法的普及化。

撼動大聖杯，致使無論誰都能達到這般奇蹟。即使世界上所有靈脈都將因此枯竭也不在乎。

大聖杯蠢動，天草暴力地加以壓抑。儘管兩條手臂好似要四分五裂，但無論怎樣強大的力量都無法將之扯碎。

跳過所有不可能，壓下所有不合理。

他作了夢。所有人都能幸福生活的世界，是人類必須抵達的下一階段，過去許多英雄、凡人、惡人都期望的世界。

永遠的和平，沒有殺戮、戰爭——過於充分的幸福世界。

沒有被欺壓的弱者，沒有瘋狂的強者存在。

這樣的東西不存在、是幻想，這種想法本身就是邪惡。

他好幾次被「現實」這個敵人打倒。

……確實，這樣說也正確。

很可悲地，人類只能是人類，雖然向聖人懇求便能獲救，但聖人也有其極限。向聖人求援確實能獲得施予，但若沒有求援——就不會成為獲救的對象。

即使如此。

即使如此，仍祈願世界和平，希望打造沒有人相爭的世界。若說這是傲慢也好，被指謫這是罪惡也無所謂。

因為——

如果不認識的某人能在和平世界幸福地微笑，這樣自己就能滿足了。

……有人說人類的肉體將不會再進化。

儘管有很多細微的修正處，今後人類仍會因空腹而煩惱，智慧不再增長，同時會被無法承受的欲望纏身。

已經夠了吧。

世界上有某人好幾次好幾次、許多次許多次持續祈禱的願望。

希望所有人類都能平等地享受和平與幸福——

「——我問聖杯，我的奇蹟有錯誤嗎？我的願望是異常嗎？我們所相信的一切都是該被割捨的嗎？」

輪迴的世界。

對立的願望。

徬徨的生命。

如果說這是世界正確的存在方式。

「那麼，我們為何覺得美麗？為何喜愛和平、喜愛幸福——甚至覺得第三者是如此值得憐愛？」

這是不必要的情感，該被淘汰的思緒。

但是，為什麼我們會因毫無關係的人流淚？為什麼會因此心痛？為什麼人類明顯以互相扶持為目的，有時候又能展現出超越它的勇氣呢？為什麼能夠寶貴地、珍惜地持續握著它呢？

「那是因為終有一天將要抵達這裡。

不就是因為你這麼想嗎？萬能的願望機（聖杯）啊，回答我，回答看看吧！我的願望中有邪念嗎？我們的希望有汙點嗎？」

——————沒有。

聖杯宣告。

這是正確、該存在的願望、該抵達的場所。是該予以肯定，不該加以拒絕。

「那麼，聽取我的願望吧！讓我的祈禱實踐吧！

聖杯，忠於你真正該扮演的角色吧！人類掌握了天之杯，將抵達無盡繁星（天空）！」

瞬間，言峰四郎看見了「奇蹟」。

「——嗚呼。」

嗚呼、嗚呼、嗚呼。

我抵達了，我們終於抵達了。抵達的這個地方，說穿了是個滿地幸福的小地方……

即使這樣也好，只要這樣就夠了。

人因為天之杯而能前往下一個階段。

在那裡等待的是一切的一切都屬未知的世界。一旦立足點不同，能看到的事物想必也會不同吧。

然而，那應該是個遠比這嚴酷的現實（現在）更美好的世界。

親愛的人類（人們）啊，一同前去吧。

我們確實——抵達了那個場所、那個舞台。

§§§

——我問妳，魔女（貞德）啊，妳有接受過神明的恩寵嗎？

我回答。如果我沒有接受過恩寵，我便會祈禱神能賜予我；若我接受了恩寵，我便會打從心底祈禱，希望祂能永遠如此。

——我問妳，魔女（貞德）啊，妳體悟了自身命運嗎？妳的聲音如何告知？

我回答。我堅定地相信自己的聲音所宣告的救贖，我打算欣喜地接受一切。

——我問妳，魔女啊，妳相信那道聲音，相信自己絕對會獲得拯救，不會下地獄嗎？

我回答。並不是我相信自己會獲得拯救，而是我相信宣告我會獲救的聲音。而我相信，我已經在天國了。

一邊奔跑，過往的記憶突然浮現。

儘管同樣信神，仍明確地分出了敵我。這件事固然悲傷，但同時也不該嘆息。

為了國家、為了鄰人、為了所愛的人揮劍，這絕對不是錯。人因為集合而獲得智慧，變成能抵抗可怕的魔性。

——最後問妳，魔女啊，沒錯，或許妳的志向是正確的。妳應該相信人類終有一天會抵達天頂的另一端吧。但妳曾經思考過阻撓者的存在嗎？曾經細數過犧牲了多少生命嗎？妳認為那是必要的犧牲嗎？妳即使心痛，仍沒做出任何應對嗎？

……這……

這是回答不出的提問。

正因為相信人類的善與惡，面對產生的犧牲時儘管心痛，仍只能放棄。

將犧牲壓到最小是身為英雄的本質，但無論花費多大勞力，還是無法將之化為零。

沒有奇蹟。即使有，那也不是將不可能化為可能，而是讓幾乎接近不可能的事情以極低的機率變成可能。

……打從一開始，想把歷史的犧牲者化為零就是不可能的一件事。那麼，若說在終點相同的條件下——

至此裁決者停下思考。不可以去想這之後的事。現在必須傾注全力，阻止另一位裁決者天草四郎時貞。

奔過無限綿延的迴廊，裁決者發現了出口離這裡並不遠。問題在於抵達出口之前有使役者埋伏。

她感覺到的使役者有一位。

……不是「紅」(阿塔蘭塔)弓兵。剛剛才與她對峙，並勉強逃開了。雖然理由不明，「紅」(阿基里斯)騎兵讓自己先走了。

裁決者和弓兵絕對無法互相理解。無論在思想面或鬥爭面，就算分出了勝負也於事無補。由她所熟悉的對象為她做個了結應該比較恰當，而那至少不會是裁決者。

那麼剩下三位。也就是「紅」槍兵（迦爾納）、「紅」術士（莎士比亞）和紅刺客（塞彌拉彌斯）其中之一——不過……

「紅」槍兵的可能性偏低，他應該正在花園外圍迎擊我方，所以應該是「紅」術士或「紅」刺客——

裁決者判斷應該是「紅」刺客。

自己目前正前往花園中央的最下層——也就是收納大聖杯的場所。作為最後屏障的將是這座花園內最強的使役者，應該無庸置疑是塞彌拉彌斯。

當然，從黑棺發射的光彈那種直接性的魔術對裁決者並不管用，可是自身的反魔力只能彈開將會干涉自己的魔術。

假設對方召喚出魔獸，裁決者便無計可施。而能將這類奇蹟化為可能，正是「紅」刺客所使用的魔術。

……回過神來，才發現一扇雙開的巨大鐵門出現在眼前。

『開門吧。若是閣下，不管發生什麼事都不要緊吧？即使是陷阱也一樣。』

這番挑釁般的念話傳來，裁決者先嘆了一口氣才推開這扇門。

那裡是謁見廳，儘管沒有看到該服侍在側的騎士或小丑，女王仍坐在王座上。只要有王座上的女王，這裡便充滿足以稱為謁見廳的威嚴。

這真是個神奇的地方，有一張以獸骨打造的不祥王座，其下方充滿水，水中開滿美麗睡蓮。儘管裁決者來到地底下，天花板卻在遙遠的那一端。

坐在王座上的，當然是女王塞彌拉彌斯——也就是「紅」刺客。

「想獲得聖杯，就先打倒吾……雖然吾很想這麼說——」

她這麼說完默默地一彈指，牆壁像融解般消失，以魔術建構的門(Gate)開啟。

「穿過那裡，往下走吧。大聖杯就在那兒。」

「……妳說什麼？」

裁決者啞口凝視著「紅」刺客。她直覺性地看穿那條路不是假的，而刺客則板著一張不服氣的臉瞪向裁決者。

「別這樣，吾也不是自願幫閣下開路……但主人既然都下令了，吾便有義務遵從。哎，別擔心，那傢伙——就是『紅』術士會負責歡迎閣下。」

「紅」刺客說完，一副沒什麼好說的態度不再開口。姿態尊大地坐在王座上的她已經不在乎裁決者。

雖然多少能感受到敵意，但裁決者判斷——她並沒有想對自己不利的意圖。

「那麼，這輩子永別了。」

裁決者這句話令「紅」刺客露出得意的笑，點了頭。

「就是這樣吧。裁決者，別了，妳是個無趣的聖人，等著毀滅吧。」

裁決者沒有閒工夫也沒有餘力回應她的挑釁。

「紅」刺客目送前行的裁決者離去後嘆了口氣。原本她認為自己即使違背主人的命令，也應該與之交戰。如果是她持有的另一樣寶具，應該可以與那個聖女對抗。但令人困擾的是「紅」劍兵(莫德雷德)也快抵達了，雖然把設下陷阱的房間連接在一起以避免裁決者和「紅」劍兵碰頭，但這種做法也有極限。

儘管是在這座花園裡面交手，但一次面對兩位——而且是裁決者和劍兵，也實在夠折騰人的。

「術士，吾讓裁決者往那邊去了，剩下就是你的工作。在四郎回來之前要怎樣爭取時間就交給你辦，吾必須出面迎戰啊。」

「紅」刺客沒等回話，單方面切斷念話後看了被方才那一擊砍傷的肩頭。這些許痛楚化為絕不會忘記的屈辱，刻劃在心中。

「紅」刺客會殺了「紅」劍兵。

果然得由身為女王的自己來收拾那個離成王還差得遠的囂張小姑娘。女王看著空中的雙眼蒼白得甚至散發出冰冷氣息。

「——第二寶具啟用，『驕慢王之美酒（Sikera Ušum）』。」

為了迎接不出幾分鐘便將到來的反叛騎士，女王開始親手擺設宴席。

§§§

迦爾納思考。

自己經歷過被譽為神話的許多戰役——當然，他能自豪地斬釘截鐵說無論何時他都是全力作戰，沒有放水過一次，也沒有侮辱過任何人。

……但這是他在有所限制下的全力。

——就像過去因為母親的請求，他表示只會與般度五兄弟中的老三（阿周那）交手。

感覺過去所經歷過的戰鬥，都有捆成束的好幾層枷鎖束縛著自己。

神明的詛咒、神明的祝福、武士道，或者是人情。

這是當然，這就是所謂活著，也是所謂以戰士（剎帝利）身分而戰。

這些有時會化為力量，有時又會成為負擔。

然而無論是哪一種，都毫無疑問是多餘……沒錯，在過去的戰鬥中，有著必須達成的目的。必須為侍奉的王難敵爭取勝利，打敗般度五兄弟。

……不，更重要的是，打敗老三阿周那。

與擁有同樣血緣的親弟弟相爭——獲勝。

這果然是足以稱為枷鎖的沉重命運。

現在則沒有。

以使役者身分被召喚出的自己所被期待的，只有力量。

心中唯一牽掛的主人已經獲救，那麼剩下的約定只有一項。而更重要的，那也是自身的願望。

戰。

互相爭霸，只是純粹比力量並追求勝利。這就是如此單純，因此無比美麗的作戰型態。

當然，他並不否定因為有命運注定才會產生的戰鬥。所有人都有足以戰鬥的故事存在。

但是，跟這類牽掛相去甚遠——只是這般單純的互相廝殺卻意外地令人舒暢。

或許身為餓狼（戰士）的本能受到了刺激。

揮舞的神槍早已帶有能穿針引線的精準，絢爛灑落的火焰無限燃燒著周圍。

若說這沒有使出全力，那麼怎樣才算是全力呢？

……沒錯，名為齊格的小小戰士正牢牢地接下了這份全力。

這肯定是值得驚嘆的事實，即使算上他獲得了「黑」劍兵（齊格菲）的力量，他的技術仍到達值得驚訝的位階（層級）。

更重要的是——

隨著齊格的咆哮所揮下的幻想大劍，由持有魔法般的技術的小人們（尼伯龍根）打造的美妙大劍，無比接近魔劍的聖劍。封在藍色寶石中的真乙太造成的黃昏色劍氣帶著足以令「紅」槍兵（迦爾納）警戒的魔力。

但不單如此，齊格的動作像是有用之不竭的體力般激烈。

完全不顧後果，甚至連牽制也不做，使出的每一劍總是一擊必殺。如同「紅」槍兵穿著黃金鎧甲，齊格身上也有龍之血鎧。他不僅不介意承受一些損傷，甚至連自己可能會死亡都考量過，仍專注在攻擊上。

若迦爾納的槍是太陽，齊格手握的劍就是給所有生命帶來危害的黃昏。

齊格懷抱不顧自身性命的激情，緊追「紅」槍兵不放——！

當抓到適當距離的瞬間，劍上寶玉閃閃發光，「紅」槍兵的背部也因為類似歡欣的情緒而陣陣發抖。

「——『幻想大劍・天魔失墜(巴爾蒙克)』。」

「紅」槍兵以神槍斬碎來襲的黃昏魔光，大氣悲鳴、空間震動，足以令人嘔吐的壓倒性魔力(力量)互相衝突。

「紅」槍兵正心想真是不吝惜使用寶具的瞬間——這回真的戰慄了。

「連續兩次……？」

齊格不管槍兵有沒有接下方才那一擊，間不容髮地再次啟用「幻想大劍」。

其實在使役者身上，這並非不可能的現象。達到魔法領域的寶具或者被譽為神話的英雄，就是擁有將不可能化為可能的力量。

即使如此——仍有其極限。

連續啟用寶具的魔力究竟是從哪裡來？如果主人本身是擁有龐大魔力的存在，那還好說。

但他的主人就是他自己，令咒的魔力應該已經全數用在保有「黑」劍兵這個外皮上了。換句話說，他自身所消耗的魔力大概是從不同的「某事物」流入……這是槍兵方才的推論，而現在他可以確定了。如果時間是三分鐘，即使對手消耗了與「紅」槍兵等量的魔力，也可以撐過去……！

「紅」槍兵這回真的接不了招，齊格的幻想大劍終於直接命中他。

即使如此，「紅」槍兵的寶具「太陽啊，化為鎧甲吧（Kavacha & Kundala）」仍值得讚嘆。

儘管直接命中，「紅」槍兵的動作還是與開打前沒兩樣。

就算這樣，齊格仍強勢地逼近。

「紅」槍兵也沒有餘力。雖然他順利防禦方才兩招，但接下來還有第三招、第四招，甚至有可能在打倒他之前永不停歇。

大吼。

「紅」槍兵大吼，使出更綿密的連續槍擊。但這樣不夠，這樣絕對無法收拾對手。

不，恐怕連現階段威力最大的寶具「梵天啊，詛咒我吧」也只會被抵銷。

那麼——

那麼，答案只有一個。

「……！」

這一跳瞬間與齊格拉開了一百公尺遠。但這不是問題，以齊格現在的能力，這只是轉瞬間便能跨越的距離。

但是……這就代表他仍需要轉瞬的時間。

「——看樣子，連這把『不滅之刃（梵天法寶）』都不足以收拾你，即使用上我的寶具，也頂多只能與你的幻想大劍抗衡。就算能衝破，威力也幾乎都被抵銷，不足以造成一擊必殺的結果，再加上你似乎可以連續使出第二、第三劍。」

「紅」槍兵的話一語中的。如果是寶具衝突幾乎是互相抗衡，而在這樣的前提下，只要齊格能連續使用幻想大劍，就可以強行壓下吧。

然後，「紅」槍兵要粉碎這般可能性。

「因此，我需要不被抗衡也不被抵銷的絕對破壞性一擊。」

「——你有嗎？」

「紅」槍兵點了點頭。那是毫無虛假，只點出事實的頷首。

「齊格，小心啊！那傢伙的槍可是『殺神之槍』！」

卡雷斯傳來念話。齊格知道，他讀過這段傳說。

大英雄迦爾納原本並未持槍。

原本的他是駕馭戰車，拉弓引箭——說穿了，就是兼具弓兵與騎兵資質的戰士而受到讚賞，當然這不代表他不懂用槍使劍。

那麼，迦爾納為何會作為槍兵被召喚而出呢？

……在與般度五兄弟，也就是阿周那最後決戰之前，一位婆羅門僧侶來到當時統領難敵軍隊的總帥迦爾納這邊。

僧侶向沐浴中的迦爾納索求黃金鎧甲。

僧侶完全沒必要索求黃金鎧甲，但迦爾納曾發過誓，只要是婆羅門僧侶在他沐浴時索求之物，無論什麼都必須捐贈。

大神因陀羅在知道這項誓言的前提下化身為婆羅門僧侶，並索求了黃金鎧甲。畢竟般度五兄弟實際上是他的子嗣。

理解迦爾納有多強的因陀羅無論如何都不願冒任何風險致使阿周那死亡。

而迦爾納事先知曉這一切——仍迅速扯下與自身融合的黃金鎧甲，交給因陀羅。

因陀羅因為迦爾納如此高尚的行為而自慚形穢，拿出了一把槍。

以黃金鎧甲作為代價得到的是據說一揮便能殺死神明的最強之槍。

迦爾納因為手握這把槍，成了最強槍兵（Lancer）。

於是——

現在正是他展現這把槍真正樣貌的時候。

「這…………！」

卡雷斯無比驚愕，而齊格也一樣。原本以為槍消失了，但「紅」槍兵的鎧甲一部分竟然從他的肉體上剝落。

不時能窺見鮮血滲出，以及「紅」槍兵臉上浮現的痛苦神色。但比起這些，他手中的槍更是吸引了兩人的目光。

眼前這把槍神聖得讓人覺得之前他手中的武器根本是玩具。

看起來很強大，甚至令人認為如果將奔雷拿來打造為槍，或許就會變成那樣吧。

「以黃金鎧甲作為代價獲得的殺神之槍」——

火焰有如無數條蛇在「紅」槍兵身邊竄動，原本毫無疑問已經使出全力作戰的「紅」槍兵拿出了更強大的力量與齊格對峙——

也就是說，這才是捨身之力，是完全不顧自身性命安危，真正的一擊必殺。

卡雷斯不禁嘀咕：這太犯規了。

齊格半是贊同他的說詞，半是覺得感動。

竟然對打算使盡全力殺害自己的對手抱持感動——怎麼有這麼蠢的事？即使如此，他仍無法壓抑感動的情緒。過去從沒有一個敵方使役者如此誠摯地對待齊格這條生命，就因為他忠實地遵守了要拚命一戰的誓言，就因為他是施予的英雄(迦爾納)才能做到。

本能低語著：勝不了。

也絕對相信自己會死，卻不退縮、不逃避。

超越本能的榮譽與誓言支撐著身體。

——好，那就去死吧。

這不是因為齊格忘記所有約定，想賭一把。他只是單純面對事實，清爽地微笑了。

即使如此，心中懷抱誓言的齊格仍舉高了雙手。

手中握著幻想大劍。據說成功屠龍的魔劍，同時是聖劍。

沒有恐懼、沒有遺憾，能與大英雄交手的歡喜勝過這一切。

確實會敗北。

殺神槍將會馬上消滅齊格這個存在吧。

死亡等待著。

即使如此仍不可能坐以待斃，直到最後的最後都要拚盡全力。

使出全力的幻想大劍能夠抗衡十秒？還是二十秒呢？

或許有人會傻眼地認為何必白費力氣，也有人會嘲笑何必在短短一秒內葬送自己的生命。

然而只有眼前的——「紅」槍兵（迦爾納）不嘲弄，真誠地接下自身一擊。

確定自己會死，跟想求生的意志不同，這並不是達觀，而是為了將死多延後一秒，掙扎求生。

「喔喔喔喔喔喔喔喔喔喔喔喔喔喔喔喔喔喔喔喔喔喔喔喔喔喔喔喔喔——！」

咆哮。齊格吼出所有聲音吶喊求生。

彼此以吼聲為契機行動，全身染紅的「紅」槍兵終於架起了槍。

從槍釋放出的龐大魔力令卡雷斯全身緊繃。儘管他已經退到自認為安全的場所，仍懼怕那把槍。

那只是單純龐大得讓人聯想到大海，以及有如金剛石般濃縮過的能量。

——不可能。

那不是這世界上的人能夠抗衡的玩意兒。只要是存在於這個世界上，無論多麼巨大，或是能拒絕物理性接觸的靈體——

都沒有關係，會毫無慈悲——

那把槍就是能將存在這種概念燒光……！

而卡雷斯看向齊格，利用「遠觀」魔術映出位在遠方的他的身影。齊格的眼中明顯抱著一死的覺悟，身體的顫抖也絕非出於歡欣之故。

儘管如此，他仍一步也不退後。

明明留在原地只是分分秒秒降低生存的機率——但他堅決不退。

啊啊——那就是英雄。

卡雷斯打從心底這麼認為。在那種地方、那種狀況下仍不退讓。儘管知道眼前有著明確的死亡，仍選擇踩穩腳步，駐留當場。

這是所謂的英雄才能做到。

魔術師絕對無法理解的匹夫之勇。

然而……然而是每個人類都會無比嚮往的位於聖地者。

還算是半個人類的卡雷斯能夠理解。

面對死亡，有些人會自暴自棄。

面對死亡，也有些人會死心，放棄一切。

但是，做到自己該做的事——能夠做到這點的人並不多。

卡雷斯突然心想：想讓齊格獲勝。

這無關「黑」陣營還是「紅」陣營，而是不能失去帶著那種眼神作戰的人——卡雷斯這麼想。或許還有其他理由，或許驅動自己內心情緒有別的原因，但總之卡雷斯打從心底想幫助他獲勝。

……可是，沒有手段可以對抗。

即使有也沒辦法用，他甚至沒有令咒。現在在這裡的，只是一個徒有主人虛名的普通魔術師罷了。

當然，與一般人類相比，他的選項還是多出許多。但面對那把槍，無論是魔術師或老鼠，其實在認知上都沒有太大差別。

「紅」槍兵就是這麼具有威脅性、壓倒性、極端性——太過絕望性。

有沒有誰、有沒有什麼可以用上？

有沒有奇蹟？有沒有偶然？舞台機關送神（Deus ex machina）不存在嗎……！

思考雖然僅僅一瞬，但時間仍持續推進。

在他思考零點幾秒後——「紅」槍兵和齊格終於彼此踏出腳步，開始助跑。

咆哮如猛獸。

「知曉諸神之王的慈悲吧。」

「邪惡的龍將墜落。」

思考如機械。

「因陀羅啊，刮目相看吧。」

「朝向一切終點的光與影。」

動作如疾風。

「所謂滅絕乃此一刺。」

「現在，世界將至落陽。」

極限最強的寶具，現在於此絢爛生輝————！

「燒盡——『太陽啊，降伏於死（Vasavi Shakti）』！」

「擊落——『幻想大劍・天魔失墜（Balmung）』！」

對神寶具「太陽啊，降伏於死」。

對軍寶具「幻想大劍・天魔失墜」。

兩股巨大能量彼此衝撞，在空間捲起瘋狂般的風暴。這股衝擊甚至要破壞擴張空間的術式，卡雷斯連站都站不穩，只能趴在地上覺悟一死。

即使在遙遠天邊也能知道，兩位使役者的衝突已經是「紅」槍兵居於壓倒性優勢。

雖然是使出最大威力的幻想大劍，但這道光仍無法觸及「紅」槍兵。

「紅」槍兵的槍氣卻如尖針銳利地劃開黃昏色極光。

一秒過去。

黃昏正被強勁地撕開。

一秒過去。

再過一秒，齊格肯定會被槍貫穿身體。

齊格突然體悟自己要死了。

儘管沒有餘力回顧短暫而充實的人生，卻有一股念頭突然浮上心頭。

他無法忽略……比起覺悟一死，求生的執著更強烈。大吼，粗重短促地吼著想要活下去。

不是不想死，也不是想活著。

而是找到了願望。找到了小小的、渺小的、平凡無奇的願望。為了實現它，現在不能死。

令咒（子彈）還留有一發，如果用了，就將面對超越「死」的某種狀況。

儘管齊格擔憂這點，仍不覺得不公平。

……原本這狀況就不合理了。區區人工生命體竟能跟聲名遠播的英雄互相廝殺，簡直算是凌駕奇蹟的現象。自己應該處於被踐踏的立場，只是一個毫無價值地被打飛的小雜兵。

那是賦予英雄的理所當然的權利，他們賣命地活、賣命地在歷史上留名。無論是上天賦與的力量或是修行得來的力量，他們走過的路都不是他人能夠模仿。

所以這邊也要全力狂奔到無謀的程度，只能用壓縮了生命的噴射起步挑戰。

將身為「黑」劍兵（齊格菲）的一切奉獻給這場戰鬥。第五次消耗令咒，是時候支付轉換為「黑」劍兵所換來的代價了。

即使如此，即使如此也不確定是否能戰勝「紅」槍兵，正如他也將一切奉獻給與齊格的戰爭上。拿齊格的生命換算，剩下的時間就是三分鐘，成為英雄的三分鐘，等於他今後的所有人生。

然而，用掉令咒就「絕對」沒有救。他不是穿過死線，而是必須選擇死亡。站在懸崖邊和跳崖差得多了，他並沒有自殺的習慣。

齊格認為等待一秒之後發生奇蹟的做法還聰明得多，但他放棄了這個選項。他壓抑想活下去的本能，選擇了停留在這邊。

有一位少女說過，他不必作戰，大可以逃跑。

不必勉強為人生找出意義，只要活著就很夠了。

……重要的是對方願意這樣想。

有這個想法就很令人高興，真的很高興。對她來說或許只是隨口說出的話，但齊格相信這番話比只是單純活著更重要。

自己有一個願望。

想見她。如果在這裡死了就見不到她，光是這樣，就讓齊格打從心底覺得消費這條生命有其價值。

即使下次再見就必須道別——

齊格還是想見見貞德。

「以令咒命令我的肉體——」

說出這句話的瞬間，自己（齊格菲）出現在自己（齊格）眼前。

那個毫不猶豫將心臟贈予自己，不帶任何留戀離開這個世界的男人。感謝之情不斷湧出，齊格不知道該對他說些什麼。

因此他只是——發誓絕對不會白費。齊格帶著這般決心看著齊格菲，齊格菲輕輕點個頭，微微地笑了。這微笑不帶任何陰影，甚至讓人覺得清廉。

「黑」劍兵就這樣消滅了。

齊格突然領悟他將心臟給予自己的理由之一，會不會跟「紅」槍兵（迦爾納）有關呢？「黑」劍兵與「紅」槍兵在聖杯大戰初期曾經戰了一整夜。

如果交手了那麼久，應該彼此都能掌握到對方的真名了吧？兩者都是聲名遠播的大英雄，擁有世界上獨一無二的能力。

「黑」劍兵說不定知道「紅」槍兵是誰，因此「黑」劍兵作為與施予英雄交手者，或許想做到不辱其名的行為。

……齊格這麼想。

他身上背負著他人所託的生命、他人所託的夢想，而且更重要的是自己也產生了願望。所以，齊格想要再活久一點。

啟動令咒，膨脹的劍氣有如巨浪襲擊槍兵（Lancer）。

「紅」槍兵瞠目。他的確留有一道令咒，若用來增幅（Boost），有機會達到殺神境界（這把槍）。

壓倒性不利將轉為抗衡，或者甚至轉變為有利——

至此，「紅」槍兵臉上首度出現些許苦悶神色。當劍氣與槍氣拚至抗衡的現在，只剩下意志的強大支撐著兩位使役者。

齊格的求生意志確實堅強，即使如此，仍不敵「紅」槍兵在人生中鍛鍊出來的鋼鐵意志。

「紅」槍兵身上沒有背負任何事物，沒有因緣際會、沒有業因，也沒有必然，只有單純的約定。所以，他才能慈悲地對待。

身為戰士（剎帝利）的榮譽，以及只要這場戰鬥能結束，就算把自己燃燒殆盡也在所不惜的覺悟，凌駕了齊格所看到的「下一步」。

神槍開始緩緩地推回劍氣，這麼一來便無計可施。沒有奇蹟、沒有偶然，舞台機關送神也沒有伸出援手。

——如果說，他有機會得救。

那就是額頭冒著汗狂奔的人，在察覺魔力奔騰與聽見方才的怒吼而確認了地點後，全力衝刺到底才有機會。即使如此，仍是若齊格沒有使盡全力且沒有為了這短短幾秒而用上令咒，就無法確定來不來得及的狀況。

也就是說，這不是奇蹟或偶然，是必然的結果。為了拯救他所存在的力量意志。

在聖杯大戰中、在聖杯戰爭中，是被這樣稱呼的存在。

即為——使役者。

「喝啊啊啊啊啊啊啊啊啊啊啊啊啊啊啊啊啊啊啊啊啊啊啊啊啊啊啊啊啊啊！」

在場所有人都驚愕，沒想到竟有人介入了這個等待一秒後死亡的世界。

思考停止，但冷靜下來想想就能馬上理解一件事。

……介入完全沒有意義。

不，存在於世界上的生物、無生物等所有物體，都是沒有意義的東西。

殺神槍——「太陽啊，降伏於死」，其威力確實足以殺神。不單是英雄，連魔獸、幻獸、神獸、盾牌、城堡、結界等所有存在都等於沒有意義。

「才不可以讓你送死啦啊啊啊啊啊啊啊啊啊啊啊啊啊啊啊啊啊啊啊啊啊啊！」

大喊沒有意義，架起的盾牌應該也沒意義，但是——「紅」槍兵瞬間察覺了異常。

——「那面盾牌是什麼」？

§§§

「——有事相求？」

「紅（阿基里斯）」騎兵頷首，把原本化為靈體的「那個」拋給「黑（阿斯托爾弗）」騎兵。「黑」騎兵急忙接下。

「這什麼？盾牌？」

那是整體以精緻無比的設計打造出的大盾牌。雖然沉重卻顯得過於出色的這個——

「……是說這不是寶具嗎？」

「對，你收下吧，送你。」

「啥？」

即使是沒有人能比他更隨便的「黑」騎兵也不禁說不出話。

「紅」騎兵說：

「若能用它擋下槍兵的攻擊——或許能抓到大好機會吧。」

「不、不是啦，話是這麼說沒錯……呃，不會吧，你當真？」

「是啊，我認真的。哎，你放心，這只是我遵守了約定，跟你沒有任何關連。如果你不要就還給我。」

見「紅」騎兵伸手討，「黑」騎兵擺出保護盾牌的態勢拒絕。

「……那個約定這麼重要？」

「——嗯，非常重要。」

「紅」騎兵帶著誠摯的眼神這麼說，其中看不出傲慢和虛偽神色。

「黑」騎兵茫然地……理解了那是他和誰之間的約定。

「那我收下。」

既然是對方基於好意要給，那就不必拒絕也不用客氣地收下。「紅」騎兵看他一派輕鬆的態度，無奈地嘆了口氣，但說好的約定就必須遵守，所以「紅」騎兵把盾牌(寶具)交給了「黑」騎兵。

「我告訴你它的真名。這面盾牌是我的世界，我透過我的肉體所感受到的一切。」

這面盾牌正是阿基里斯之母——女神忒提斯可憐他失去了武裝，去向鍛冶之神求情後打造得來的。

在著名的《伊利亞德》中花了上百行描寫的傳說中的盾牌。

雕刻在盾牌上的是天與地與空、日與月與星、神與國與人、兵與賊與牲、歌與生與死，而包圍在外的則是盡頭大海（歐開諾斯）——

那是代表阿基里斯生存世界的寶具。

那是英雄高歌人生的所有世界，代表了世界本身。

因此這面盾牌能夠擋下所有攻擊吧。

盾牌的真名為——

§§§

「『蒼天圈住的小世界（Akhilleus Kosmos）』——！」

瞬間，刻劃在盾牌上的世界轉動、膨脹。極小世界在盾牌前方展開，重新建構了空間與時間。

唯一能夠對抗殺神槍的，就是身為世界本身的防禦寶具。

締結授受契約，更重要的是既然彼此意志已經統一——這面盾牌暫時可以作為「黑」騎兵的寶具啟用。

「唔、唔唔唔唔……！」

殺神槍侵入世界，想將之破壞，以可怕的威力融解、沸騰、蹂躪世界。

但是，然而——

「騙人的吧……」

卡雷斯說不出話。原以為無敵的槍之光完全被盾牌擋了下來。

若是殺神槍「太陽啊，降伏於死」，那將能滅掉「唯一的」各種存在吧。

無論是人類、軍隊、城堡，一切都能。

但即使能殺掉神，也無法殺掉世界。殺了神只會造就無神存在的世界，儘管神被消滅了，但廣大的天、地、海洋仍會存在，以整體人類的角度來說仍能持續高歌勝利。

這才是阿基里斯生存的「世界(宇宙)」。

對抗殺神者，乃世界本身。

舉盾的手臂骨折，「黑」騎兵咬牙，以另一條手臂支撐骨折的手，並只是單純地承受著劇烈痛楚的信號，高聲大喊：

「上啊！」

——離解除變身還有三秒。

齊格拋下迷惘奔出。

殺神無法討滅齊格，也沒能貫穿盾牌。

在轉瞬間生出的「虛無」空間裡，「紅（迦爾納）」槍兵立刻選擇了下一步行動。

既然「太陽啊，降伏於死」沒用，那就用對國寶具「梵天啊，詛咒我吧」燒光周遭一帶。

不過——

他太慢決定了。不，即使以最快速度決定也無法應對吧。

「黑」騎兵衝出的瞬間，齊格便捨棄了絕望，並且集中全身力量在下一招。

他知道「黑」騎兵很弱。

「黑」騎兵衝到前方，只會有接近必然的機率多造成一人犧牲罷了。

但齊格以完全跟這般現況認知相反的感覺——他只是堅信。

只是強烈而堅定地相信自己的使役者一定能擋下這一擊，因此齊格單純地將一切明確化。

衝出去——全力狂奔，收集四散的魔力，專心致志向前衝。心跳無比劇烈，一秒跨過彼此間的距離，用剩下的兩秒斬殺「紅」槍兵。

正因為是抱持絕大自信使出的一招被破解，才無怨無悔。

但也沒打算就這樣爽快地接受敗北。只因為使出的寶具遭到破解就放棄勝負，實在不是一位戰士（剎帝利）應為。

——想起與阿周那之間的那一戰。

即使力量強如迦爾納，也無法撼動因為詛咒而陷入泥沼的車輪一分。儘管知道背離武士道，阿周那仍將箭搭上了弓。

『看樣子他即使要那麼做，也想打倒我。』

這對迦爾納而言是值得欣喜的事，阿周那終於認定自己（迦爾納）是背離武士道也非得收拾掉的敵人。

這場戰爭中沒有責任、沒有負擔，但是——能夠不辜負生下、養育自己的對象而活的這份誓言不能打破。

齊格（齊格菲）狂奔著，彼此都相信這是最後了。

因此「紅」槍兵爽朗地笑了，擠出自身的力量直到極限。

幻想大劍揮下。這簡直是直通地獄的斷頭台（Guillotine），而「紅」槍兵挺身對抗。擋下這一擊，之後要立刻繞到對手的背後。

他事前知道了齊格菲的弱點就在打倒那條邪龍（法布尼爾）之際，因為貼在身上的菩提樹葉，造成他全身上下唯一沒有沐浴到龍血的背上。

要在一秒內獲得勝利，唯有貫穿該處一途。

剩下兩秒。

幻想大劍揮下。

「喝啊啊啊啊啊啊啊啊啊啊啊啊啊！」

「紅」槍兵大喝。

只要、只要能夠擋下這一記——！

劍與槍交錯，以寶具的層級而論，雙方皆已到達頂點，因此這已然是單純的力量拚搏。「紅」槍兵以紮實的姿態閃開朝著腦門揮下的這一劍。

他毫無疑問獲得千載難逢的機會。

『拿下……！』

化解最後一招的「紅」槍兵以神速跨步繞到「黑」（齊格菲）劍兵身後，一張葉片的痕跡淡淡地散發著光芒。這是名為齊格菲的英雄唯一沒有沐浴到龍血——致命的弱點。

剩下一秒。

……想要獲勝，這並不是為了「紅」陣營，也不是為了現任主人言峰四郎。不幸負養育自己的對象而活的這份誓言占了一半。

剩下一半是為了「黑」劍兵，為了守住與懷抱遺憾消逝的他之間的誓言——

「紅」槍兵不認為這是多餘的念頭。

然而——

儘管「紅」槍兵擁有能看穿各種虛假的眼力，卻遺漏了這唯一的一點。

這點則決定了這樣的結局。

說起來，「黑」劍兵並不懼怕這致命的弱點存在，生前之所以被一把槍貫穿背部，正是因為他相信自己做到能力所及最好的行為了。

變化為「黑」劍兵的齊格也不怕暴露弱點。說起來，自己原本脆弱的肉體滿是弱點，面對使役者，只消一招就會被砍殺。

與死亡比鄰，因為太過恐懼而麻痺了感官。

因此他對於暴露弱點並不猶豫，為了心中產生的願望而賭命乃理所當然。

於是，幻想大劍貫穿了「紅」槍兵的胸腔。

面對躲開劍繞往背部的「紅」槍兵，齊格揮下的幻想大劍中途停下，並且維持背對槍兵，將劍往後方送出。

對對手暴露自身弱點，甚至沒有回頭，做出了與東方武士的切腹行為相似的動作。

冷汗從齊格全身滴下。他因為維持背對的姿勢往背後刺出劍才來得及，若他是邊回頭邊揮砍，恐怕就趕不上了。

因為「紅」槍兵跨步繞往背後才會產生致命性延遲。

「致命性」。

他褪去了黃金鎧甲，以全力使出對神寶具。對間不容髮地澈底躲開全力一擊的「紅」槍兵來說，這是致命性一擊。

一秒後，齊格的劍便有如幻想一般融解消失。

同時身為「黑」劍兵的外型也消失，留下的只有一位人工生命體。

但是，貫穿「紅」槍兵的傷並沒消失——

「原來如此，看樣子是我誤判了。」

——「紅」槍兵迅速地接納了敗北。

「紅」槍兵倒下。

已經恢復原本模樣的齊格安心地大大撫了撫胸膛。心跳之所以劇烈，並非變身的後遺症，而是因為他在高危險性的情況下豪賭了一把，並因此獲勝的興奮所致。

齊格知道，就連抱持絕大自信使出的全力一招也有可能無法對英雄奏效。

齊格知道，世上沒有任何一位戰士像「紅」(迦爾納)槍兵這般誠懇，為了在最後一秒獲得勝利，無論如何都要鎖定自己背上的弱點。

齊格知道，看穿上述這一切，搶先一步給他一擊是最理想的做法。即使如此——即使如此，敗北的機率還是遠遠高出了許多。

「抱歉了，齊格，變成要你奉陪我個人的任性了。」

「紅」槍兵的聲音裡聽不出敗北造成的驚愕與遺憾。

對原原本本地接納一切的他而言，這樣的結果絕對不會想不通。

他誤判的點只有一個，是因為作戰實在太快樂了，因為過於快樂，他忘了眼前的對手不是「黑」劍兵，而是名為齊格的人工生命體。

齊格默默地搖頭，臉上充滿無法隱藏的罪惡感。

「──我真的有好好一戰嗎？」

不是以齊格身分，而是以「黑」劍兵的身分，也好好一戰了嗎──他這麼問。

「紅」槍兵搖搖頭。

「這我不知道。你不是『黑』劍兵，但就是因為我忘了這一點，我才會像這樣陳屍於此。」

最後一擊。說不定「黑」劍兵根本沒想過帶著絕對自信放出的這一劍會被躲過，這麼一來將獲得勝利的或許就是「紅」槍兵吧。

無論怎樣的英雄，只要是一名戰士，都會把自己抱著自信使出的一招將被閃開的念頭拋諸腦後。一想到這一招不管用，就很有可能致使喪失自信。

但齊格不是戰士，也不是英雄，他只是一個掙扎求生的生命體，因此才看錯了最後一步。齊格並沒有信賴自己的力量。

他無法確定如果是「黑」劍兵就會確定有效的這一擊一定有用。這並不是要提點自己大意不得，單純只是凡人與英雄交手時會產生的膽小。

直到最後一秒之前，齊格確實想著要投注一切。

而此舉稍稍超越了「紅」槍兵的預測。這並不是因為「紅」槍兵大意，也並不是齊格優於對方。

勝負的天平往哪邊傾斜只是機率論，如果打十次，應有九次會倒向槍兵這邊吧。

齊格理解這點，仍打出所有手牌賭上了一切（All in）。停止顫抖、壓抑恐懼、克服絕望，這是擁有「黑」劍兵外貌，但靈魂屬於別人的他才能做到的愚勇。

因此，「紅」槍兵讚賞這一切。

「……我用我的方式實現約定，你用你的方式遵守了約定，我不因結果變成這樣而後悔。當然，敗北令人遺憾——不，也不盡然吧。」

令人驚訝的是「紅」槍兵竟然浮現了淡淡微笑。

「但是——我們打破了一對一的禁忌。」

齊格覺得很抱歉地說道。確實就是在寶具互相衝擊，再過一秒就要崩潰的當口。

如果照原本的狀況，「紅」槍兵將會順利收下勝利吧。

但「黑」(阿斯托爾弗)騎兵介入了。然而這場戰鬥並沒有嚴格規定要一對一，遑論這是主人面臨了危機。

「使役者保護主人是天經地義，原本我沒把他算進戰力當中就是我自己大意了。」

「紅」槍兵輕描淡寫，齊格則理解地頷首。

「等一下，你這個說法很傷人耶。」

急忙跑過來的「黑」騎兵淚眼汪汪地抗議。

「……哎，雖然我也覺得那面盾牌有點那個，不過這是『紅』陣營的問題吧。」

盾牌已經消失。它盡可能地擋下了殺神的一招，最終似乎粉碎了。

「話說回來，那面盾牌究竟——」

「啊，那個啊？是『紅』(阿基里斯)騎兵給我的。」

齊格提問，「黑」騎兵乾脆地回答後，齊格瞠目，「紅」槍兵則是嘆息。

「他或許做了什麼不能違背的約定，或者——想讓沒機會用到的盾牌派上用場吧。無論何者，能將它交給你的我方騎兵真的太膽識過人了。」

說出不知是否算稱讚的話語後，他突然看向齊格。

「以贏家來說，你的臉色不太好看，但那是多餘的罪惡感。」

「……是嗎？」

齊格看了看自己的手。

——直到現在，他才充分體會自己下了殺手的實際感受。

沒錯，齊格確實化身「黑」劍兵（齊格菲）持續作戰，在變成這樣之前，他也曾經真心想殺害名為戈爾德的魔術師。

但實際上對有著人類外型的對象下殺手，說不定這是第一次。

「多餘的。至少我是抱著打算殺掉你的念頭而戰，雖說是立場不同造成的必然，但這仍是明顯的殺人行為，你會抗拒也是當然。」

「邏輯上或許是這樣沒錯——」

邏輯上。

反殺想殺害自己的對手，儘管野蠻卻是完美的邏輯，是在歷史上一度也不曾顛覆過，唯一被認為正當的殺人行為。

「——這確實是戰士（剎帝利）的邏輯。經由人類之手鑄造，卻成為超乎人類之手能掌控的存在，齊格啊，你雖然只擁有等同幼兒的經驗，但周遭狀況不容許你如此天真。」

這番話讓齊格想起過去「黑」弓兵曾對自己說過的話。

『因為是短暫的生命，你必須持續思考。』

他看了「紅」槍兵。

明明遭到殺害，即將死亡，他的眼中卻沒有憎恨和悔恨造成的渾濁。因為褪去了鎧甲以致全身染血，雖然完全不覺得這樣醜陋，但實在太慘不忍睹。

作為發動殺神寶具的代價，他捨棄了身上的鎧甲——即使如此，還是敗戰了。

難道他不覺得悔恨嗎？無論怎樣正當的戰鬥，仍不改半途失敗的結果……

「——我沒有這種念頭。說起來我是為了守護主人、實踐與『黑』劍兵的約定而生。既然這些都已經完成，儘管我會因敗北而遺憾，卻不至於產生悔恨的情緒。還是你希望我恨你？」

「紅」槍兵以堅定的態度這麼說。

這是無比高尚的話語與態度，而比什麼都高尚的是他認為這是理所當然的道理。

對他來說，這樣的結局令人遺憾，卻不能重來一次。

他打從心底這麼認為——

「……我當然不希望你恨我。」

「那麼，齊格啊，別管輸家（我）了，繼續前進吧。很遺憾，除了我自身的敗北，我沒什麼可以給你，再加上應該有很多先賢提點你很多了。雖然只有其他人的論調填滿了你——即使如此，你仍可以說出那些論調，也可以在腦中加以描繪。」

槍兵說能給的只有「敗北」。

而這「敗北」才是齊格最想要的，所以也不能再從他身上拿走什麼。

齊格心想自己要懷抱這股類似罪惡感的蠢動。而這時「黑」騎兵彷彿要調停陷入沉默的兩人般插嘴道：

「『紅』（迦爾納）槍兵，不好意思妨礙你，但既然我都決定要保護主人了，希望你不要生我的氣。」

「……我完全感受不到你抱歉的誠意呢。這也是當然吧，畢竟你不是以使役者的立場，而是以朋友的身分喜歡這個人工生命體。而你心甘情願為朋友上刀山下油鍋，所以即使你手中沒有盾牌也會挺身而出吧。」

「嗚嗯，你太會看人了吧，這樣很困擾耶。」

「……這會很困擾嗎？」

「紅」槍兵驚訝地睜大了眼。儘管瀕臨死亡，「黑」騎兵的這番話似乎還是給他帶來了莫大衝擊。

「黑」騎兵一副知情達理的態度點頭說：

「這是當然吧。無論什麼人都一樣，理想中的自己和現實的自己一定有落差，而你的眼力會揭露這些落差，大部分的人都會心生抗拒啊。」

有些人期望自己可以保持高尚，但實際上要一直保持高尚很困難。也有人一方面能做出聖人一般的施予，另一方面卻又表現出徹底無情的殘忍。

英雄也是一樣。為了朋友而哭泣的英雄，甚至可能殘殺敵人的妻子。所謂的暴君，偶爾也會對小孩表現出穩重的愛情。

「紅」槍兵的眼力能夠拆穿這些虛假的表面，但他並不會加以指謫，只是接受事情就是這樣。

但問題在於被點出的人並不是這樣想，無論對方（迦爾納）怎樣認可，本人都無法接受。

什麼自己最了解自己，根本是天大謊言。

自己才是比任何人都更難理解的存在。

因此，「紅」槍兵無法與任何人深交。

「……嗯，這當是今後的課題好了。」

「紅」槍兵正經八百地點點頭，「黑」騎兵突然以清澈無比的聲音說道：

「『紅』槍兵，你要走了嗎？」

「紅」槍兵以肅穆的態度稍稍頷首。

「嗯。」

既然敗北了，剩下的只有消失一途。齊格覺得很可惜，如此高尚的英雄死在這裡是不對的——他這麼想。

「再見了，施予的英雄迦爾納。讓我向直到最後都貫徹作為某人的守護者（使役者）的你聊表敬意。」

加入「紅」陣營，與「黑」陣營敵對，這是原本的形式，他沒有任何一絲瑕疵。儘管知道主人已經徹底變成傀儡，仍堅持守住主人與使役者之間該有的樣子。

沒錯。

正因為是這樣的他，才會招致所有人嫉妒。說穿了，那就是許多人都想要的，並且永遠無法實現的，作為「人類」該有的樣子。

不顧自己，為了「某人」賭上性命——

不求回報，將一切奉獻在回報他人上——

雖然以生命物種而言這是一種錯誤的生存方式，但作為一個知性生命，這等於是一種頂點。

「——我覺得我幾乎沒做到什麼使役者該做的事情呢。」

面對「紅」槍兵不可思議地這麼問，「黑」騎兵聳聳肩。

「或許吧，但你並不悔恨對吧？」

令人驚訝地——

迦爾納面露微笑，回答了「黑」騎兵這個問題。與其說這是即將死亡的男人會露出的笑，更像是一個發現溫暖日曬處的小孩的笑。

「……是啊，我不悔恨。」

閉上雙眼。

怎麼可能沒有悔恨？但迦爾納知道齊格就在自己身邊，他認為如果吐露了悔恨，只會影響齊格的心。

……而齊格理解他的體貼。迦爾納也知道齊格看穿了自己所說的小小謊言。

因此說到底，這可能是假裝。

即使如此，迦爾納仍說了謊，齊格也接受了他的謊言。迦爾納心想：說謊的感覺也不是太壞。

「紅」槍兵——大英雄迦爾納帶著柔和的笑容消滅了。

使役者的死真的不留一絲塵埃，沒有血跡，不會留下任何曾經在場的痕跡，只有他所刻劃的破壞痕跡。

「紅」槍兵消失了，名為齊格的人工生命體跨越了諸多不利獲得勝利。雖說有「黑」劍兵（齊格菲）和「黑」騎兵協助，但這毫無疑問是等同於奇蹟的行為。

齊格跪地，感受到一股奇妙的感覺。明明不痛，卻有種雙手雙腳都被扯下的失落感。腦髓感覺像發燒一般狂燥，彷彿被關在夢境裡一般無計可施。

若閉上雙眼——————浮現的是殘暴的邪龍。

恐懼……恐懼感薄弱。齊格在內心感到不解：為什麼不怕呢？令咒已經用盡，悲慘的結局（Dead End）已在垂手可得之處。

能夠想像的結果……比方因為過度使用令咒造成人體破裂，或者因為魔力枯竭致使生命機能停止。

死、死、死——不單是因為身為人工生命體，齊格本身的死亡概念原本就比其他人淡，可能是他在短時間內幾度瀕臨死亡之故。雖然他會閉嘴忍住痛楚，但面對「死亡」這個結局時，他有預感自己不會逞強，只會原原本本地接受。

問題在於——

如果這個結果甚至不會造成「死亡」呢？

「你、你還好嗎？」

「黑」騎兵一臉不安地抓住齊格的肩膀。

「……嗯，並不會痛，只是有點頭暈罷了。」

這麼說完起身的齊格確實不像有感覺到痛苦。

但身為使役者的「黑」騎兵理解，自己的主人因為連續變身，已經下了地獄，沒有立足之處了——剩下的只有不斷墜落。

「可以動嗎？」

但若要在此駐足，打一開始就不會來這裡。這也不是睡一覺就會好，現在的齊格等於開始了倒數計時，一旦倒數數字歸零，確實就會發生些什麼。

然而，這種事情不重要。齊格透過與「紅」槍兵交戰，心中產生了願望，他只要朝著那願望直直向前便可。

而對身為使役者的「黑」騎兵來說，只有持續協助他實現願望。只有賭上自己的性命，守護心愛的主人一途。

……總之，他們克服了「紅」槍兵這個最大障礙。

剩下「紅」(阿基里斯)騎兵、術士、刺客，但「紅」(塞彌拉彌斯)刺客的魔術對自己(阿斯托爾弗)和裁決者都不管用。

而儘管在意至今仍未現身的術士，但只要對方是魔術師，就沒道理能贏過騎兵的「書本」。

再加上「紅」(莫德雷德)劍兵「原則上」算是我方陣營的伙伴。「紅」騎兵雖然身受重傷但還活者，這是唯一值得掛心的因素——

「嗯，我們走。」

「黑」騎兵在心中反覆告訴自己沒問題，儘管自己無法否認狀況並不樂觀。

即使如此，只要主人有意向前，就只能跟隨了。

「喂，別忘了我啊。」

齊格和「黑」騎兵同時回頭，卡雷斯臉上略帶不滿地站在那兒。

「啊，你在喔。」

聽到「黑」騎兵這般直接的感想，卡雷斯不禁怒了。

「我比你還早到耶！別說這個了，人工生命體，喏，這給你用。」

卡雷斯把披在制服上的聖骸布交給齊格。

「這是——」

「從裁決者那裡借來的聖骸布。我不知道你現在是什麼狀況，但有這個可能會好過一些。」

「……感謝你。」

披上聖骸布後，精神層面確實稍微平衡安定了些。因為能夠感受到她的氣息，使齊格呼出一口安心的氣。

「……是說，沒想到真的贏了。」

卡雷斯傻眼地看著「紅」槍兵消失的位置。那個大英雄迦爾納，毫無疑問屬於最強者之一。

不僅是身為聖杯大戰的使役者，單純作為存在於這個世界上的人，他都足以被稱為頂尖吧。

特別是那把殺神槍。

凌駕古今東西所有兵器或魔術的寶貴奇蹟……當然，卡雷斯在知識上理解這點，這個世界確實有這類魔術，或者是超越魔術的「可怕」事物存在。

那在創作故事裡就是所謂太古邪神類的存在——正因為被警告不可以看，反而更想看的褻瀆之物。

說不定投身於亞種聖杯戰爭的魔術師並不拘泥於聖杯本身，而是執著於想親自沉浸在與聖杯相關的奇蹟裡這般缺陷百出的喜悅吧。

卡雷斯心想：自己也屬於這種人嗎？

即使親眼見識了殺神寶具仍急著向前，這是一件奇怪得令人絕望的事情。找不到逃避這個選項，代表的是——

「所以，魔術師老弟，你還要跟來嗎？」

「嗯，既然都來到這裡了，我要見證到最後。」

「很有膽識嘛，我喜歡！那我來帶路吧。」

「黑」騎兵（阿斯托爾弗）攤開能夠破除各種魔術的寶具「破滅宣言」並啟用。紙張飛舞空中，最終化為蝴蝶形狀開始翩翩飛舞。

「……好，我們走！」

「黑」騎兵拉起齊格的手，追在蝴蝶後面。卡雷斯為了不被丟下，也急忙邁步。

§§§

獅子劫界離過去曾與少女一起玩電視遊樂器。

因為不清楚少女的喜好便隨便買的幾款遊戲中，有一款是「單獨一個人潛入魔王支配的城堡，並打倒魔王」的第一人稱視點黑暗奇幻類型遊戲。

兩個人試玩了，結果十分鐘就投降。

遊戲裡面充滿基於連身為死靈魔術師（Necromancer）的獅子劫都敬謝不敏的點子所創造出來的畸形屍體軍團，鮮血毫不客氣地狂噴，ＢＧＭ也幾乎從頭到尾都只聽得到幽靈悄悄呢喃的聲音，偶爾響起的鈸聲只是為了嚇人。

問題還有難度。先試玩了簡單的，卻在一開始的史萊姆這裡就死了五次。

發出「我不想死！」或者「我不要這樣！」之類慘叫的配音員演技無比逼真，讓獅子劫打從心底覺得厭煩。

另外還要加上遊戲裡隨處設置的陷阱，更增加了困難度。特別嚴重的屬於坑洞陷阱一類，在畫面上完全看不出差別，但不小心踩到就是立刻死亡，而遊戲設計面則是惡劣到接關只能從遊戲一開始玩起。感覺就是要人累積很多壓力之後去死的玩意兒。

「我沒辦法。」

「……是啊。」

對這款遊戲只有「遊戲畫面真的變精緻許多呢」的感想，然後就把它永遠封印了。扯了以上這些究竟是想表達什麼呢？

「如果我當年認真玩完那款遊戲就好了……」

獅子劫抱著這般後悔，慎重地走在滿是坑洞陷阱的房間裡。雖說是坑洞，眼前這個坑洞深處只有一片黑暗，什麼都看不見。

從中央尖塔走下來，抵達第一個房間之後，這已經是突破了的第六個房間。每個房間幾乎都一樣，是被灰色牆壁包圍的一百平方公尺左右的空間，裡面設置了刺槍、鐘擺鐮刀、坑洞陷阱、毒氣，著實是殺意滿滿的場所。

「那個老太婆的品味真的很糟糕耶，惡劣！」

「紅」劍兵大吼。從剛才就只有一直躲開陷阱，她手中出鞘的劍完全沒能派上用場。不，確實是有派上用場，但就只是把來襲的鐘擺鐮刀一分為二。這些房間明明就是找麻煩，然而若沒有認真應對就是死路一條這點真的很噁心。

「拜託妳冷靜點，我只能靠妳了啊。」

「我知道！」

誠如獅子劫所說，現況只能依賴「紅」劍兵的「直覺」。作為技能存在的「直覺」只會在戰鬥時和有危險的狀況下指示出正確的選項。例如戒備對手的寶具、全力逃離當場，或者評估該襲擊的時機等。

也就是說，在「紅」劍兵的「直覺」派上用場的現在，確實處於充分的危機之下。這些「坑洞」想必不是摔下去會被尖槍穿刺這麼簡單，而是會持續往下墜，或者直接摔到七千五百公尺下的地面其中一種吧。

兩人只能仰賴她的第六感躲開這些，加上還要找出正確的出口。

「不過我反而希望主人你能在這種時候派上用場啊。」

「我不是利用貓頭鷹眼先行探查了嗎？不過我也快沒招可用了，要是不小心中了陷阱可真的要完蛋了。」

貓頭鷹眼是身為死靈魔術師的獅子劫所擅長的魔術。透過只有彈珠般大小的貓頭鷹眼球得以掌握前方狀況的道具。

但從剛才起這些眼球就因為觸動了陷阱而慘遭消滅，現在只剩下兩個。要是接下來這種滿是陷阱的房間仍持續下去，他就差不多到極限了。

「下個房間是——」

她的直覺（Sense）突然起了反應，有某種氣息存在，而且數量不尋常。加上從可以聽到些許金屬碰撞的聲音來判斷，明顯有什麼東西在守株待兔。

「主人，小心點，龍牙兵登場了。」

在那座戰場也於數量上發揮極大效用的傀儡骨頭——龍牙兵，整齊地排列在狹小的房內，手中握有武器戰斧、弓箭、劍、槍——還有其他諸多種類。

「好，劍兵，交給妳了。我去房間角落乖乖躲著。」

話雖如此，這些龍牙兵對身為主人的獅子劫也毫無疑問是威脅，一旦被包圍，基本上應該撐不住。因此，「紅」劍兵（莫德雷德）有必要保護好主人並打倒龍牙兵。

「——簡單啦，主人。」

劍兵折得手指喀啦作響，臉上帶著桀驁不馴、自信超載的笑容。

不過對沒有感情的龍牙兵而言，當然無法理解這個笑容帶有什麼含意。

龍牙兵默默舉起武器，一舉襲擊——而「紅」劍兵一步也沒動，接下所有攻擊。

嘎吱嘎吱的骨頭擠壓聲漸漸變得斷斷續續，最終停止。

一片寂靜。

「『紅』(塞彌拉彌斯)刺客，妳別只管玩，差不多該滾出來了吧。我說妳啊，剛剛那一下有那麼痛嗎？有那麼可怕嗎？妳還打算認為自己是支配這座花園的女王嗎！要是只會躲在後方，妳還是乖乖當個……公主(Princess)吧！」

「……這根本要不了一分鐘吧。」

「紅」劍兵伴隨亂七八糟的挑釁，一舉打飛大群龍牙兵。

「紅」劍兵澈底體現不費吹灰之力這句話，以猛烈的氣勢打飛龍牙兵。

獅子劫取出台灣製香菸——然後發現香菸也跟貓頭鷹眼一樣，只剩下兩根了。

儘管嘴上一直抱怨難抽，但還是很寶貴地抽著的這包菸也終於快缺貨了。好了，現在該抽呢，還是不該？

「死了就沒得抽了……」

在獅子劫叼起香菸的瞬間，怒吼響徹房內。

「喂，主人，不要偷懶啦！」

接著一道「咻」的破風聲，下一秒名劍(克拉倫特)就插在獅子劫身旁的石牆上。看來鎖定主人的龍牙兵已經追上獅子劫，擲出的這把劍將龍牙兵的身體一分為二。

殘餘的龍牙兵一副抓到大好機會的態勢，撲向失去愛劍的劍兵，但全身上下穿著鎧甲的劍兵根本就是個活動鐵塊。她如疾風般奔跑，只需衝撞便能澈底粉碎敵人，接著還抓住龍牙兵的腳，用過肩摔的訣竅砸在石地板上，使之四分五裂。

獅子劫不情不願地把叼著的香菸收回菸盒，看著離自己的手臂不到三十公分的劍，不禁嘆息。

「劍這種東西不是該更寶貝一點嗎？」

並嘀咕了這句話。

結果，龍牙兵不消一分鐘就被消滅了。

然後「紅」劍兵與獅子劫踏入下個房間——

「……哈哈～～看樣子是到了呢。」

「紅」劍兵露出得意的笑。

兩人踏入的不是一個房間，而是一條走廊。天花板高得看不見，全長約一百公尺，最深處可以看見一道巨大鐵門。

說穿了，這個地方意味的只有一點。

「謁見廳」，也就是女王已經準備萬全等著獵物上鉤。

「她應該因為妳的挑釁而怒髮衝冠吧。討厭耶，挑釁的可是妳，妳要負責啊。」

「我知道啦，無論在什麼時代，都是由叛徒的劍來打倒王啊。」

由妳來說超有說服力的——獅子劫在關鍵時刻吞回了這句話。

兩人並肩略顯緩慢地走著，一方面是不想讓對方感覺我方急躁，另一方面是因為對方至今惡搞了這麼多，現在多少想惡搞回去。

場面一片沉默，彼此並沒有特別想說些什麼，只是往前。但「紅」劍兵突然嘀咕：

「……我說，如果我們戰勝又活了下來，要不要做點什麼？」

「妳所謂的什麼，比方像什麼？」

「慶功宴是必要的喔。父王似乎並不喜歡，但他也從未缺席過……雖然沒有什麼像樣的餐點，不過大口喝酒之後發酒瘋看起來挺開心的。」

「看起來挺開心，所以說妳沒參加嗎？」

「那是當然吧，我又不能卸下頭盔，只能遠觀。」

「紅」劍兵這麼說，彷彿回想起喧鬧的宴會，瞇細了眼。

「所以，妳想開慶功宴嗎？」

「對，不行嗎？」

劍兵鬧彆扭似的別過頭去。從她以前述說的人生來看，她的人生應該與宴會不太有緣。儘管不至於羨慕，不過似乎稍微刺激了她的好奇心。

說穿了，獅子劫也一樣，他的人生與慶祝、宴會什麼的無緣。不，雖然他有替女兒慶生的記憶，但那也沒什麼大不了，而且重點是那並不是宴會。

「不，這想法不壞。酒拿葡萄酒可以嗎？」

獅子劫這麼說，「紅」劍兵便一臉覺得有些無趣的表情歪歪頭。

「葡萄酒、葡萄酒啊……是不壞，不管好喝或難喝的我都喝得習慣。但我想喝這個時代的酒。」

「既然這樣，就是威士忌了。不過話說使役者會喝醉嗎？」

「可以喝到飄飄然，但不會對身體有害……大概吧。」

「這樣啊，就是說能判斷好喝難喝嘍？」

「當然可以，你可別拿難喝的劣質酒來啊。」

「據一個認識的人所說，難喝的威士忌喝起來似乎有下水道的臭氣跟味道，要不要試試？」

「紅」劍兵以一副要咬死獅子劫的眼神瞪過去。

「不要，我活著的時候試過太多難吃的食物和酒了。」

獅子劫笑著帶過這般殺人的目光。

「想來也是，這就沒辦法了。還好我收的訂金還有剩一些，就拿這些來當最後的散財吧。」

──持續說著不著邊際的謊言。

無論怎樣誠實的使役者和主人，都不可能在慶功宴上分享彼此的喜悅。原因別無其他，獲勝的時刻就是離別的時刻。獅子劫無法與她一起聽到彼此碰杯的悅耳聲音，而這並不悲傷。雖然不悲傷，卻有種少了什麼的心情。

笨拙的謊言接連從口中冒出，獲勝之後凱旋而歸，並且要衝進酒館買酒大喝，接著跳上汽車盡情狂飆。如果讓劍兵駕駛，絕對不可能被抓到。

在一步步接近死亡的狀況下作著這樣的夢。

這對獅子劫來說有種難以言喻的愉快。或許因為追尋著太過壯大的奇蹟，魔術師當中有很多愛作夢的傢伙。獅子劫苦笑——這樣自己也無法取笑那些傢伙了。

在心中某處也期望著那些不會實現的願望。

「——可能會死呢。」

「紅」劍兵突然嘀咕出這句話。死亡，過去一直近在身邊，理所當然地賜予敵人，而到最後的最後回饋到自己身上。

能將無論志氣、信條、仁義、意志、未來、希望等一切的一切都粉碎的絕對性存在。

這就是死。「紅」劍兵實際感受到自己正一步步往前接觸到它。這不是她的直覺訴說，而是作為生物能夠認知到。

「……或許吧。」

在她身旁的獅子劫也一樣。亞述女王塞彌拉彌斯——是貨真價實的怪物。

「妳怕死嗎？」

獅子劫問道，「紅」劍兵歪頭。

「不知道。雖然死過一次，也知道那確實不是什麼舒服的體驗，但那是因為我心中有比死亡更強烈的情緒。」

那是憎恨。

又憎、又愛、又嫉妒，而最終用憎恨填滿了對父親的愛。

比起死的恐懼，對父親的恨更龐大得多。

莫德雷德直到死都想望著父親。

「主人你咧？」

「我嗎？嗯……我已經算是個半死了的人。」

獅子劫不經意地這麼嘀咕，「紅」劍兵卻繃起臉反駁。

「半死的人才不可能走到快取得聖杯這一步啦——還是說，你願望沒實現就要死心嗎？」

「……這很難說。那妳又是怎麼樣呢？」

「紅」劍兵瞪了逃避問題的獅子劫一眼，但被問到「怎麼樣」，連她也不知道該怎麼說才好。

「——不知道呢。」

「紅」劍兵的願望是挑戰選定之劍。

偉大的亞瑟王拔出了插在岩石中的選定之劍——在他才十五歲的時候。

那麼，身為亞瑟王長子的莫德雷德也能拔出聖劍。她不能拔不出。

拔不了就代表自己不是王的小孩。

在被召喚出來沒多久時——她是這麼想的。

——妳想成為惡王還是善王？哪個呢？

她想起「黑」騎兵（阿斯托爾弗）隨意丟出的問題。

為什麼當下無法立刻回答呢？是因為自己沒想過成王後要做什麼嗎？還是已經……放棄成王了呢？

——不，我絕對沒有放棄。

不侷限於聖杯大戰。所謂聖杯戰爭大多會在兩週內分出勝負。因為來自聖杯的魔力支援並無法永遠維持，而沒有聖杯的魔力支援，除非有非常例外的狀況，不然很難讓使役者繼續留在世界上。

然而，在執行聖杯大戰的這幾天內，「紅」劍兵快要掌握到什麼了。

生前沒想過、沒能做到的某些事情。

——父王在拔出選定之劍時，許下了什麼願望呢？

發誓作為一個王，要守護和平嗎？

期望自己成為不會敗給任何人、不會屈於任何人的存在嗎？

她反覆再反覆地思考過去從未想過的事。

父王作過夢嗎？

如果有，那究竟是怎樣的——

「到了。」

兩人走過一百公尺，「紅」劍兵乾脆地拋開留戀與煩惱，站在門前。

深呼吸。只是這樣就覺得吸入了門後那女人的殺意。

這是何等惡毒、深紫色（Deep Purple）的殺意，是何等簡單易懂且複雜的氣味啊。明明懷抱憎恨、殺意，卻佩服、嘲笑著我方。正負雙方情緒亂七八糟地打在一起，根本無法自制的複雜內心。

這對主人和使役者立刻浮現得意的笑。

很可能會死，但兩人腦中沒有因此想避戰的選項。這個選項在做出選擇之前就已經消失了。

「——好，主人，去打勝仗吧。我們都有想實現的願望，即使從別人的角度來看無聊至極，但對我們來說——」

無法觸及的星星、無法看見的光芒，儘管渴望著走過人生，依舊無法實現。而聖杯能夠將之實現。不管是不是它原本的用途，仍不改能實現願望一事。

儘管強如「紅」劍兵，要在「虛榮的空中花園」內挑戰「紅（塞彌拉彌斯）」刺客，獲勝機率也是偏低。

不過，面對就快抓到的星星，沒道理不試著伸出手。

為了能夠伸出手，獅子劫與「紅」劍兵才會來到這座幻想花園。

「嗯，戰勝吧。」

兩人的拳頭輕輕互碰，彷彿以此舉為證，巨大門扉敞開。還真親切呢——獅子劫嘀咕，「紅」劍兵抬頭挺胸堂堂踏入房內，獅子劫則跟隨其後。

兩人就這樣與「紅」刺客對峙。

「來得好——在這種情況下這麼說並不合適啊，畢竟是吾引領二位前來呢。」

嫣然的笑讓獅子劫背脊竄過一陣寒顫。原以為被下了魅惑的魔術，但似乎不是如此。她真的只是面露了微笑。

但獅子劫覺得這樣反而更可怕，就像珍貴的藝術品能吸引人們的目光致使無法自拔——這位女王似乎只消一笑便能抽走他人的靈魂。

「你們想要的大聖杯在這裡面。話雖如此，畢竟經歷了苦戰才來到這裡，好好享受款待吧。」

「說要款待卻連一道菜也沒有呢。」

聽「紅」劍兵這樣挖苦，「紅」刺客咯咯笑了。「紅」劍兵咂嘴，看了看剛才自己砍中的肩頭。雖看不到傷痕，但身為劍士的直覺告訴她，那道傷——並沒有痊癒。

「女王，看來妳的傷勢還在犯疼呢。」

「紅」劍兵並不在意女王的美貌。「紅」刺客面對她的挑釁，指了指傷處說道：

「雖然不痛，但吾的心靈可是受傷了呢。不過，吾懂得如何治療心傷便是。」

「——喔，雖然我不知道那方法是什麼，要不要我幫妳一把啊？」

「這真是太感謝了。那麼——」

「紅」刺客舉起右手的瞬間，「紅」劍兵渾身戰慄。

犯了致命性的錯誤，現況已經足以讓他們超越敗北，「死亡」迫在眼前——！

「主人快逃啊啊啊啊啊啊啊啊啊啊啊——！」

「紅」劍兵（莫德雷德）使出渾身解數踹飛身後的獅子劫。與其說她是踹，更像是用腳猛力將他往後推開。

獅子劫連話也無法回便滾倒在地，滑進即將關上的門。在身體被夾住之前，勉強逃離了謁見廳。

「劍兵！」

獅子劫並沒有愚蠢到不理解劍兵為何如此。

當她察覺到那間謁見廳的危險後，這應該是讓獅子劫逃離的最佳方法吧。

問題在於那危險是否連劍兵都無法防範。

被踹的下一秒，他瞬間理解狀況，並從懷中拋出貓頭鷹眼。即使門關上了，也可利用貓頭鷹眼確認狀況。

——但是，連接上視覺的瞬間，有如被火熱鐵釘釘入的痛楚襲來。

「唔……這是什麼……？」

一般來說，與使魔共享五感時幾乎不會感受到痛覺。如果脆弱的小動物遭到殺害便會導致施術者死亡，就沒有使用使魔的意義了。遑論他所使用的是將屍體加工後的產物，無論在怎樣嚴苛的狀況下都不應感應到痛覺。

——若要說有例外。

就是對手的攻擊是可以通過因果線，擁有極高侵蝕率的魔術，連將痛楚轉移到別處的對策都辦不到的情況。

「去……你的……！」

獅子劫毫不猶豫地挖出自己的眼球，自己的右眼瞬間融掉了。他憑著直覺理解那略嫌噁心的紫色液體是一種碰到就能致死的玩意兒，腦中浮現該去訂做一個高品質義眼這種無關緊要的事。

——問題在於……

自己的使役者留在高危險環境下，對方是駕馭各種毒素的最強女王（刺客）塞彌拉彌斯。

說穿了，獅子劫被迫面臨幾項決定。

「……可、惡……！」

視野扭曲，危急之際急忙拿出原本收好的頭盔算是勉強做出的些許抵抗。儘管這頭盔只有隱瞞真名的能力，但好歹也是母親（莫歌絲）賜予的寶具，即使不甚完善，還是能防範「紅」刺客的魔術（毒）。

「——哎呀，這一來可以撐一些時間吧。甚好甚好，一腳踢開主人也是英明的判斷，姑且稱讚妳吧。」

「紅」刺客愉快地笑著。

「笑話，這環境橫豎是妳的魔術造成的吧？」

「當然，妳以為吾是誰？吾可是被譽為最古老毒殺者的塞彌拉彌斯，起源毒素能連結所有毒素。說起來，這回的是為了對抗使役者而特別調配，但很遺憾沒能派上用場，所以起碼讓吾看看妳掙扎求生的樣子——」

「紅」刺客舉高右手。

深綠色鎖鍊像在回應她一般從身後的黑暗中出現，鎖鍊前端掛著鉤爪（Hook）——不用想也知道這是要做什麼用的。

「作為吾付出勞力的報酬吧。」

舉高的右手揮下的同時，鎖鍊如蛇魅般舞動。

§§§

——這是被詛咒的槍的故事。

打倒赫克特之後過不久，有一批女性被遣來拯救特洛伊。

那是亞瑪遜女王彭忒西勒亞與其部下。

阿基里斯以槍一一收拾一心想為赫克特報仇而暴衝的她們。

既然上了戰場，就沒有男女之分，而阿基里斯在最後與因失去部下而怒不可遏的彭忒西勒亞單挑，並獲得勝利。

……阿基里斯原本以為她隱藏自己的臉孔是因為臉上留下了丟臉的傷痕。

但她脫下頭盔後顯露的臉孔卻美麗如神。

『——「禽獸」，殺光我部下還不滿足，甚至連我都要侮辱？』

阿基里斯立刻賠罪，表示自己沒有這個意思，只是想看看她那張據說很美麗的臉孔。阿基里斯基於無聊的好奇心羞辱了彭忒西勒亞。

彭忒西勒亞淡淡地笑著說：「這樣啊。」

『那麼，看我詛咒你，你那把槍終有一天會貫穿你心愛的對象——』

「……是啊，這就是詛咒。到了現在，我才必須為了膚淺的好奇心付出代價啊。」

發誓再也不殺害女性的槍。

沒想到在獲得第二人生的現在，她的詛咒竟然應驗了！

沒有疏離到會見死不救，但也沒有恨到要殺死。

因為親近、珍愛，所以現在才——

「——我說弓兵啊。」

「紅」（阿塔蘭塔）弓兵露出孩童般的純真表情看向「紅」（阿基里斯）騎兵。

「我……覺得妳的夢想很美。儘管比誰都清楚那是妳自己無法獲得回報的夢，仍不斷挑戰的妳也很美。」

沒錯，她的夢想很美麗。小孩們能被愛的世界，純潔無瑕的存在不會慘遭吞噬——

「然而……妳走歪了。這條路打從一開始就無法通往妳的夢想，妳不該前進，應當回頭的。」

如果有人能與她共享夢想，或者有人能抓住她的肩膀阻止她。

她應該就能折回，或許還能以痛楚作為交換，認清自己已經漸漸遠離夢想。

「那種人不存在……那種人，不存在啊。」

「紅」弓兵寂寞地如此低語，摸了摸貫穿自身的槍。身為魔獸承受得住的這一擊，對現在的弓兵來說已是致命傷。領悟到這點的弓兵立刻接納了自身的敗北。

「……大姊，不好意思。」

殺英雄之槍「殺害」的不是身為魔獸的阿塔蘭塔，而是身為「紅」弓兵的她。

她帶著有些清純可愛的表情看著從胸口長出來的槍。

「你也要妨礙我嗎？」

她的聲音如此平淡。

「嗯，很不捨啊，『紅』弓兵。我們彼此都很不捨。」

他的聲音也非常平淡。

「紅」弓兵沉默，垂下頭——想說什麼卻無法化為言語，只是默默地倒下。

騎兵抽出槍，緊緊抱住步向死亡的「紅」弓兵。漆黑外皮剝落的弓兵有一半已經變回原本的樣子，但沒能完全恢復。她處於不上不下的狀態漸漸消滅，「紅」騎兵則像在安撫她一般緊擁著她。

「紅」弓兵虛弱地朝著黑暗天空伸出手。

想必她是朝著無法觸及的幻影（夢想）伸手吧。

但騎兵不知為何悲傷地覺得這一點也不美麗，只令人無比心痛。他輕輕用自己的手依在那伸出的手上。

「……騎兵。」

「嗯。」

弓兵帶著空虛與悔恨詢問騎兵。

「我該怎麼辦呢？捨棄那些孩子難道就是正確嗎？被裁決者討滅就是正確嗎？」

「紅」騎兵面對這沒有答案的問題，只能保持沉默。

「如果捨棄那些孩子的決定是正確，想保護他們是錯誤——」

世界就是被詛咒了——

那是無聲痛哭。

無法拯救該拯救的對象的嘆息之聲。

是迷途後無法折返的少女慘叫。

「……即使如此，即使如此我也想阻止妳墮落啊。」

騎兵身上沒有答案，只能表達自身行為的動機。他很清楚這是非常個人的任性念頭，也知道不能用「我都是為妳好」解釋，更重要的是他不想對尊敬的她說謊。

她聽了這番話，寂寞似的嘀咕：

「——蠢材。騎兵，我覺得那樣就好。既然墜落了，就不會展翅翱翔了啊。」

無法觸及的夢。

看不盡的幻想。

朝著高高在天的希望展翅。選擇這麼做的不是別人，正是弓兵本身。但她忽視了一旦失敗便會墜落，一旦迷途了便無法抵達這樣理所當然的事實。忽視這些，並打算展翅翱翔。

「紅」弓兵的身形漸漸消失。

她並非肅然接受這結局，只是抱著達觀之念放棄抵抗。她並沒有流淚，有的只是一點點遺憾，以及非常嚴重的疲勞感。

某種溫熱的物體滑過臉頰。這當然不是她的眼淚。流淚的不是弓兵，而是騎兵。在生命將盡之時，弓兵看到他哭花的一張臉，很不符合她個性地湧起了一股笑意，接著彷彿想掬起他的眼淚般伸出手。

儘管無法觸及星星，卻能很輕易接觸到身邊這小子。眼淚滑過指尖，滴落。

「沒想到會被你這小子的眼淚送行呢。」

「紅」弓兵笑著，最後留下了沒有遺憾的回憶。她不禁覺得以夢想的結局而言，這死法還不壞。

「你的願望實現了嗎？那麼要一起走嗎？」

她低聲說。「紅」騎兵點個頭與她十指交纏，並且有些埋怨似的嘀咕：

「我會陪妳下地獄……如果我這樣的小子夠格。」

到這時候還在逞強，真是可愛。這讓弓兵覺得無比歡愉、開心，回過神來，發現右手臂的呢喃也消失了。

願望沒能實現，奇蹟沒有發生，只有悲哀緊緊揪住胸口，絕望挑動內心。但是，這般隨意的一句話——卻讓她有獲得些許救贖的感覺。

朝沾滿鮮血的臉伸出手的少女帶著懷念的感覺說：

「……你果然是那個珀琉斯的兒子呢。」

在粗魯蠻行乃屬理所當然的英雄們闊步而行的時代，唯一認為穩健才是好的膽小英雄珀琉斯。

原以為他兒子阿基里斯和他的個性完全相反，但看來兩個人都一樣是愛逞強，本性卻寬以待人的男人。

如果是這種人就可以啊——這樣想的自己似乎有一點沒出息。

「大姊，妳有沒有遺憾？」

「有……但沒關係了。」

這麼說完，兩位使役者竟好巧不巧地同時消滅，沒有留下什麼。無論男子的信念與女子的希望，一切都往彼端而去。

# 第三章

# 第三章

——這是生前的故事。

這是看過好幾次的夢境。她（我）站在堅硬的岩石前，身旁有一位不知是年輕還是年邁的魔術師。一把劍插在岩石上，魔術師高聲對這個國家的騎士們宣告。

拔出這把劍的人，就能成王。

勇敢之士、對自身力量有信心之士、聲名遠播的騎士挑戰這把劍，卻因分毫不動而放棄。她（我），真是一群蠢材。這把劍是為了選出王者而存在的武器，只有拯救這個國家、被選上的人才拔得出來，竟然只想憑藉一股蠻力抽出，傻也要有個限度。於是，她（我）來到已經沒人關心的劍前方。

魔術師以平穩的態度說：

「在握住那把劍之前，先好好考慮清楚。」

她考慮過了，每一次都考慮過。

拔出這把劍的意義。

成為出色的王是什麼意思。

所以伸手——有如不需要回答那樣。

魔術師於是嘆了口氣，一個揮手。原本夢境總是到此結束，即使朝劍伸出手也無法觸及。明明發誓要成為出色的王——夢境卻一如往常地告知「妳沒有資格」。

我因此焦躁、激動，最終懇求。讓我拔劍、讓我成王，我不可能拔不出。

『那麼，妳要對這把劍發下什麼誓？寄託什麼？』

正確地回答魔術師的問題。

成為一個好王。

正確施政、採取正確戰略，以正確的力量支撐國家。絕對性正義和絕對性權力究竟哪裡有謬誤呢？

明明這樣伸手了，卻連劍柄都無法碰觸。明明只差一點點，只要握住劍柄，自己一定能拔出這把劍。因為我是亞瑟王的庶子莫德雷德啊。

我應當不輸給任何人，甚至能成為超越父王的存在——

『還不明白嗎？』

這是誰的聲音？

自己的聲音嗎？父王的聲音嗎？或者是魔術師的聲音呢？

就在連這也不確定的情況下醒來——

「紅」（莫德雷德）劍兵大吼。

「紅」（塞彌拉彌斯）刺客處之泰然地接受那股迸出殺意般的咆哮。女王坐在王座上，面帶嫣然笑容看向「紅」劍兵。

兩次。「紅」劍兵已經對她發動了兩次攻擊。

然而這兩次，「紅」刺客都是維持坐在王座上便擋下劍兵的猛烈攻勢。彼此沒有受傷，只是浪費了時間。

「妳的殺氣簡直如微風啊。抱持憎恨來討伐吾吧，否則妳只會被凌遲而死喲。」

凌遲老鼠的貓；被蛇吞食的青蛙。女王毫無疑問是獵捕的一方。但「紅」劍兵也不是乖乖等死的老鼠，即使是老鼠，也是擁有能咬死老虎的利牙的老鼠。

「吵、死了……！」

衝刺，利用踢蹬牆壁的反作用力接近的態勢有如跳彈。以音速接近王座，應當能不給女王任何猶豫時間，取下她的首級吧。

但女王只是百無聊賴地動了一根手指。

攻擊動作於是告終，從黑暗竄出的深綠色鎖鍊準備擒拿「紅」劍兵。

勇猛衝刺的「紅」劍兵一刀斬斷率先殺來的鎖鍊，接著更是往前，以驚人的反射神經悉數砍掉鎖鍊。

但實際上——這樣的攻擊已經是第三次了。

鎖鍊如蛇一般攢動，如鷲一般飛舞，鎖鍊前端帶有鉤爪，「紅」劍兵擊落了過百鎖鍊中的九十九條多，但那唯一一條纏住了她的腳，延緩了她的動作。

「唔……！」

「——喏，開始了。」

大量鎖鍊瞬間殺來——女王再次動了一根手指。

交纏的鎖鍊立刻把劍士打飛到後方。

砸在石地板後被拋上空中——落入天花板的湖裡，知覺混亂。自己明明被砸到天花板，現在卻沉到無底水坑內。

「紅」劍兵憑著直覺分出上下，以「魔力放射」一舉鑽出湖水。

衝散華美的睡蓮（Lotus），一蹬石柱後落地。

呼吸急促。這種狀況反覆了三次，會這樣也是當然吧。但不單是如此。

「反叛騎士啊，妳似乎有些呼吸困難啊。」

女王愉快地嘲笑。如果有露出臉來應該就會吐她口水，但現在「紅」劍兵戴著頭盔才能勉強隔絕外界毒氣。原本她的鎧甲與頭盔就是莫歌絲送給她的，不僅是魔術，面對各種來自外界的干涉都具有很高的防禦能力。

儘管如此，她全身仍一點一點地犯疼——毒素正在擴散，不過還不至於影響戰鬥。

「……聽說環境不衛生有利鼠輩繁衍，現在的狀況應該類似那樣吧，臭老鼠。」

「那麼閣下又算什麼呢？只能到處亂飛的蒼蠅？不，或是說——」

「紅」劍兵丟出一句「囉唆」又愚昧地衝了出去。利用「魔力放射」衝出最快速度，邊扯斷成堆鎖鍊邊狂奔。

「——是被魚兒吞食的飛蟲？」

女王與劍兵之間突然出現一條巨大鱘魚。牠張大了嘴，打算連同鎧甲咬碎「紅」劍兵。

鎧甲發出嘎吱擠壓聲，女王召喚出的是古老品種的神魚，是只有母親為魚神的塞彌拉彌斯才能召喚出的無比凶猛的魔獸。

「嗯，果然是飛蟲啊。」

「紅」刺客哄笑，光是這樣便足以讓「紅」劍兵的怒氣爆發。

「這水生動物很煩耶……！」

立刻掌握適宜行動、做出判斷——改以單手持劍，毫不猶豫將穿戴著鋼鐵護臂的手臂貫進神魚的眼球。

神魚因為劇烈痛楚而狂躁，「紅」劍兵則不在乎地挖出其眼球，然後用雙手握住「燦爛閃耀王劍（克拉倫特）」，把劍從眼窩送進腦髓裡。

哄笑停止——「紅」刺客傻眼地看著「紅」劍兵。

「閣下殘忍如狂戰士（Berserker）啊。」

「紅」劍兵逃出已經斷氣的神魚嘴裡，緩緩起身。雖然只有輕微損傷，但這已經是她第四度衝刺失敗。

幾乎無窮盡的鎖鍊；如此輕易便能召喚出的魔獸——但比什麼都麻煩的是這毒氣。原以為不影響戰鬥，但衝刺的速度的確有些遲緩。雙腳帶有些微麻痺，這造成了踏步時的鬆弛。

……神經受到影響了。這樣下去隨著時間經過，我方會愈不利。「紅」劍兵沒有餘力說笑，架起了劍。

「怎麼著？連說話的餘力都沒了？若不像我們這邊的小丑那樣說些無聊笑話，就算不上餘興節目了啊。」

「妳這椿象女，囉哩囉唆的很吵耶！」

「椿……？」

劍兵高聲嘲弄這下真的說不出話的「紅」刺客。

「看妳放了毒之後得意洋洋的樣子，說妳是椿象就是椿象啦！妳繼續囂張啊，我下一招就拿下妳的頭！」

「紅」刺客咯咯笑了。儘管她笑得愉快，眼中卻充滿凍結般的惡意。

「……原來如此，果真很會吠。吾中意，吾很是中意啊。就取下閣下的雙手雙腳，毀掉喉嚨，當成毛毛蟲豢養吧。」

「這傢伙喜好真噁。」

「紅」劍兵嘴上這麼說，仍迅速思索戰術。只是正常跑過去來不及，踢蹬柱子加上「魔力放射」的衝刺也會慢一拍。

那麼——

那麼，答案只有一個。

為此必須付出代價，如果這招失敗就死定了吧，要賭一把只能趁現在了。既然不能退，也不能停下，就只能往前進了。

「我要用這把王劍（克拉倫特）劈開妳！」

「紅」劍兵將頭盔收入鎧甲，露出臉孔。女王的臉扭曲——自己離王座還太遠，必須再拉近十公尺才行。一旦踏進那個範圍，就釋放出這股憎恨吧。

因為毒氣影響，劍兵的臉明顯開始抽搐。勉強隔絕開的痛苦如雪崩般湧上，但並不影響前進。

「紅」劍兵決心衝刺，並有所覺悟。專心致志前衝的槍彈，並不會因為一點痛楚而墜落。

九公尺。

召喚出的鎖鍊來襲，「紅」劍兵輕易擊落它們。

六公尺。

那麼，下一步召喚出的將是方才的巨大神魚。然而已經看穿接下來將有什麼來襲的「紅」劍兵以劈開下巴的方式化解了神魚的猛咬，並奔過化為單純木偶的神魚背部。

三公尺。

「水之王（alugal）。」

女王在自身跟前投影出如鱗片的盾牌。在「紅」刺客的認知當中，優雅徜徉於原始大洋中的神魚鱗片正是最堅固的盾。

這也是她理解無法擋下「紅」劍兵而採取的行動。

零。抵達之後，「紅」劍兵毫不遲疑以上段動作舉高劍。原本這應是一把證明王權的劍，卻因呼應少女的憎恨而化為邪劍。

空間扭曲，遠處雷聲般的聲響迴盪於女王的謁見廳。

……原本「燦爛閃耀王劍（克拉倫特）」並不是莫德雷德能用的劍，這是為了證明王位而存在的劍，是「只有成王之人」才能握住的劍。

但是從亞瑟王的寶庫篡奪了這把劍的莫德雷德以壓倒性的力量收下了劍。她並非因為這是一把符合王者的劍而選擇它，只是單純想要這把劍的力量。

作為增幅王者力量的「觸媒」，把最優秀的「王劍」打造成邪劍。

之後，莫德雷德在劍欄之戰中揮舞此劍，並以自身性命為代價傷了亞瑟王。

只有夠古老一項優點的女王實力當然不足以與傳說英雄亞瑟王比擬——！

「『向崇高的父親掀起反叛（Clarent Blood Arthur）』——！」

招來的憎恨紅雷以絕望性破壞力衝向王座。

紅雷朝著層疊張設的盾牌露出利牙，並把應是最堅固的鱗片當成紙屑那樣撕碎。

「紅（莫德雷德）」劍兵相信自己得手了，不管這刺客能用出怎樣的大魔術，都沒道理顛覆現況。

唯一剩下的手法就是傳送。但既然她都一舉在前方架設那麼多面盾牌了，應該就打著要接招的盤算，那麼即使在被衝破的當下進行轉移也來不及。

勝券在握的情緒卻被突如其來的寒顫打斷。

翻轉的感覺，視野有如被一片霧氣籠罩般扭曲。「紅」劍兵認為這應該是毒素影響，但和已出招的劍無關。那麼，為何打了寒顫呢？若要說「紅（塞彌拉彌斯）」刺客能在這狀況下閃過，那就是——

巨響。

王座的確毀了，但「紅」刺客不在那裡。

『傳送……？』

雙腳無力，即使在亞瑟王跟前也沒跪地的膝蓋有如取笑自身一般顫抖著。

「——閣下似乎犯了致命的錯。」

「紅」刺客打從心底開心地笑著，像要玩弄劍兵的頭似的以雙手觸摸她的頭髮。

「妳這王八……！」

一個回頭順勢砍去，但沒有相應的手感，只是砍過了空氣。總之，「紅」劍兵這下理解了。

那盾牌不是為了防禦，而是為了隱瞞自己已經傳送躲到他處。「紅」劍兵因為架設盾牌的術式複雜程度就斷定「紅」刺客確實正面接招，這就是她犯下的致命錯誤。

「嗨，反叛騎士啊，閣下為何認為吾要堂堂正正當面與閣下互相廝殺呢？是因為至今阻撓於閣下跟前的敵人皆是這類蠢材嗎？」

刺客在「紅」劍兵身邊嘀咕，聲音帶有無法隱瞞的喜悅。

「哼，沒有身為英靈的榮譽感，只會逃跑的傢伙真敢說……！」

「紅」刺客或許感覺到劍兵在逞強，只見她更是笑著說：

「——笑話，吾可是最古老的毒殺高手，正面迎戰什麼的交給那些看門狗便成。居於上位者為何得競爭勝負呢？吾不是與閣下廝殺，也不是與閣下交手，只消——等待閣下中計便成啊。」

女王訕笑因羞辱而憤怒顫抖的「紅」劍兵。

「那麼，『紅』劍兵，讓吾單方面凌遲妳致死吧。」

鎖鍊纏住「紅」劍兵身體，在她還來不及抵抗時就被拋到高空，鎖鍊接著進一步纏上手腳。在離心力作用下，她的背直接被砸在石柱上。

「咳……！」

「紅」劍兵的直覺發出警告：這樣不妙。但視野彷彿被濃霧籠罩般封鎖，即使揮劍也只是砍了好幾次空氣，同時增加更多糾纏的鎖鍊。

「吾修正一下飛蟲這個比喻吧。現在妳就像條上鉤的魚那樣悽慘啊，反叛騎士。」

全身穿戴鋼鐵鎧甲的人像顆皮球那樣彈跳。

掙扎的模樣的確有如上鉤的魚。

「唔、唔啊啊啊啊啊啊啊啊啊啊啊啊啊啊啊啊啊啊啊啊啊啊啊啊啊啊啊啊！」

「紅」劍兵隨著大吼扯斷鎖鍊，只能專心致志地衝刺。但她敏銳的直覺訴說著這樣沒用，完全無計可施。

即使如此，除了像個只懂向前的人單純地衝刺外，沒有其他手段了。可是，就連要做到這點也愈來愈困難。

「唔……？」

視覺被強行奪走，熱辣的刺痛感後來轉變成火燒般的痛楚，甚至無法閉上眼睛。若是一般人早就會發瘋的劇烈痛楚襲來，但「紅」劍兵可是擁有超一流本事的劍士。

「嘖……」

她經歷過幾次無法仰賴視覺的戰鬥，澈底打磨過的神經甚至能辨別些微的呼吸聲，如實告知了女王的所在之處。

不，即使掩蓋這些聲音，她也能憑藉敏銳的直覺探索吧。

因此，讓她失明根本沒有意義。

——理應如此。

「……差不多了吧。」

女王出聲。或許因為劍兵失明使她大意，這下劍兵就知道女王身在何處。距離超乎預料的近，這麼一來可在她傳送之前砍中。

「紅」劍兵認為不能放過這千載難逢的機會，正準備以「魔力放射」加速時——

「…………啊。」

下一秒，石地板崩塌，無法使力、無法呼吸，甚至無法思考。

「紅」劍兵有自覺，自己很習慣痛楚了。被銳利刀刃砍傷的痛、被鐵鎚重重砸到時那甚至無法呼吸的痛、被火焰灼燒、遭到魔術直接命中、被箭矢射穿的痛，以及生命的最後一瞬間被那把槍刺穿致死時的痛，她都體驗過了。

痛覺是該被操控的，不能被它左右行動。這不僅對莫德雷德、不僅對騎士，對所有戰士而言都是基本。

可是，今天，就在這時，顛覆了這項認知。

「嘎————————啊啊啊啊啊啊啊啊啊啊啊啊啊啊啊！」

慘叫。因為太刁鑽、太劇烈的痛楚襲擊全身，狠狠地痛揍了「紅」劍兵一頓，使她無法順利思考。有如硫酸灌注體內的痛讓她悽慘地哀號，除此之外，她完全沒有能夠採取的行動。

「紅」刺客開心地咯咯笑著。

「此乃吾之第二寶具『驕慢王之美酒』。只要待在這座謁見廳裡，吾便擁有對各種毒素的抗性，並會在空氣中製造、散播各式毒素，吾之魔術生出的所有物體——即使是小小的火焰也有『毒』。如何，痛嗎？」

送給「紅」刺客的回應只有痛苦的哀號。

「然後，不知道妳是否聽得見，但還是告知一下吧。方才說過吧？這毒本來不是用來對付妳，這個啊，『是為了凱隆準備的毒』。妳知道他因為中毒太痛苦而捨棄了不死之身嗎？這毒可是海克力斯收拾的九頭蛇這魔獸之毒，也是讓海克力斯最終自滅的毒。希臘自豪的英雄們都是被這種毒所殺——而且是其中一人儘管擁有不死之身仍不禁求饒的程度。如果『黑』(凱隆)弓兵中了這毒，應該是挺有趣的——」

「紅」(莫德雷德)劍兵持續慘叫、打滾，應該不用一分鐘就會痛苦死亡吧。

然而，總之「紅」刺客的施虐心大大獲得滿足，只見她點點頭，以優雅的腳步走回王座。

「閣下會在幾分鐘後死去或者求饒呢？吾就悠哉地等待這一刻到來吧。沒什麼，如果不想死，很簡單——用那把誇張的劍自刎，這樣一切都會結束了。」

沒有回應。

喉嚨是否毀了呢？只有乾啞的聲音迴盪在廣大房內。

儘管混亂的思緒總算開始能統整了，但「紅」劍兵能認知到的事實只有一個。

『可惡，無計可施啊……！』

劇烈痛楚同樣持續，「死」分秒逼近。對她來說，連整理思緒都是一場戰鬥了。

§§§

石地板通道彷彿無窮盡地延展，這恐怕是「紅(塞彌拉彌斯)」刺客的魔術造成。但裁決者確定終點已近，自己接近到可以察覺大聖杯氣息的程度。

通道狹窄，頂多容納兩人並肩通過。相對地天花板高得看不見，空氣中飄散著些許冷土氣味，讓裁決者有種懷念的感覺。

到目前為止沒有受到任何妨礙，即使現在派出龍牙兵也爭取不了時間吧。話雖如此，對面還有「紅」術士以及言峰四郎。尤其術士是個問題，裁決者能透過本身的知覺機能知道對方「存在」，儘管如此，該術士從未露臉過。

可能性有二。他們安排了什麼對策對抗自己（裁決者），即使術士使役者本身並非戰鬥型英靈，但使用的魔術的確很可能造成威脅。

若是單純攻擊魔術，即使是神話時代的產物也能破除。但所謂的魔術深淵，有時可將幾乎不可能的事情化為可能。

可能召喚出可怕的魔獸，可能是一改此處環境的強大術式，也可能是完全無法想像的「某事物」——

當然，還有另一種可能性，就是亞種聖杯戰爭中常發生的「下下籤」使役者。沒有召喚出英雄，只是湊巧叫出了符合術士資格的某人，寶具派不上用場，也不會魔術。

如果是後者，那還簡單，但若是前者，毫無疑問會在抵達前夕出手妨礙，所以裁決者不認為是後者。好歹是透過魔術協會收集來的聖遺物召喚而出，抽到下下籤的可能性實在很罕見。

雖然只是有種預感，她覺得自己快要抵達大聖杯了。這麼一來，術士應當是等在大聖杯之前……

來到幾乎以為無限延伸的走廊終點的裁決者站在一道門前。

修羅與終結就在這道門後，裁決者甩開些許遲疑，打開了門。

原本預料應該會用魔術上鎖——但相反地，她只輕輕碰了一下，門就輕易打開了。

「這裡就是——」

裁決者環顧周圍，是一個看不見邊緣的碗狀廣大空間。從裁決者這邊來看，也能明確地看到位在中央的大聖杯。

她感應到的使役者有一位。因為言峰四郎不屬於這場聖杯大戰的使役者，她原本就察覺不到——但他不可能不在這裡。

「『紅』術士，快出來！」

『喔喔，喔喔！既然妳都這樣呼喚了，我當然該現身！加入了誠心、專注、純真，還有其他各式各樣要素的吾輩著作將在此完成！』

原本靈體化的「紅」術士現身。他一身灑脫的中世紀貴族風打扮，手中握著筆，腋下挾著厚重書本。

裁決者因為自己看破的對方真名而啞口無言。

「英國(England)的——莎士比亞？」

距離很遠，「紅」術士以像在舞台上說話的態度深深鞠躬。

「妳好，瘋狂的鄉下姑娘！哎呀，失禮了，一個不小心就表現出平常的態度。沒錯，吾輩乃『紅』術士。如何，失望了嗎？

『貞德·達魯克啊，天地之間有許多事情是妳的哲理無法想像的！』（There are more things in heaven and earth,Joan of Arc.Than are dreamt of in your philosophy.）」

裁決者聽到這唱大戲般的口吻後，清了清嗓子喊道：

「雖然我想應該沒用──你是否該投降？」

目前至少能確定莎士比亞這位英靈不可能對抗裁決者，他恐怕也無法使用魔術，甚至只有知名度能凌駕貞德·達魯克。但是──

「哦～～投降──這很難呢。因為妳完全沒有滿足讓我投降的條件啊！」

「……條件，是嗎？」

「紅」術士頷首，以羽毛筆在空中書寫──文字浮現，躍動起來。

「條件其一，情緒層面的問題。如同『看這些狗彘不食其餘的人』（O,see the monstrousness of man When he looks out in an ungrateful shape!）所說，吾輩可是在『紅』陣營當官，吾輩對自己花花公子的程度有自信能在『紅』陣營爭上前兩名──一點也不想成為沒有智慧的怪物！」

「而條件其二，娛樂層面的問題。『詩人的眼睛在神奇狂放的一轉中，（The poet's eye, in fine frenzy rolling,）

便能從天上看到地下，從地下看到天上（Doth glance from heaven to earth, from earth to heaven.）』，吾輩雙眼現在可是雪亮無比！正是獲得靈感（Spirits）的創作家（Creator）。換句話說，現在這個瞬間、這個時刻極其愉快啊！」

「最後，條件其三，戰力層面的問題。我們的戰力遠遠、遠遠超乎妳想像地令人絕望喲。儘管妳努力趕啊趕，也是沒趕上。不，應該說無論妳怎樣追趕，都剛好會趕不上妳努力追趕的份！就像阿基里斯和烏龜那樣。而既然沒能趕上，妳就會在這裡——死去。」

最後的「死去」兩字確實帶來了強烈印象，裁決者狠狠地瞪了過去。

「……那麼，究竟是什麼帶給我死亡呢？」

一股出乎意料，有點噁心的感覺。

像是用濕潤的手摸在脖子上，或者一根小小的針戳在心臟上那樣。

「紅」術士誇大地舉起雙臂，手中拿著他原本挾在腋下的書本。

「當然，只有吾輩寶具『開演時刻已至，給予此處如雷喝采（First Folio）』！那麼，請容吾輩說明。其實這寶具——」

裁決者沒有聽他說，逕自跑了起來。

「很抱歉，我沒興趣聽你說故事……！」

如槍彈的狂奔。都已經知道「紅」術士是莎士比亞，就完全無須害怕他本人。雙方既然處於敵對狀態，當然沒義務等他啟用寶具。

他說了，寶具名是「第一對開本（First Folio）」。這名稱與莎士比亞死後發表的劇本合集相同。能推測出的寶具能力——既然是作家英靈，大多是能把故事實現的寶具。假使是故事裡面的英雄，只要作家本身是英靈，就有可能召喚來這個世界。

而若是莎士比亞，就根本不缺能召喚出來的英雄。無敵的馬克白，或者取歷史劇的理查三世，除此之外從妖精王（奧伯隆）或三女巫之中選擇也行。

還有一種是改變因果或世界的寶具。基於一定能貫穿心臟的傳說，所以能顛倒因果的槍——或者類似改變時間、改寫（塗改）世界本身的寶具。

麻煩的當然是改變型寶具。召喚還好，無論是怎樣的英雄，說穿了畢竟還是故事裡的存在，只要能認清這一點就很容易擊退。

但改變因果關係這類，採用的是不同次元的術理。對時間、空間，甚至世界本身說謊，這類改變沒有所謂的不可能。

因此裁決者專心地向前跑。在「紅」術士啟用寶具、改變了些「什麼」之前打倒他，除此之外別無他法。

……裁決者的擔憂是對的。「紅」術士的寶具「開演時刻已至，給予此處如雷喝采」是改變世界的寶具，但它並不會修改世界本身——

「好了，吾輩寶具揭幕！快入座！別抽菸！拒絕拍照攝影！更不要野蠻噓聲！世界乃吾手、吾之舞台！開演時刻已至——給予此處如雷喝采！」

而是封閉這個世界，產出劇本（秩序），讓故事（道路）強行推展的舞台寶具。當裁決者打算以聖旗貫穿「紅」術士的瞬間，他的寶具已然啟用。

「咦……？」

風景切換。在理解到這點之前，懷念的草香搔過鼻腔。

「這裡是，我的故鄉……？」

看著自己的雙手。因為從小幫忙家務，關節粗大——讓她覺得有些丟臉的手掌。身上的鎧甲、旗幟都消失了。

「……這是……幻覺嗎？」

裁決者皺眉，心想對方的喜好真沒品。這裡確實正是裁決者的故鄉棟雷米村。自己在這裡接受神的啟示，飛向外面的世界。

隨行的有六人。收下了男裝與馬匹，前往查理七世麾下——

這實在是太懷念的記憶，但現在不是犯思鄉病的時候。該如何打破這幻術呢？

裁決者左顧右盼，發現人影。

「『紅(莎士比亞)』術士……」

裁決者想逼近誇張行禮的術士，但他像一道影子那樣倏地消失。

『沒用的，無論是加害於我或者劇中人物(角色)，這段故事都不會停止。這就是這樣的寶具，即使妳是裁決者也不例外。』

「如果是幻術，可以用我的反魔力破除。」

『這不是幻術，是「故事」。主角是妳，貞德．達魯克。聽好了，這是我施展的攻擊，請回想妳的人生，體驗不可能發生的故事吧。』

這是「紅」術士的話劇寶具，裁決者能夠以聖旗接下各種攻擊，因此魔術性攻擊對她一概不管用。

但他的寶具已經超越了魔術範疇——真要說的話，是一種擁有與固有結界相等強制力的玩意兒。既然登上了舞台，就必須扮演相關角色直到最後。

那不是魔術，而是殺害內心的寶具。

無關英雄還是聖人——讓懷抱過錯的生者至死的劇毒。

『做好覺悟了嗎？』

「……我的人生什麼的，跟許多英雄相比根本微不足道，上演我的人生戲碼，應該很無聊才是。」

「紅」術士默默地搖頭否定這段話後消失蹤影。

竟然讓人重新體驗自己的人生，還真是三流寶具……當然，能把擁有最高層級反魔力的裁決者拖下水，這寶具的強制力確實厲害。即使如此——即使如此，仍不能被這寶具擊敗。

「珍妮。」

這聲音令裁決者背脊一顫。那既不是歡欣，也不是發寒所致，而是兩者混雜的複雜情緒。那是一道太可怕又太懷念的聲音。

回頭，不敢置信，這只是一場夢，是「紅」術士的寶具效果。然而，眼前的人卻熟悉得令貞德一瞬間忘記這些。

用小名稱呼自己的氣質穩重的女性。

「媽（La Mer）。」

十七歲與母親道別，直到死都沒再重逢。儘管已經有所覺悟，但像這樣回顧起來，歉疚與懷念的情緒好似要掏空內心。

「無論如何都要去嗎？」

「嗯，我必須去。」

話語極其自然、理所當然地出口。沒錯，與過去相同，是自己離開棟雷米村時與母親的對話。

「我無法忽視主的嘆息，說不定這是此生的別離——請守護我，只要妳和聖母願意守護我，我就不會敗北。」

「我會為妳祈禱，希望妳的道路上充滿光明。」

沒錯，自己確實帶著這句話離開村莊——應當是這樣，然而母親繼續說下去。

「……可是，妳沒有回來。」

「媽……？」

貞德．達魯克的母親彷彿無法承受地搖頭，臉上表情沒有惡意，只是充滿了悲傷。

「為什麼妳要被處以火刑，之後甚至被嘲弄整整十八年呢。」

「這……」

「妳的意志是火與鐵打造，無論面對什麼苦難和絕望，妳一定不會放棄自身信仰吧……可是，我只覺得難過。」

如果能指謫這個冒牌貨不知該有多好，但這的確是母親伊莎貝拉的心情。貞德明白……她明白。

「所以——別去了，妳已經知道結局了吧？」

猶豫片刻。即使如此，貞德仍沒有迷惘地緊緊握住她的手說：

「媽，即使如此，為了拯救這座村莊、這個國家，我仍非去不可。我非得挺身而出不可。」

母親並沒有被這番話安慰，只是流著淚——帶來一股錐心之痛。

『「然而妳手握了旗幟」，不愧是聖女貞德（Jeanne la Pucelle）。如此強大的覺悟，難怪不把一般英雄當對手啊！』

貞德仍老實地回應那不知從何處傳來的呢喃（旁白）。

「術士，即使你借用母親的樣貌也沒用。如果滿足了就快點釋放。」

『不不，妳的故事才剛開始！那麼前進吧，第二幕，揭幕！』

彈指聲「啪」地響起，少女只是一眨眼，舞台便切換了。

土壤的氣味、血的氣味，以及火藥的味道——

貞德．達魯克現正佇立於戰場中央。

§§§

獅子劫嘆了一口氣。

劍兵恐怕在門的那一頭徹底地挨打，連透過念話問都不必，他已經大致掌握了九成現況，只不過……無法想像她正承受多麼強烈的痛苦。

獅子劫告訴自己冷靜點，儘管心中有著非常不吉利的預感，仍看著兩道令咒。

若以令咒將她傳送回來就沒問題，可以重整旗鼓。

「——劍兵，聽得見吧？」

『……勉強。』

「聽好了，準備重整旗鼓，我會用令咒讓妳撤退……沒意見吧？」

『我知道。』

劍兵平淡地回答。因為是透過念話，感覺不出痛苦。但是她的語氣之中透露出難以言喻的遺憾，而這也無可奈何。

「——以令咒命令我之劍士，立刻來到我跟前！」

獅子劫於是透過令咒命令其「傳送」。令咒消耗掉，「紅（莫德雷德）」劍兵將會瞬間執行空間跳躍——理應如此。

「……什麼？」

令咒消失了一道，一股龐大魔力釋放時特有的感覺來襲。確實令咒已消耗，命令被執行了，但是——「紅」劍兵沒有回來。

「劍兵？」

『咯咯，欸，劍兵的主人啊，閣下這樣稍稍壞了吾的心情喲。閣下難道以為吾想不到閣下會如此？』

此外一段念話還插了進來，意念與意念連結的絲線強行被插線。雖然這並不難，但至少不是在戰鬥中有餘力執行的魔術。

而說穿了，對女王來說，這只是花點小功夫的魔術吧。

『妳是如何封鎖令咒……？』

獅子劫忍不住拋出這般愚蠢的問題，「紅」刺客（塞彌拉彌斯）愉快地笑了。

『蠢問題啊，劍兵的主人。這裡是空中花園——也就是吾之領域喲。此處不接受閣下等人使用傳送術式，吾說不接受便是不接受。所謂領土正是這般存在，主人（Master）也同樣如此，很簡單吧。』

獅子劫只能啞口無言。答案確實簡單，只是從來沒有人實現過罷了。讓聖杯戰爭得以成立的基礎功能，聖杯與使役者系統，以及作為管理使役者之絕對命令權的令咒。

確實有抗拒令咒的使役者。令咒說穿了就是一種使用魔術，若是具有優秀反魔力的使役者，確實可能抵抗吧。但要封鎖一度使用的令咒，則又需要其他關鍵。

澈底理解令咒機能，並在這層領域加上相應的準備——

這時，獅子劫察覺了。

「……啊啊，可惡！」

真是失策。雖然說到窮極魔術的使役者，當然是術士，但要他們在參加聖杯戰爭被召喚出來的這短短幾天之內完成分析，也是非常困難的事。

不過，就是有這樣的對象。身為理解魔術的使役者，同時有足夠時間的存在。

『吾主天草四郎時貞，他很熟悉令咒啊。』

六十年的歲月加上他的執著，儘管不如術士那般熟悉魔術，但有如此充分的時間便足以分析令咒。而若像待在這花園的「紅」刺客這般擅長魔術，便有可能封鎖他人的令咒吧。

可惡、可惡、可惡……！

『就是這樣，放棄聖杯吧。』

念話「啪」地中斷。

如果用上兩道，說不定可以擺脫刺客封鎖令咒的機制，但現在已經消耗一道了，既然裁決者不在這裡，就沒有時間取回失去的令咒。

念話也被切斷，目前不知狀況如何——但毫無疑問糟糕透頂吧。當自己正像這樣思考的時候，「紅」劍兵的存活機率也一分一秒地減少著。

該怎麼辦？

覺得一秒好漫長——緩慢的時間讓自己更加焦躁。

浮現逃走這個選項應該是再正常不過，無論如何都要逃離這裡，拋下一切回去。

不、不對，不需要猶豫，就這樣逃走才是最佳的存活方式。沒錯，逃跑就好了，逃走——抓住存活的機會就好。

會死喔。如果不放棄你現在想到的愚蠢至極的點子，絕對會死喔，你知道吧？知道啊，我當然知道！王八蛋！有股不祥預感，甚至陣陣發寒，但沒想到這種選項竟會出現在眼前！

「啊啊……可惡。」

思考。主人能做的並不是命令使役者，這種事大多使役者都會擅自採取行動。使役者是一種使魔，也是搭檔（Buddy）。那麼，主人該扮演的角色是什麼？

主人的工作是「思考」，把只有零的獲勝機率變成不是零。一秒，思考啊。兩秒，有某種機會。三秒——發現了。

發現了，確實發現了，但獲勝機率不到百分之一。

不過——若不這麼做，劍兵確實會敗北。雖然自己可能可以活久一點，但這樣延長後的性命又有什麼意義？

——沒有，這種東西沒有意義。

沒錯，自己已經沒留下什麼了，離開這裡就代表之後將回到明明活著卻跟死了沒兩樣的人生。三十年左右的記憶竄過腦海，魔術師；窮極魔術；獲得聖杯；為了不讓少女的死沒有意義，不斷在肉體刻劃傷痕的人生。

一半死了，一半還活著。

內心深處某個聲音嘀咕著：你早就玩完了。活著的是身體，死的是希望。既然希望已經死絕，今後將只會過上比老人的餘生還糟糕的人生。

即使向聖杯許願，也無法讓死人復生——

正是如此，獅子劫界離已死，無法復生。

但是，一半還活著的自己或許還有救。或許到了最後的最後，能夠找出自己究竟失去了什麼。

這是身為人類的根本，人類在這個世界稱霸必須有的感情。

咬著牙向前，振奮自己踏出一步。

想要抵達的氣魄、想要前進的堅持。

「紅」劍兵現在應該仍在奮戰吧。即使死了仍掙扎著，朝向希望持續伸手。

這樣的生活形態實在太耀眼，失去這樣的光實在太難過。

更重要的是獅子劫界離還是留有些什麼。

「……對，說得也是，我和那傢伙都還有能伸出的手。」

只是——只有堅持還存在於沒死透的死者體內。獅子劫從懷中取出手槍式針筒，連上念話。

『——劍兵，聽得見嗎？』

沒有回應，但有連接上的感覺。他緊抓著這點說道。

『妳啊，是不是不想敗給「紅」刺客？』

答案馬上傳回來。

『……混帳東西，這不是廢話？』

獅子劫苦笑：說得也是呢。

『——那麼，若因此而死也無所謂？』

愚蠢的問題。獅子劫身為主人，卻詢問自己的使役者「死也無所謂？」。他心想劍兵要不就臭罵自己一頓，要不就猶豫吧。

『無所謂！』

這太清楚明白的回應讓獅子劫的思考化為一片空白。

『主人，你聽好了。我啊，比起死去更是超級討厭敗北，更別說我不能接受輸給這個王八毒蟲女。如果主人這樣說，就表示只剩下那個方法了吧！那就做啊，如果能戰勝這傢伙，我不需要什麼未來！我啊……想讓你獲勝！』

這句話只讓獅子劫嘀咕了一句「這樣啊」。

並心想：她真是個好使役者，甚至是自己完全配不上的程度。

有剛剛那番話就夠了。有剛剛那番話——這個死了一半的人就會覺得自己還有採取行動的價值。

獲勝機率百分之一，這樣便足矣。

『好——劍兵，做好覺悟吧。只要事情順利，就可以賞那個女王一記啦。』

§§§

——現在回想起來，從一開始就有預感了。

世界上存在著絕對無法與自己相容的對象，那並不是基於歷史的累積或情感交流產生，而是從彼此的立場與心境產生，從見面的那個瞬間就會認定對方為敵人。

到目前為止，已經與許多敵人交手。從人工生命體、魔像等大量且無價值的傢伙到「黑」弓兵（凱隆）、「黑」狂戰士（弗蘭肯斯坦）、「黑」騎兵（阿斯托爾弗），以及那個能夠變身為「黑」劍兵（齊格菲）的人工生命體——

既然自己是「紅」劍兵（莫德雷德），應該要到最後才會與「紅」陣營對象交手。

但若是這樣……自己已經有一項認知。到了最後的最後，阻撓在眼前的會是她（這傢伙）。

儘管操弄陰謀、奸計、策略，卻絲毫不改臉色，驅動手中棋子拿下王的毒婦。

我身為騎士，更應該說身為一個戰士，可是比誰都忌諱這類人。

比方說，像我母親（莫歌絲）那樣，絕對不會表現在外，卻實現了報復亞瑟王的那個魔女。

然而，現在我趴倒在地。

劇痛噴發，讓我說不出話，暫時恢復正常運作的只有思緒，甚至連跟主人間的念話都斷了。無法握劍，說起來現在什麼都看不見。

無論如何驅策直覺，都完全找不出通往勝利的道路。找不到。

現在的自己只能掙扎。

「飛蟲摔下來啦。」

聲音。聲音出現在旁邊。我覺得這真是聽了讓人煩躁的聲調。這是誰的聲音？尋找記憶——立刻想起。

跟我誕生瞬間聽見的聲音很像。

我很清楚記得當時自己稍微想著：多麼黑暗的情感啊。若要比喻，就像是腐爛敗壞到底的器官。明明腐水散發著惡臭，但擁有這器官的本人卻全然未知——

聲音編織言語，言語侵入耳內。

「先不管旁人如何，吾可是挺中意閣下喲。莫德雷德，刺殺了那位聲名遠播的騎士王的反叛騎士——所有人都不懂閣下的真正價值。」

「……妳說，真正價值？」

我反射性反問，女王輕笑一聲後撫上我的臉頰。這充滿親愛之情的舉動，簡直就像家長對待子女那般——

「妳是劍，而且是一把有勇氣的劍。在那個世界，除妳之外沒人有持劍刺殺英雄亞瑟的勇氣啊。無力的吾可無法模仿，當然值得讚賞吧。」

話語簡直有如毒素，像是會灌溉乾渴的自己，只要一秒沒有這些水分就無法生存下去的毒素。

被肯定、被稱讚了。

若說沒有因此高興，那就是謊言；若說沒感謝她看透這點，那也是謊言。

「沒錯，妳是挑戰王的劍，即使沒人認可妳的反叛，吾也會認同。妳的反叛乃正確之舉，儘管世上沒有任何人理解這點，吾仍理解。」

「……到現在才有人理解也沒用。」

「紅」（塞彌拉彌斯）刺客以慈祥的關愛眼神回應這番自嘲言語。在這充滿毒氣的房內，女王想要拐騙我，而且還漸漸趨於成功。

「於是吾想提議。劍兵，捨棄主人吧。我們也認為伙伴多一些更好。別擔憂，無論閣下的願望為何，那座大聖杯都擁有實現的力量。妳的願望為何？」

「我的——願望。」

願望差點擅自衝口而出。只要聽了我的願望，女王就會說幫我實現吧。身體的痛楚已經達到極限，精神疲憊不堪的我，究竟能否甩開這層誘惑——

『妳終有一天要打倒王後成王。』

『我不認你為子，也不打算將王位繼承給你。』

『想成為惡王，還是善王呢——』

『妳必須好好面對父親。』

無數的各種各樣的話語浮現。

我為何，為什麼想當一個王？是因為身為聲名遠播的亞瑟王之子所有的自尊導致？還是崇拜父親的身影呢？

好幾次夢到的選定之劍出現在眼前。

為什麼我會覺得握住這把劍是一種罪惡而猶豫呢？

『哎呀？妳不拔嗎？』

我猶豫了。我該伸手嗎？我真的可以伸手嗎？我有伸手的權利嗎？

正當我猶豫時，一位少女站到了劍的前面。在我還猶豫的時候，似乎已經輪到下一人。

我猶豫著，茫然看著她的背影。

「在握住那把劍之前，先好好考慮清楚。」

在我身邊的魔術師說出了曾對我說過的話。

「拔出了那把劍，最終妳將不再是人類。」

可能是真的很不想讓她拔劍，魔術師以比告訴我時更強硬的態度否定。甚至還說如果得到了，應該會迎來悲慘的結局。

是的，沒錯，那個魔術師說得沒錯。如果獲得那把劍，只有最糟糕的結局等著。累積下來的一切一點不剩地遭到破壞，迎接實在太過寂寞空虛的死亡——魔術師甚至很細心地讓少女知道自身迎向死亡前的一切發展。

「——不。」

即使如此，站在我前方的少女仍斬釘截鐵地拒絕。

她就這麼想成王嗎？愈是擁有正常的心，想成「王」就愈是慘烈的夢想。

少女以柔和的話語說：不是這樣。

「——許多人露出了笑容。

我想這一定不是錯誤的。」

——啊啊。

我領悟了一切。打從一開始，我與父親就是那麼不同。

父親不是成王後想守護人們。

而是因為想守護人們而成王。

所以才能度過那麼悽慘的人生，並且不回頭——

嚮往的那道背影並非雄壯偉大，而是纖細得令人感傷。

成王究竟有多麼恐怖啊。未來已注定，將會迎接悲慘結局。即使這個魔術師展現了這些景象，仍緊緊握住劍柄。

這是太過寂寥的傳說揭幕。

沒有任何人讚頌打算拔劍的少女，騎士們都一副只有我才該成王的態度，熱中於騎馬比試。

在那之中，有一位表示如果大多數人能夠歡笑，那就不是錯，並捨棄了自己，打算挑戰這一切的孤單少女。

魔術師轉向這邊，面帶輕佻的笑容說：

「……好了，妳打算怎麼辦呢？」

§§§

「哦，我看妳是有想實現的願望啊。」

「紅」刺客就這樣犯下一個致命過錯。為了專心與劍兵交談，她無法調查念話的狀況，但「紅」刺客判斷這樣沒關係。畢竟他的主人已經心死，更重要的是現在連藉由令咒完成的傳送都遭到封鎖，就完全沒有需要留心他的理由了。

但真正該小心的從現在才開始。讓「紅」劍兵敞開心房，並且拉攏她成為同伴。為此必須卸下防備，因為如果表現出警戒態度，她應該會採取敵對立場吧。女王的信條是能用的棋子多一個是一個。

慎重地，不要明顯表現出不信任，卻不怠忽戒備……喜悅竄過背脊，現在的她是玩弄掌中鼠的貓、鎖定落入陷阱內的野獸的獵人。

但對她來說，這不過是餘興節目，有點像是想看看反叛騎士屈服的樣子這種好奇心的表現。這不是大意，但同時行有餘力。「紅」刺客沒有察覺這點。

「我的——願望是——」

好了，願望是什麼？道成肉身嗎？成王嗎？還是把騎士王（父王）的存在從歷史中消除呢？無所謂，無論是什麼，聖杯都會加以實現吧……說起來，從一開始就不打算實現她的願望。即使擁有能實現願望的力量，實現願望所需的魔力可是有限的。

定下契約的瞬間，就把她變成傀儡，打造成單純的戰鬥機械吧。

「我的願望是拔出選定之劍，成為王。」

「哦，那麼——」

「紅」劍兵露出柔和笑容，搖了搖頭。

「……不過，這似乎錯了，我搞錯了自己的夢想。說到底，我想要療癒父親的孤獨，我只是想抱起那個人因為身為王而捨棄的事物。」

沒錯。

孤獨、孤傲，像是靜靜地高掛陰天空中的閃耀弦月。

孤伶伶地，如此辛酸。

因為被所有人仰望著，所以無法哭泣、吶喊——

如果換個人當王，就不需要這樣了。

我想告訴那個人——放心吧，您也能露出微笑的。

……當然，世間不允許多餘的王存在，但即使不被允許也沒關係。只是我這麼想，之後只要採取成王的行動便可。

甩開遺憾的心情，我捨棄了這個夢想，因為打從一開始就不必要。

可是我不後悔。我雖然犯了好多錯，但我發現在我這滿是錯誤的人生之中，這還算是挺高尚、挺有人情味的願望。

「所以我已經不需要了。這麼一來，我剩下的願望只有一個。」

「……那麼，說說妳的願望吧。」

『——劍兵，聽得見嗎？』

這時主人的念話介入。獅子劫界離理所當然掌握了使役者的現況吧，但在令咒不管用的這個狀況下，他不可能做些什麼。

突然想到。

如果我處於主人的立場，該怎麼應付這個狀況呢？既然有一個即將倒戈到敵方陣營的使役者，會放任不知何時將敵對的自己活下去嗎？

這般黑暗的想法瞬間閃過，因此回應了一陣沉默。

我不會背叛，絕對不會——

很想這樣說，很想這樣堂堂正正地說，但自己的外號可是反叛騎士。

儘管侍奉偉大的王亞瑟，仍忘記其所有恩情，毀了一切的反叛騎士——

『妳啊，是不是不想敗給「紅」（塞彌拉彌斯）刺客？』

然而，獅子劫一副很平常的態度這樣問。

主人問是否不想敗給眼前的女王，這個教唆自己的她。

雖然只有一點點，但無聊的頑固確實打進了我的脊椎。

廢話，還用說嗎？當然不想敗。因為她（塞彌拉彌斯）就是我媽（莫歌絲），才不想連第二次的人生都要被她利用呢。

『——那麼，若因此而死也無所謂？』

是啊，無所謂。既無所謂，也不後悔。如果是像「黑」（齊格菲）劍兵那樣的武人，甚至會乾脆地戰至死亡吧。

但就是不想敗給這個女人。全世界只有這個女人，無論如何都不想敗給她。

自己的主人表示還有方法可以獲勝。獅子劫界離說了獲勝，那我當然毫不猶豫地會選擇這個。

『無所謂！』

透過念話如此大喊後，感覺比想像中還清爽。身上明明同樣痛，但臉上不禁露出些微笑容。

——沒有比現在更感謝母親（莫歌絲）了。如果沒有對母親的厭惡，我現在可能已經被「紅」刺客控制了。

——沒有比現在更感謝主人了。這份力量不是別人，正是主人給我的。如果我只是一般的騎士，現在可能已經敗給這些誘惑了。

但我不想再聞到那股惡臭。

好懂是最棒的。我最討厭母親（莫歌絲），也最討厭與她有同樣氣息的這個「紅」刺客！

「我的願望還用說嗎？女王（塞彌拉彌斯），當然就是妳的項上人頭！」

接著朝「紅」刺客吐了一口混著血的口水，沾上她臉頰的口水似乎使她的思考停止了一瞬。但接著應該是理解了我得意的笑中帶著輕蔑，感覺到女王咂了一下嘴後離開我身邊。

「——那行，就把妳跟主人一同變成悲慘的泥娃娃吧。」

說罷伸出手，但我才不怕。

主人究竟打算怎麼突破這個現況呢？我眼睛已經看不見，也無法握劍，甚至站不起來。他打算怎麼從這九死一生的狀況逆轉呢——

巨響突如其來，背後有東西爆炸了。

「什——？」

「紅」刺客的聲音愕然。那並不是針對爆炸本身，而是針對爆炸帶來的結果驚嘆。

「劍兵，出聲！」

「……主人？」

反射性地回應主人的話語。獅子劫笑著表示：

「好，妳在那裡等一下。」

獅子劫一腳踏進只要接觸，皮膚就會潰爛的毒氣中。

一步、兩步，然後第三步。

獅子劫毫不在意毒氣影響，持續奔跑，朝著在劍兵身邊的「紅」刺客迅速扣下霰彈槍扳機。

當然，在她的防禦能力面前這些根本沒有意義。接著掏出將魔術師心臟加工後打造成的手榴彈——這也沒有意義。但如同他的盤算，絕不是戰士的「紅」刺客因此退後。

也就是說，她與劍兵拉開距離。

以獅子劫的角度來看，他也不認為這點東西傷得了她。但這還真痛，已經事先把幾乎所有痛覺切斷了還這麼痛。

也難怪那個凱隆寧可不要不死之軀也要求饒。

但這是勉強，真的很勉強能夠忍耐的痛。沒關係，只差幾步了。跑啊、跑啊，只要專心致志地向前跑。

從懷中取出手槍型注射器，只要沒打中就會迎接愚蠢到不行的結局。無論槍彈、手榴彈，對「紅」刺客都不管用。但即使不管用也能嚇嚇她、能使她困惑，甚至可能讓她看不到自己從懷裡取出手槍型注射器的那一瞬間。

自己的使役者劍兵頹倒在地。只是看到這個景象，一股莫名其妙、毫無道理可言的怒氣便湧了上來。

她眼睛看不見，自豪的王劍也脫手了，獅子劫不想看到這樣的劍兵。她啊，那個小姑娘啊，更適合隨時隨地都自信滿滿、囂張臭屁的樣子。

好啦，所以快跑。

無論皮膚被腐蝕還是失明，獅子劫都能仰賴方才的聲音掌握劍兵的位置。

即使只是吸入一口氣便能使器官腐爛，心臟仍持續跳動。吃東西的問題之後再想，現在只要稍微能保住性命就好了。

「站起來啊，國王。」

這麼嘀咕之後，獅子劫界離把手槍型注射器抵在劍兵脖子上。

扣下扳機，注射血清。

這是唯一能對抗讓許多英雄痛苦至死的九頭蛇毒素的方法，雖然是臨時做出來的玩意兒，效力絕對足夠讓劍兵醒覺過來。

注入的瞬間，痛苦再次竄過劍兵全身。但這痛苦不是吸收她力量時產生，反而帶來體內某種東西爆炸般的衝擊。

「咳、哈……！」

吐出血來，整灘黑色的血讓人發毛。熱度在體內流竄，衝啊衝地到處繞，使全身沸騰——

「這————」

「紅」刺客說不出話。吐血的「紅」(莫德雷德)劍兵手中握緊王劍(克拉倫特)站起，瞪著女王。

「……嗨，好久不見。」

輕佻一笑揮劍。這一斬可以看出「紅」劍兵的本事沒有絲毫衰退，完全復活了，甚至現在仍處在這滿是毒氣的空間裡也毫不痛苦地挺身而出。

「妳這傢伙……！」

瞬間，「紅」刺客被迫做出選擇。

逃跑嗎？鬥爭嗎？

答案不用說，一定是逃走。無論如何，處於自身領域的壓倒性有利已遭到顛覆，所以應該逃跑。

可是，「紅」劍兵那個輕佻的賊笑實在惱人。

「紅」刺客也有身為女王的尊嚴，何況這謁見廳對她來說是絕對有利的戰場，姑且不論其他地方，從這裡撤退——

儘管猶豫，「紅」刺客仍選擇了鬥爭。

「妳的笑容很惱人啊——！」

深綠色鎖鍊被召喚而出，尖端的鈎爪蓄勢待發。

數量多達兩百條。即使只有一半數量也足以撕碎全身的鎖鍊一舉來襲。

「惱人的是妳啦！」

儘管如此，「紅」劍兵隨著快跑，一劍、兩劍、三劍，砍掉的鎖鍊有一百九十七條，只有僅存的三條纏住了「紅」劍兵。

但這些鎖鍊是因為毒素滲透才能發揮效用。

只是一般鎖鍊根本無法攔住她，何況現在劍兵已經使用了「魔力放射」全力狂奔。

「嘖……！」

刺客立刻傳送到後方，回到王座拉開距離，並重整好原本混亂的思考。既然決定鬥爭就不會撤退，首先以神魚鱗片稍微阻擋對手的猛衝——

然後在她啟用劍的真名之前，以寶具「驕慢王之美酒」編織出對來襲的劍兵能發揮最大效果的術式——！

「礙事啦……！」

神魚鱗片如玻璃般接連破碎，然而儘管只有短短幾秒，的確爭取到了時間。

「『填滿，顯現（Atargatis）』。」

那麼，大魔術已經完成，從魔法陣產出的是超越神魚的大怪物。

美索不達米亞神話表示，誕下眾神的原始母神提阿馬特同時也生下了與自身針鋒相對的眾神對抗的敵對者——即是魔獸，數量十一。

現在，「紅」刺客（塞彌拉彌斯）召喚出其中一匹。

據說是在海中誕生，擁有色彩鮮豔的兩支頭角與前肢的巨大蛇，到達與龍種相比毫不遜色的位階的可怖大妖怪——巴修穆。其頭部從黑暗中衝出，利牙帶有比方才提到的九頭蛇更強大的毒性，只消擦過便可造成致命傷，所以是連女王都會猶豫要不要使用的玩意兒。

「好了，劍兵，讓我看看妳苦悶的樣子吧——！」

……即使是反叛騎士，也沒辦法對抗如此龐大的妖怪，頂多是害怕著揮劍，或者悽慘地逃跑。無論是哪種，絕對都不可以讓她活著離開。

「——哈。」

但這樣的認知太致命，犯了過於致命的過錯。

這大型妖怪不像方才的神魚那般是能輕鬆召喚出的玩意兒。雖然幾乎是以接近無限的形式獲得聖杯供應的魔力，但畢竟還是有其極限。

因為狀況持續變化，「紅」刺客忘了一件事情。

「紅」劍兵的主人——闖進充滿毒氣的謁見廳的不要命蠢材。

他的手背上還有一道令咒閃閃發光。

雖然沒有說好，但獅子劫界離在「紅」劍兵再次起身的瞬間便決定要如此行動，「紅」劍兵也準備好了。

使役者——打一開始便以幾乎等於魔法的力量體現各種奇蹟的英靈們。

而區區一介人類能趕上他們的只有智慧了。只能絞盡腦汁、估量戰力多寡，賭上自身性命挑戰。

這很困難，幾乎等於不可能的任務。

但人類只有這個對抗方式，所以使役者們才會一直隱瞞真名，為了不被抓到弱點而戰。

「紅」刺客的優勢——於龐大魔力基礎下的魔術硬幹；利用傳送脫離戰鬥；利用召喚術產生的幾近無限的戰力；以及甚至能防範令咒和念話的精巧術式。

但當她召喚出那誇張毒蛇的瞬間，這些優勢全部消失了。

當然，她或許還保留了實力，對她來說使令咒無效可能只是手到擒來的小事。

但獅子劫界離賭了「不是這樣」。好了，現出底牌吧——！

「以令咒命令之，現在正是『擒王之刻』！」

「主人，收下啦！」

瞬間，「紅」刺客領悟了。

她身上出現很多致命的失敗，當那扇門被毀，主人介入的瞬間就該理解一切逃跑。

但與這般想法相反，她的嘴脣準備編織出傳送所需的術式。如果是在這座花園，這術式連短短一小節都用不上，但就在這不滿一小節的短暫剎那。

「紅」劍兵輕易躍過大蛇，舉起了她的紅雷邪劍。

揮下的王劍從肩頭毀掉靈核，與她的嘴脣編織出傳送術式幾乎同時發生。

「紅」刺客消失身影。

「紅」劍兵儘管愕然，但確實有了手感。這是她反覆過幾千次的動作，身體已經記住了，那毫無疑問是致命傷。

看了看空無一人的王座，滿足地回頭。

……現身的大蛇已經消失。果然「紅」刺客承受了致命傷，已經沒有力量維持召喚出的大蛇在世。

毒氣也散去，留在謁見廳的只有「紅」劍兵和——

「主人！」

獅子劫界離制止急忙想跑過來的她，虛弱地起身。

雖然他垂著臉蜷縮著，但樣子真是悽慘。「紅」劍兵看他這樣也一陣無力，坐在通往王座的樓梯上，解除身上的鎧甲裝備，換回便服。

踩著危險腳步回到「紅」劍兵身邊的他重重呼了一口氣，嘴脣滴出黑色的血。

「……贏了嗎？」

「廢話，你沒看見嗎？」

「我看不見了。」

「……我賞了她一記致命傷，我的直覺確認如此，那傢伙死定了。」

「……那就好。」

話語顯得疲憊。「紅」劍兵原本有些不悅，但馬上就恢復好心情。

「我這不是還活著嘛。」

「嗯，是啊，老實說真的是賭一把，因為我不知道會不會有效。」

「有效？對了，那一針到底是什麼？」

「紅」劍兵按著脖子。被注射之後，隨著全身都要爆炸般的痛楚，力量也爆發性地甦醒。

「是血清。」

「……血清？」

「為了對抗九頭蛇毒而做的……當我察覺『黑』弓兵是凱隆的時候，原則上有預料到這種發展，如果是那個惡劣的女王很有可能會這樣幹啊。」

毒之女王塞彌拉彌斯。

若持有原始之毒，或許可能做出所有毒素。然後，若可以做成所有毒素，那麼會做出什麼樣的毒？

儘管覺得這樣有些迂迴，還好真的有保險起見先做起來。

「哈——這樣啊！這樣、這樣啊！我的主人真是厲害！」

「紅」劍兵邊笑邊拍獅子劫的肩膀，獅子劫也笑了，挺起胸膛。

「哈哈哈，多多稱讚我吧。是說，抱歉打斷妳稱讚，我這邊有一個壞消息。」

「什麼啦？」

獅子劫「嗯」地點點頭後，清了清嗓子。

「——劍兵，我會死喔。」

沒錯，他一副沒什麼大不了的態度說道。沉默了一會兒，「紅」劍兵皺著眉頭說：

「……沒救了嗎？」

「沒救了。當然我也注射了血清……只是，效力有點太強了。哎，原本就是輸面很大的賭博，這也沒辦法。」

「紅」刺客以魔術打造出的毒，說穿了是一種概念武裝。

身為靈體的使役者只要注射能與毒素抗衡的血清便能淨化，但獅子劫界離是擁有肉體的生物，能讓凱隆和海克力斯痛不欲生的九頭蛇毒真的太強悍，而血清本身也有著不遜於毒素的強勁力量。

能不能承受血清本身？再來就是即使承受住了，是否能不至於影響思緒？在一切都不明朗的狀態下，獅子劫挑戰了這百分之一的獲勝機率。

他們確實順利討滅女王，但獅子劫的身體早已迎來極限。說起來，他原本就只是普通的魔術師。即使採取了與英雄同樣的行動，也不代表會成功。他因為注射了血清而避免立刻死亡，卻也因為注射了血清斷送性命。

「這樣啊……那我也會消失嘍。」

「紅」劍兵一派輕鬆，完全不害怕地這麼嘀咕。獅子劫界離無言地搖頭。

「——動作快點或許還來得及，這裡還有兩個主人。」

菲歐蕾·佛爾韋奇·千界樹和她的弟弟卡雷斯……實際上菲歐蕾已經離開了，話雖如此，如果能找出卡雷斯，要重新訂定契約也絕非不可能。

「紅」劍兵稍稍起身——又立刻坐下。

獅子劫睜圓了眼睛。

「喂，妳怎麼了？」

「……不了，我的戰鬥到這裡就好。」

這麼說罷，「紅」劍兵看向天花板，心想天花板充滿了水真是奇妙的景象。仔細一看，水面還倒映著自己和主人的身影，讓她覺得有點好玩。

「劍兵，這樣不好吧。」

「當然，若我是個苟且偷生的使役者，或許真的會這麼做吧。可是，我果然還是到這裡就好，這裡是終點也無所謂。」

曾經懷抱夢想，但夢想消失了。

留下了些什麼，且不會將之忘懷，寶貴地呵護住。如同主人發誓一輩子不會忘記親愛的女兒那般。

「這樣啊，妳這個性很吃虧耶。」

「我還比不過你啦。」

……「紅」劍兵察覺了，主人在那個時候就算逃走了也沒關係。

他不需要賭命。如果原本就是為了獲得聖杯而不惜生命，那還好說，但他的願望是要活著才能實現，然而他卻愚蠢地挑戰了這只有百分之一的獲勝機率。

這不就是為了讓使役者（自己）存活而採取的戰法嗎?所以她覺得這時候丟下獅子劫一個人離去不太對。

「抱歉啦，主人，如果我更強一點——」

「這種假設說下去只會沒完沒了。我跟妳都戰到極限了，這不就得了？」

雖然態度隨便，但獅子劫是真心這麼想。他打從心底認為無論結果如何，這段過程沒有任何值得不滿之處。

「欸，主人啊，那個，你覺得我怎樣？」

「怎樣是指什麼？」

「就是說……作為一個使役者如何？表現得夠好嗎？」

「紅」劍兵有些畏畏縮縮，像個等待讚許的小孩。

獅子劫點點頭說「當然」。

「這樣吧，我們從召喚開始照順序回顧。首先對戰的是人工生命體和魔像……戰勝了對吧？」

「嗯。」

「下一場打的是『黑』（開膛手傑克）刺客和『黑』弓兵。弓兵因為時間到而戰成了平手，但是對方撤退了，不是我們。」

「……」

「再來是與『黑』（阿斯托爾弗）騎兵、『黑』（弗蘭肯斯坦）狂戰士、『黑』（齊格菲）劍兵交手，這些全部戰勝了，包括聯手對抗『黑』術士（亞維喀布隆）與其寶具魔像。然後我們剛剛收拾了『紅』刺客（塞彌拉彌斯）。喏？妳沒敗過，無論什麼狀況妳都沒有屈服，持續獲勝。抽到這種使役者，卻還造成這樣的結果，就是主人的運籌帷幄不好啦。」

「……怎麼可能，你是個好主人。」

獅子劫笑了。

「妳是個很出色的使役者，跟我搭檔太浪費了。」

「這樣啊……嗯，那就好，我有這個就夠了。」

「紅」騎兵像是甩開了什麼，又嘀咕了一聲「這樣就夠了」。

獅子劫心想應該是最後機會了，於是掏出香菸，裡面剩下兩根，他寶貝地用懷裡的打火機點燃。

「……」

接著發現她興致盎然的眼神。獅子劫說著「喏」把最後一根香菸遞給她。

「唔、嗯，知道了，我抽。」

儘管猶豫了一下，「紅」劍兵還是以手指夾住香菸，有樣學樣地叼在嘴裡，點火。

深深吸了一口菸的瞬間，「紅」劍兵露出難以言喻的表情。

「……這啥鬼啊？」

這句話讓獅子劫笑了。

「很難抽吧。」

「……主人覺得這種東西好抽嗎？」

「哈哈哈，阿呆，當然難抽啊。」

「紅」劍兵搥了一下他的肩膀。

繼續搥了兩下、三下，正準備搥第四下的時候倏地停下了手。

「……怎麼了？」

「我已經不再夢想拔出選定之劍了。這不是說我放棄了，而是我理解沒有那個必要。不過主人你呢？你——」

劍兵的眼神訴說著：主人的夢想難道只能像這樣平靜地等待結束嗎？

「……像這樣不得不捨棄夢想後，也能得知一些事情。」

獅子劫吐了一口煙，微笑說道：

「結果我想要的只有那個女孩，只要那個女孩能活著、能對我笑就足夠了。啊啊——我真是不夠格當個魔術師。」

那個纖細、帶著空靈微笑的少女。說穿了，獅子劫期望讓她復生而過著半死半活的日子，但是讓她復活是絕對不可能發生，是不可逆的事實。

所以才憐愛、才持續徬徨的人生。

「這下子我總算……總算獲得解放。魔術師這種傢伙真的是，一輩子只有詛咒跟契約，能像我這樣爽快地說再見的可沒幾個啊。」

獅子劫以打從心底感到安心的態度笑了。

這聲音讓「紅」(莫德雷德)劍兵抱持著既高興又傷感的矛盾情緒。

「……這樣啊。」

「更重要的是妳，放棄成王了嗎？」

「紅」劍兵聳聳肩。捨棄夢想的她臉上表情意外清爽，獅子劫因此知道她對夢想已經毫無留戀。

「——與其說我放棄，不如說我總算察覺了。我只要能拾起從王(父親)的手中掉落的事物就能幸福了吧。嗯，哎——如果要說我對父親沒有怨言，那就是說謊了。」

要自己學習也有極限。

如果遭到拒絕，就無法干涉……即使對當時的父親來說，那已經是能做到的極限，但還是覺得應該有什麼方法（Approach）。卻又不禁自嘲——那也不過是不捨與辯解罷了。

「我恨的是王，不是父親。那個國家、那個時代讓父親背負了一切，把一切的一切都丟給他扛，只因他冠上了『王』這個稱號（詛咒）。」

因為被強迫當一個孤傲的王。

即使絕對不是該被憎恨的存在卻仍被憎恨，也是因為他是王。每個人都自私又沒神經地把夢想、希望、願望強加在他身上。

她恨的是這點，想改正這個部分，因為父親不是該被憎恨的存在。

「每次閉上眼我就會夢見，持續作著想挑戰選定之劍卻無法挑戰的夢，所以我想我一定是有哪些不足，缺乏成王必須的某種事物。可是，不是這樣，不是有所不足，是父親的出發點就不一樣。父親只是為了讓不認識的某人能夠笑顏常開而成為王。」

真是可笑的理由。

真是愚蠢的理由。

真是可悲的理由。

真是——虛幻而尊貴的理由。

侍奉他的人都害怕他的無欲無求，甚至連自己都想過父親就是這樣的存在。

但並不是。父親的褒獎不是對其他人而言的褒獎，而是每個人都會隨手扔在路邊的玩意兒。

父親珍愛的不是閃耀的寶石，而是路邊的小石子。

因為在那石子上看到了比任何事物都寶貴且痛切的過去。

「所以我無所謂了，兩者之間的解讀不一樣也沒關係，誤會了也無所謂，最重要的是我接受了，所以沒關係了。」

不再眷戀拋下的夢想，不再對毀掉的願望抱持興趣。

……結果，對莫德雷德而言，這是一場讓自己接受的戰鬥，也是她的第二段人生。既然現在這些都已實現，她也沒什麼要寄託聖杯的了。

「……這樣啊，那就好。」

獅子劫的聲音無力。

就像緩緩划著小船那樣逐漸接近死亡，即使如此他仍穩穩叼著那根香菸，絕不鬆口的模樣實在神奇。

「主人。」

「紅」劍兵不知獅子劫是否有聽見，也覺得不管有沒有聽見都無所謂。

「我啊，跟主人搭檔作戰——很開心，嗯，真的很開心。」

兩者沒有對立，只是非常合拍地隨性大鬧了一番。

彼此互補到一種幾乎可謂奇蹟的程度，所以才能像這樣抓住勝利直到最後。

「主人你……」

在她說完之前，香菸從獅子劫的嘴脣脫落，他無法回答最後的提問了。不過，「紅」劍兵仍是接受了果然這樣就好。

她不用問，也知道答案。

他應該也是想說根本不必作答，才先行離開的吧。

「紅」劍兵甚至覺得只是結束的「死亡」是某種新生，彷彿睡著般閉上了眼。

§§§

瞬間，不合時宜的景象拓展於她眼前，那是遙遠之地的記憶，自己正跪倒在卡姆蘭山丘上。貫穿自己的槍插在地上，胸膛開出了一個大洞。在與現世斷絕的前一刻不知發生了何種奇蹟，她竟然瞥見了父親身影。

自己給了王致命傷，想必王是非常悔恨、憎恨敵人、怨嘆命運吧，但他沒有表現出任何情緒，甚至可以說是平穩。

即使自己將他逼到這一步、詛咒他、算計他、憎恨他，王仍絲毫不介意，但現在的莫德雷德會覺得這樣真可悲。因為不去恨該恨的對象，比憎恨回去更辛苦得多。

王被騎士帶走，離開戰場。

莫德雷德追著其後而去。

彷彿一隻鳥從戰場展翅高飛，只是專一地追著父親的背影。

只有一位王的隨從不斷鼓勵著王，並尋找可以休憩的場所。化為鳥兒的少女只是追著他們。後來隨從停下腳步，讓王倚著大樹。

在幾度互動之後，隨從總算把王交給他的聖劍扔進湖裡，接著告知王後，亞瑟王的傳說在此結束。

這是並非生前所想像的、略顯寂寥的結束……而是克盡一切職責的人才知道的，充滿平穩的結局。

『——抱歉了，貝迪維爾。

『這次應該會，睡得……久一點——』

自己抽了一口氣。王真的，真的就像睡著那樣斷了氣，看著他完全沒有遺憾的那張臉，不禁落下淚。

這或許是一場夢。不，恐怕就是夢吧。最糟糕的情況或許只是單純的願望，然而莫德雷德希望這不是願望。至少她相信，自己的父親有資格迎接這樣的最後。

鳥兒展翅飛上天，往天空的另一側，星海的那一端而去。

如同天空的雲朵終有一天將四散消逝。

如同下不停的雪終有一天將融解消逝。

「紅」劍兵也要消失，她叼著的香菸滑落，無聲無息地滾動，最終滾到獅子劫界離掉下的香菸旁停下。

之後只剩下一片寂靜。

# 第四章

# 第四章

在戰場手握聖旗，認定不能被灑落箭雨的恐怖給擊敗，專心一致驅策著白馬。

沒問題，儘管快要挫折，儘管快要倒地，儘管快到極限，仍然能夠忍耐。

壓下恐懼的慘叫，與士兵們一同向前再向前——

「這種事情不管重複多少次——」

不管重複多少次，自己該做的事情都不會改變，該走的路也不會改變。自己的過去不會改變，也不會因過去而悔恨。

即使迎接了最後的一瞬間……內心也不可能因此挫折。

『原來如此，確實如同令堂所說呢。無論在怎樣的狀況下，只要找到該做的事，妳就只會朝向結局專心向前，真是太棒了！』

貞德．達魯克忍住想要破口大罵「吵死了」的衝動，只能隨著「紅」術士(莎士比亞)編寫的故事起舞。

求饒的敵兵、被認為不需要俘虜而遭到殺害的敵兵、在戰場上的諸多矛盾。
儘管身為聖女，仍在戰場上作戰；儘管身為聖女，仍接受殺害伙伴。
應該已死的敵兵指責這點。
「既然是聖女，為何殺害我們？」
「妳手握聖旗，還想危害我們？」
「我們不是罪人，只是跟妳立場相異的普通人。」
貞德靜靜地接受這些罵聲，一切都如同他們所說，她儘管身為聖女，仍揮舞聖旗，並認為傷害他人沒有不妥，這實在不該是聖女該有的行為吧。
過去，聖女馬大以祈禱的力量逼退惡龍——
自己所做的，只是跟人們一起打倒他人的一介指揮官罷了。
「正是如此呢。我自己認為，我絕對不是聖女。」
無論抱持怎樣堅定的信仰，每天都對主祈禱——連接受了啟示之後，仍如此認為。
「那麼妳為何挺身而出？」
帶著染滿血的頭、空虛的眼神、僵住的紫色嘴脣，頭部被箭射穿的敵兵這麼問。
貞德以肅然態度回應化為屍體的他。

「但即使如此，我仍相信這條路將連接上正確之路。」

那並不是憤怒，而是表現出堅決的意志。

出口的話語不分敵我，粉碎了所有士兵，他們化為塵埃，與血和煙塵飄盪的戰場一同消失。

貞德踩下無法處理的罪惡感大喊：

「術士！還有第三幕吧？你要不要快點？」

『嗯，是的，當然是的。這是探究妳的人生是否有錯誤，而若有錯誤是否該當糾正的故事。好了，我們進入第三幕吧！』

景色轉暗——場景一轉，來到貞德身騎白馬參加遊行的行列，周遭人們發出歡呼。

她連看都不必，光聽歡呼就知道自己身在何方。這是查理七世的加冕儀式，是他們終於實現的奇蹟。查理七世在漢斯聖母院接受聖油倒在自己額頭上，完成了加冕儀式。

貞德仰望在聖母院正面入口微笑的天使雕像，與伙伴共享這份感動。

查理七世起身，轉而面向此處。雖然身軀過於瘦小，但擁有一雙帶著強悍意志的眼眸的他，以誠懇的表情詢問貞德．達魯克。

「聖女貞德，妳為什麼不到這裡就好？」

歡呼停止，在聖母院內的所有人都以抱持疑問的眼神看向她。貞德無視心中的些許痛楚，反問：

「……您的意思是？」

查理說道：

「我在這裡跟妳走上了不同道路。在這個時間點，即使不是主——應該也能理解妳即將墜落，聰明如妳該不會說妳不知道吧。」

「……」

「貞德，回答我，妳要說妳走的路乃正確嗎？」

「……是。」

「沒有任何根據。妳所接受的啟示是主只傳達給妳，『結果則是後來才追加上去的』。妳要怎麼讓別人相信只有妳認為是正確的道路？」

「——說穿了，我走上的路就是這麼回事，跟懷抱著猜疑，但仍相信了他人的陛下不同。」

查理七世期望與敵對的勃艮第派之間和平共處，這成為他與貞德·達魯克分道揚鑣的決定性理由。

聖母堂裡儘管充滿了人，卻陷入了一股冰凍般的沉默。這是貞德．達魯克的故事，身為配角的他們若沒有獲得允許，既不能發言，也無法消失。

查理七世吐血般訴說：

「若回顧歷史，確實可以證明妳是對的。但那都是後世的歷史家加的無聊後設。在那時、那個狀況下，朕做錯選擇了嗎？有人可以說錯了嗎？還有貞德，妳為什麼——沒能讓朕相信！如果妳有力量，朕就會相信妳！不是朕不信妳！是妳沒有相信朕……！」

這是後世歷史責怪他「錯了」而產生的苦惱。

同時——也是因為他眼睜睜拋棄了敬愛的少女而產生的煩惱。貞德緊緊握住查理七世的手，搖頭否定。

「不，陛下和我在此分道揚鑣乃是命運……而且，假使陛下相信了，應該也不會有任何改變。我們只是構成歷史這龐大階梯的一塊磚頭，才必須走在自己相信的道路上前進。陛下或許錯了，但你也是正確的；我或許是正確的，但我也錯了。我和陛下都只是賭命而戰，只是這樣——只是這樣，不也足夠了嗎？」

一切與話語同時消失。

『——我就是想知道這個答案。好的，我們進入下一幕吧。』

下一幕果然出現了不出所料的對象。

「皮埃爾．科雄……」

主導針對貞德．達魯克異端審判的主教，屬於與貞德支持的查理七世對立的勃艮第派，原本應是無權制裁她的男子。

為了把貞德．達魯克當成異端處刑而燃燒熱情的男子。

男子露出嘲笑她似的表情低語：

「可悲的母狗，我們又見面了。」

貞德嘆氣，也不知道該往哪裡看——總之看向天空。

「『紅』術士，沒用的，即使透過你的劇本將他重現，也只是重複我生前經歷罷了。你的寶具應當無法給予肉體痛苦吧？」

貞德的指摘為真，「紅」術士的寶具頂多只對精神有效，即使是世界知名的莎士比亞，也無法透過舞台劇重現痛苦。

皮埃爾．科雄聳聳肩，點了頭說：

「沒錯，聖女貞德啊，憑我的力量甚至無法讓妳流下一滴血。能對抗妳的只有『紅』槍兵（迦爾納）、『紅』騎兵（阿基里斯）那樣的古代英雄，或者只有吾主吧。」

「紅」術士透過皮埃爾・科雄之口滔滔不絕地說道。

「……那麼，你這寶具的目的究竟為何？」

「這到了最終局面(高潮)再告訴妳吧。」

扮成皮埃爾・科雄的「紅」術士踏出腳步，他只消一彈指，風景立刻切換——儘管已經有所覺悟，貞德・達魯克仍顯得疲憊似的嘆息。

「這是妳最後遭到處刑的景象呢。」

時間停止。

嘲笑她的人、報以同情目光的人、哭著目送她的人——會悼念在盧昂老集市廣場遭到處刑的她的，幾乎都是一般市民。當然，嘲弄她是魔女的人也不在少數就是。

——若咒罵有如遙遠國度之歌，那麼悲哀便是母親的搖籃曲——

「妳明白這光景嗎？」

貞德頷首回應「紅」(莎士比亞)術士的問題：

「嗯，我有覺悟將走上這樣的結局。」

「妳不後悔嗎？」

「——當然，因為我成為基礎，並能夠拯救故國。」

「原來！妳說妳不後悔啊。即使無論在這個時代或者後世，都沒有比妳更加悲劇性的少女，也一樣嗎？」

「從旁看到的與實際體驗的並不會相同，我認為我的人生絕對說不上糟糕。」

這是貞德的真心話。

過於短暫的人生、過於短暫的榮耀，以及悲情結局。即使如此，她仍能夠懷著驕傲，斬釘截鐵地說自己的人生絕對不悲哀。

火焰包圍她的周圍，過去因為火焰而消失的聖女，以及下達此般指示的男子，在不知不覺間化為無人狀態的廣場面對面。

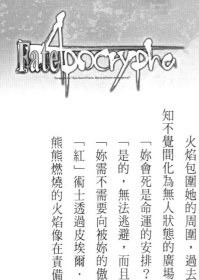

「妳會死是命運的安排？」

「是的，無法逃避，而且我也不打算逃避的命運。」

「妳需不需要向被妳的傲慢連累的人解釋？」

「紅」術士透過皮埃爾．科雄的臉嘲笑——就連貞德也不禁在心中起了一陣漣漪。

熊熊燃燒的火焰像在責備自己般搖晃，黑色眼眸直直盯著貞德。那與過去的異端審問相同，是充滿憎恨與嘲笑的眼睛。

即使如此，貞德仍處之泰然地回答。她不恨皮埃爾．科雄。他也是以自己的方式活著，且最後甚至不得善終……某種意義來說，兩人屬於同類。

「不，雖然有些難過，但不需要。」

沒錯，那些自己（貞德）拖累，以及跟著被拖累的對象都不需要解釋，因為這等於褻瀆他們命運與選擇的行為。

沒有錯誤、正確的答案引導貞德——

「我就是想聽這句話。」

「紅」術士取笑這正確答案，彈響手指後火焰消失。拓展於視野的不是黑暗，而是什麼也沒有的一整片白色空間。一回過神，發現已不見皮埃爾．科雄的身影，而是「紅」術士現身了。

「『那麼，翻到下一頁吧』。」

「……你說什麼？」

下一幕。貞德．達魯克已經沒有下一幕了，她並沒有這之後的人生，因為她在這裡就結束了。「紅」術士對板起臉的貞德笑了。

「請小心喔，下一幕是有一點『衝擊性』的喲！」

啪。

切換後的場景是現實化的地獄，微暗的石造房間內充滿惡臭，中央擺放了一張豪華大床，一旁的桌子上排列著被割下的孩童首級，而無數具他們的軀體則放置在地板上。一半還是新鮮的，另一半已經開始腐爛，但都同樣流著血，帶著絕望的表情死去。

貞德握緊了拳頭。她並沒有實際知道這般地獄存在，但有著相關知識。這是說到她這個人時不能刻意迴避的內容。

「……這裡是蒂福日城堡對吧？」

「正是如此，就是那個地獄男爵，吉爾．德．萊斯的城堡啊。」

吉爾．德．萊斯，跟隨在為了拯救故國而起義的貞德身邊，也是解放奧爾良的一大功臣。在英法百年戰爭留下許多功勳，甚至成為陸軍元帥的偉大英雄，以及——同時在自身領地沉醉於少年癖好與黑魔術之中，拷問、殘殺了超過數百的少年的連續殺人魔（Serial Killer）。

貞德並不認識這樣的他。貞德只知道身為自己的守護者，兩人並肩作戰時的吉爾。當然，既然她身為使役者，肯定持有吉爾．德．萊斯殘忍無情行徑的相關知識。

不過——

「知識跟實際不一樣，對吧？」

貞德以僵硬的表情看著過去曾是活生生少年的屍體，這景象太駭人了。曝屍戰場什麼的是再普通不過的事，但在貞德眼前的這些人都是身形嬌小，手腳跟枯樹枝一樣纖細——在大人們互相殘殺的戰場上不太會見到的屍體。

雖然這樣的景象褻瀆得足以使人暈眩，但也只是稍稍動搖了貞德的內心。過去就是過去，無法顛覆。

即使是舞台劇的贗品（Objet），也必須將他們的死烙印在眼底。

然而同時以此為基準，否定認為自己的人生抱持遺憾的論調。

貞德的意志非常堅定，清廉的內心絕不受擾。

「即使如此，我仍不動搖。」

「想來也是，妳看見未知少年的屍體頂多同情，內心並沒有軟弱得因此挫敗。」

木製門板發出嘎吱聲敞開，貞德反射性回過頭去，因驚愕而皺起臉。削瘦的臉頰、閃耀著瘋狂氣息的眼眸。過往的英勇已不復見，取而代之的是染上絕望與憎恨的模樣。

這並不是貞德所認識的吉爾・德・萊斯——

而是名為「藍鬍子」，受人畏懼的傳說中的怪物。

「哎呀，這不是貞德嗎？妳怎麼會來這裡？」

吉爾不慌不亂，平靜地向貞德搭話，並一副很寶貝的樣子緊緊抱著用一塊沾滿了變色血跡的布所包住的某種物品。

貞德告訴自己要冷靜，這是幻覺。一股彷彿緊緊咬住鏽鐵般的不快感、有如冷霧纏繞全身般的寒氣、布所包住的那樣物品——不行，「不可以去想那是什麼」，那對貞德·達魯克來說一定是很致命的某種東西。

「……夠了吧，結束這一幕。我很遺憾他因為我的死而走上歪路，然而我——」

「讓我告訴妳一件好事吧，這個吉爾不像方才那些只會說出吾輩指定台詞的演員（傀儡）。吉爾·德·萊斯是以自身意志思考、以自身意志介入這個世界的英雄，是我『紅』術士召喚的使魔（使役者）。」

裁決者愕然發言：

「使役者……怎麼可能！你是說你身為使役者，卻召喚出了使役者嗎？」

「若有此花園之主協助就完全不是問題。話雖如此，他並非擁有職階。裁決者妳該知道吧？他只是重現了吉爾·德·萊斯的靈魂，外殼是個脆弱的老人罷了。」

貞德狠狠地瞪了「紅」術士，這樣的召喚等於是侮辱吉爾‧德‧萊斯這位英雄。

「『紅』術士，你這麼做究竟有何目的——！」

「這妳去問他本人吧。男爵啊，你是不是有什麼話想說？」

「紅」術士的話讓吉爾露出瘋狂笑容。

「是的。貞德啊，我有東西想讓妳看看。我至今砍下了無數小孩的首級，且每每因此高潮……」

布緩緩揭開。會覺得時間過很慢是因為恐懼吧。貞德開口——以沙啞的聲音低語。

「……不要，吉爾，住手。」

吉爾沒有停手。貞德知道相關知識，吉爾‧德‧萊斯會砍下喜愛的少年首級並加以憐愛。「吉爾，住手」。他殺害少年，剖開肉體，並享受器官的觸感——

「貞德，妳看！這個頭顱是我至今疼愛過的對象中『最棒的材料』！」

布取下了。頭顱，可以看見頭顱，這頭顱是——啊啊，是那麼熟悉的少年臉孔。

「很美麗吧？這儘管端正卻青澀的臉，如紅寶石般美麗的眼眸，更重要的是頭髮如此美麗，簡直像是融解銀礦得來的頭髮——」

「……不行……那個不可以……！」

貞德遮住眼睛蹲下。那是不可以看的東西，甚至是不能去想像的東西。

正是與她一同作戰，並且有某些部分互相理解的人工生命體的首級。

「拜託，不要……讓我看那種東西……！」

吉爾對著慘叫的她繼續說：

「——這就奇了，妳不是不得不捨棄所有存在嗎？」

那是非常冷酷、寂寞的話語。更進一步的驚愕襲向一臉茫然抬起頭的貞德。

「吉爾……？」

再也不瘋狂的雙眼，以及並非身披奢華卻詭異的長袍，而是穿著鋼鐵鎧甲的身影，正是往日的元帥——吉爾·德·萊斯本人。

但是他那冷得澈底的雙眼，讓貞德抱持著無法排解的不安。

「妳是聖女，無論妳怎麼想，這都是不變的事實。因此無論面對什麼人，妳都會公平地制裁、平等地對待。無論是與妳親近的我，或者是可恨的皮埃爾·科雄都一樣。身為一個人，妳對我或者對他都是誠懇以待。」

「這又……怎麼了呢？」

吉爾默默駁倒少女軟弱的話語。

「但『只有唯一的例外』，妳並沒有誠懇待他，而是抱持幾近瘋狂的熱情。對方才我所殺死的他，那個人工生命體──」

內心煎熬。不對，不是這樣，因為這份感情不屬於自己。

「……不是這樣，齊格是基於自身意志參加聖杯戰爭，他擁有令咒，而且更重要的是他本身既為主人，同時是使役者，並且在這場混亂至極的聖杯大戰之中，是我打從心底信賴的存在。」

只是這樣，就只是這樣。他是並肩作戰的伙伴，甚至要說算是後輩，會擔憂他的將來也是理所當然。

吉爾反對，要她別說謊。

「不，不是這樣，因為妳想要讓他離開這場聖杯大戰。妳多番確認他的想法，儘管嘴上說『沒辦法』，內心卻覺得遺憾。」

『齊格小弟不用戰，不用投入作戰。』

『齊格小弟，順從意義並非人生的一切啊。』

『所以，齊格小弟可以逃避的。』

「這是——這是因為他——」

「因為他太可憐？可是若要說可憐，『黑』（開膛手傑克）刺客也很可憐，無論生前還是現在都一樣，妳身邊不是有無數可憐的人嗎！」

吉爾的聲音不帶一絲苛責，但貞德很清楚，他的聲音沒有惡意，只是以過往的熱情與威嚴——質問貞德・達魯克。

「我只是相信他是伙伴！」

「不，不對！妳——」

不要說，「不要再說下去了」。那是禁忌的情感，是無從懷疑的罪惡，同時也是打開更進一步絕望之門的鑰匙。

吉爾把仍然抱著的少年首級遞給貞德，這恐怕是貞德被召喚而出至今首度戰慄。明明是幻影，現在的自己卻無法這麼認為——這是指謫。貞德・達魯克現正接受盟友吉爾・德・萊斯的異端審判。

「妳——喜愛這名少年，以聖女不該有的感情愛慕著這名少年。這並不是父母對待兒女的情感，也不是對待朋友的情感，妳的這份感情毫無疑問該被稱為愛。」

不對，不是這樣，這是錯的。

因為抱持這份感情的——不是自己（貞德）。因為事情必須是這樣的。

「不是！無論戀情或愛情都與我無關……必須是這樣才行！」

……「紅（莎士比亞）」術士的寶具「開演時刻已至，給予此處如雷喝采」會揭露無論敵我的目標對象的人生與精神，並作為娛樂展示。

她的人生之中沒有戀愛，有的只是對所有人類的普遍性關愛。所有人都這樣想，連她自己也這麼認為，但「紅」術士的寶具讓她下意識封鎖的感情顯露，毫不留情地將之分解。即使是貞德的感情，也沒有例外。

「那麼，妳不承認嘍？」

吉爾以柔和聲音詢問。正當貞德想肯定的瞬間，喉嚨卻哽住了。閃過腦海的是一對茫茫深邃的紅色眼眸，明明離人類無盡遙遠，卻選擇了比任何人都更有人味的選項。

在無計可施的遭遇下誕生，還被丟了最糟糕的選項——

啊啊，認同這份感情什麼的……褻瀆得令人暈眩。比起任何人，對他才是最失禮的，因為他——

「……我不認同，我不認同這份情感。」

她毅然決然說出這番話。

心中這股悸動屬於親愛的少女(蕾蒂希雅)。

那股滲透內心的喜悅、揪心的憐愛，一切的一切都是應該生活在這個世界上的人類所該享受。

自己沒有那樣的權利。

「——哎呀，『正是如此』！不愧是奧爾良的聖女貞德！妳不可能有這樣的情感，不應該有！」

「…………咦？」

吉爾鼓掌，「紅」術士也鼓掌，貞德只是茫然接受喝采。她原以為會被拒絕，以為會被告知，其實自己對他抱持不應該有的情感……

她原本鼓足全身力量準備加以否認，但他們很乾脆地認同了這答案。

然而，這是「紅」術士的陷阱，在安排了兩層、三層伏筆之後才來個大翻轉，對眾所公認的世界第一作家而言，是理所當然的把戲（發展）。

吉爾宣告：

「因為妳——知曉他的命運，無論怎樣掙扎，他在這場聖杯大戰中都會用掉所有令咒並且死亡。」

——撲通一聲。

——有種心跳響遍全身的感覺。

「不應該是——」

確定嗎？自己不是知道嗎？只要在這場戰爭用掉所有令咒，他確實會死亡，而他會在這場戰爭中使用令咒，毫無疑問會全數用掉。

不，不會這樣，他期望活著，至少自己有這種感覺。啊，可是……可是，他同時也是「英雄」。

比起活下去的意志，更強烈追求自己的夢想。如同他過去賭命屠龍那般，在這個世界不也會賭上性命想打倒「紅」陣營的英雄（使役者）們嗎？

……說不定，自己其實。不對、不對、不對。

「不對！不可能是這樣！不可能是這樣！」

「紅」術士大喊：

「而妳不得不利用他。因為他身為使役者的力量才是對抗我們所必須的！沒錯，那個人工生命體來到這裡不是基於他的選擇，而是妳做出了選擇，『妳殺了他』！」

「紅」術士的小刀（話語）分毫不差地貫穿少女心臟。

「啊————」

想不到反駁的話。

無論怎麼想否認、無論怎麼想辯解，他的話都是正確。自己利用並肩作戰的方式把純潔的他帶上戰場，儘管好幾次否定他上戰場，卻沒有拒絕與他同在。

如果真的為他好、為他著想，即使會傷害他，也不應該跟他一起——

吉爾．德．萊斯說話了，以溫柔的聲色平靜地告誡貞德。有如過去指導不知戰場為何的她戰場有多麼嚴酷與存活方式。

「——貞德，妳是知道的吧？不，妳只是假裝不知道，也沒有去理解。聖女啊，妳的『啟示』命妳帶這位人工生命體來這戰場，但妳有被告知若不這麼做，他就不會獲得幸福結局嗎？確實如此，這個少年是『為了死在這裡而生』，這才是他的幸福。」

「不……對……」

說點什麼啊，快說些什麼啊，什麼都好。堅毅地面對他們，以言語之盾防範言語之劍——但下個瞬間，身為裁決者的探查能力發動了。

——「紅」槍兵（迦爾納），確認消滅。

——「黑」劍兵（齊格菲），確認消滅。

「……………死、了？」

不敢相信，這是理所當然的事，是很高機率能夠推測得知的未來，應當是已經覺悟好的未來了，但完全不敢相信。這是一齣舞台劇，他（齊格）的死亡也只存在於夢想的彼端罷了。

……不，不對。

這是給予裁決者使役者這般存在的情報（衝擊），「紅」術士是一個「只能讓人觀看」的使役者，他無法干涉裁決者的能力。

所以，這是真的。

使役者「紅」槍兵消滅，而在下一秒，「黑」劍兵也完全從這個世界上消滅。這也就——意味著人工生命體齊格的死亡。

死了。

非常出乎意料，甚至連道別都沒有，持續視而不見的結果就是這樣。

「啊啊、啊啊——————啊啊啊啊啊啊啊啊啊啊啊啊啊啊啊啊啊啊！」

聖女慘叫，「紅」術士張開雙臂，高聲宣告。

「好了，這齣舞台劇的類型決定了！是喜劇！我說聖女啊！歡迎來到殺人的世界！沒想到一次也沒弄髒手的妳，第一個選上的犧牲者就是妳打從心底愛慕的少年啊！」

『是我殺的！』

『是我殺的，是我用這雙手選擇了他，用這些話語教唆，殺了他啊！』

『妳是殺人犯。為什麼沒有吃了秤鉈鐵了心，即使被他討厭、即使他會傷心，也要拚死阻止他呢！』

『騙子、騙子、騙子！我應該知道他會死！應該知道事情會變成這樣、會走上這種結果……！』

「紅（莎士比亞）」術士對著蜷縮在地痛哭的裁決者宣告，世界翻轉，只花了十分鐘就走到這個結局。「紅」術士為了打倒聖女而獻上一切的這齣舞台劇（寶具），是只發生在短短十分鐘之內的事情。

但值得，原本震盪著的大聖杯突然沉默，同時地板也開始微微震動。「紅」術士連想都不用想，能夠直接察覺那個「存在」。

支配了大聖杯所帶來的壓倒性存在感，只是佇立當場就被認可足以支配全世界的神聖力量——這正是一齣喜劇結束，另一齣喜劇高唱凱歌的時刻。

「紅」術士擦去噴出的汗水，高聲唱和：

「玩把戲的時間到此結束，救贖已準備完畢——接下來將是吾主天草四郎時貞再次降臨。」

§§§§

「虛榮的空中花園」的地下空間為了保護大聖杯，而有著投影出無數房間與透過各式各樣術式(Trap)打造成迷宮(Maze)的特性存在。

很像落入人體內的感覺——如果只是一般魔術師、一般使役者，一定會永遠迷途，無法脫身。

但「黑」騎兵(阿斯托爾弗)擁有寶具「破滅宣言」，散開的紙片像是小小的蝙蝠般飛舞，在告知正確路線的同時破除陷阱。

即使用魔術增加房間，也絕對不會無限增加。既然起點和終點存在，無論怎樣用魔術延伸兩點之間的距離，只會損失些許時間。增加房間，只是為了迷惑人。

「好了，我們快點！裁決者在等我們！」

「黑」騎兵和齊格奔跑著，卡雷斯則跟在兩人後方。因為他以魔術強化過雙腿，所以不至於被拋下，但要是再被拉開就會超出「黑」騎兵手中書本的有效範圍，所以他拚死命地跟著。

這是還好，畢竟「黑」騎兵是使役者，腳程快也是合理。問題在於他的主人齊格這邊。

「黑」騎兵或許沒有察覺，但齊格正跟騎兵並肩奔跑著。騎兵沒有拉著齊格的手，齊格也沒有利用魔術強化自身。即使身為魔術師只算三流的卡雷斯，還是能看出有沒有使用魔術。

不太對勁，有些狀況怪怪的——卡雷斯如是想。

儘管直到方才仍是使役者，但現在的他只是人工生命體，所以能跟使役者並肩奔跑這本身就不可能。

雖然有種假設可以說明，仍不出假設的範疇。說起來，以假設來解釋現況本身也於事無補，但是卡雷斯就是很介意。

卡雷斯推測，齊格使用了五次令咒之後應該發生了些什麼。雖然只是不明確的推測，但合理來說應該是他數度讓容許量以上的魔力循環全身，導致魔術回路全毀，因而致死——大概是這樣吧。

可是，齊格卻以與使役者相同的速度強力地奔跑著，眼前這個人工生命體真的……活著嗎？卡雷斯的思緒從剛剛起，一直在這個點上反覆打轉。無論怎樣假設，那個人工生命體都理應會死，但現在他卻在自己眼前奔跑著——

三人突破已經不知道是第幾間的房間，打開門。

跑在前方的「黑」騎兵停下腳步。巨大走廊、規律排列的石柱，毫無疑問是跟至今徘徊的地方相異的道路。

紙片原本圍繞在騎兵周圍，但現在拉出一條直線直指走廊最深處。看見紙片如此反應，齊格點點頭。

「應該就是前面了。」

三人於是再次奔出，一口氣奔過長長的走廊，推開巨大鐵門。

三人說不出話。那裡是謁見廳，有著一張與絢爛女王合襯的王座，但座上無人，牆壁與地板帶著可怕的破壞痕跡。卡雷斯從殘留的魔力及痕跡想像在這裡曾使用過的魔術，不禁毛骨悚然。即使有上億次奇蹟發生，恐怕連菲歐蕾或達尼克都不足以達到這般層次吧。

女王不在，取而代之的只有靠在牆上，像是睡著般死去的一位魔術師。

「獅子劫界離……」

卡雷斯喃咕他的名字，卻看不到應與他同在的使役者身影，他人也沒有任何反應。

或許因為這死狀太過寂寥，卡雷斯心中瞬間浮現無法自己的寂寞情緒。

「……我們走吧，這裡什麼都沒有了。」

卡雷斯點頭回應齊格的話語。抵達這裡，並且與「紅」（塞彌拉彌斯）刺客交手的就是他和他的使役者吧。

只不過最終究竟是敗戰了呢，還是報了一箭之仇呢……無論何者，「紅」刺客都還活著。從「虛榮的空中花園」不見崩毀徵兆，就是證據。

「好了，雖是說要往前，但從這裡要往哪裡——」

正當「黑」騎兵這麼嘀咕的瞬間，紙片劇烈地飛舞，他往自己的主人那兒看去。一如往常地帶著一張有點憨傻表情的他，身後出現一團黑色漩渦。

「主人！」

騎兵毫不猶豫推開自己的主人，用護手彈開飛射而出的鎖鍊，但鎖鍊像蛇一般纏住騎兵手臂，甩動他的身體。儘管騎兵被重重砸在牆上，仍緊緊抓住，並壓制了正在狂躁的鎖鍊，出聲大喊：

「主人快逃！這玩意兒的目標是你！」

一部分紙片來到齊格身邊，如同領路一般滑行空中。

「跟著它去！那邊那個也是！」

「了解了，騎兵你也要馬上跟來！」

「……嗯！當然！」

紙片一個急轉彎衝破牆壁，齊格跑著跟在其後。「黑」騎兵安心地目送他的背影離去，並赫然發現他的背影已經變得相當可靠了。那不是單純因為他變強了，或者他長大了之類。

那是朝向自己發現的目標，專心一致邁進的人類的可靠。騎兵心想要快點追上，於是憑藉一股蠻力扯碎鎖鍊——但下一條鎖鍊又立刻出現，纏住騎兵。

「唔……煩耶……！」

這實在是太迂腐又執著的魔術。「黑」騎兵判斷這應該不是「紅」術士，而是「紅」刺客的把戲。

但這般迂腐反而提供了一項重要情報。騎兵抓住鎖鍊，顯得很開心地對著天空大聲說：

「原來如此，我大概懂嘍！『紅』刺客！妳受了致命傷對吧！只能召喚這一點也不華麗的鎖鍊就是最好的證據！如果妳認真起來，當時應該可以輕易殺了我和主人！但現在妳連這點都做不到——」

騎兵再次扯斷鎖鍊，打算衝往牆上的破洞。鎖鍊再次被召喚出來阻止騎兵，不讓他離去。

「表示妳受了傷，無法保護主人！而比起妳的主人，我的幻馬（鷹馬）比較強！換句話說！如果讓我過去裡面就不妙了！」

「黑」騎兵扯斷鎖鍊。儘管看不到使用這魔術的「紅」刺客身影，但這片沉默證明了他的推測正確。

§§§

兩條手臂從滿溢出龐大魔力的球狀大聖杯中伸出。

空間擠壓，發出簡直像是嬰兒誕生的哭聲般的聲音。「紅」術士（莎士比亞）理解了，實質上這場聖杯大戰已經結束，天草四郎時貞已經完全掌握成為這場聖杯大戰基幹的大聖杯了，這也就是說，累積在大聖杯上的龐大魔力全都歸四郎所有。

「實現！我等夢想在此實現——！」

支配者（主人）隨著歡喜大喊誕生，天草四郎時貞離開了大聖杯的世界，再次回歸現實。脈動著的大聖杯證明了此事。

「紅」術士看見其身影，不禁瞠目。四郎選擇了生前所穿的紅色陣羽織與浮誇的飾襟。原來如此，這的確是凱旋歸來，他束起一頭長白髮，有著與女王相比毫不遜色的「王」之氣勢。

「吾主啊，情況如何！」

四郎以平穩的聲音回應術士的問題：

「……全部實現了，現在正在暖機階段，再過不久這大聖杯即將成為天之杯，邊從靈脈補充魔力，邊給予所有人類真正的不老不死吧。」

四郎就這樣與裁決者目光交錯，接著有如同情她一般心疼地瞇細了眼，希望沒有握著聖旗，正慘烈地痛哭著的她是最後一個必要的犧牲者。

「獲勝了嗎？」

四郎這麼問，「紅」術士得意地摸了摸鬍子肯定。

「嗯，除吾輩之外的所有登場人物都誤解了。主人，包括你在內。」

「誤解了什麼？」

「『她只是個小姑娘』。儘管表現得像個聖女、身為聖女而律己、行使聖女的力量，她仍然只是一位再普通不過的少女。因為表現得太聖女，她拋下了自己（貞德．達魯克）。唉，這也是無可奈何吧，要以使役者身分受到召喚，所需要的不是在達魯克家生活的那十七年，而是身為故國英雄奔走的那兩年啊。」

「……真是可憐。」

對於經歷過類似狀況的天草四郎而言，他很清楚這份痛。表現得像個聖人的代價，必須拋下過去存在的「理所當然」所伴隨的痛苦——

四郎打從心底憐憫裁決者，而也理解既然龜裂已揭露，裁決者就不再成為威脅。

他毫無防範地靠過去，對她說：

「貞德．達魯克，已經結束了。我已利用第三魔法，完成救贖人類之舉。」

「第三魔法……」

裁決者當然知道這魔法，尤其第三魔法與使役者系統算是相關，大聖杯以特例形式給了她相關知識。

靈魂物質化。鑄造大聖杯的三大家之一，艾因茲貝倫設定為目標的彼端奇蹟。

「那不是半吊子的不老不死，而是捨棄了會腐敗的肉體這種徹底的不老不死。且不是針對單一對象，而是讓所有人類分享，無關善惡，激情和私欲將會淡化，虛榮變得沒意義，是完美無缺的和平——好了，貞德．達魯克，我再問一次，我的做法錯了嗎？」

四郎終於在聖杯大戰中喊出將軍。

……明明該出聲，卻發不出來。

明明該指謫，卻找不到話語。

第三魔法，使靈魂物質化。將能夠不分善惡、體現真正不老不死的這種魔法分享給所有人類，所有人類都將成為只有靈魂存活的存在。爭奪資源的行為將消失，因思想不同的爭端也必然會消失吧。

復仇的連鎖將中斷，世界會產生戲劇性變化，而變化的方向——恐怕會連接上永遠和平。

……確實如同四郎所說，這樣的救贖非常完美。以多數靈脈為代價，讓人們得以不老不死。若鬥爭是私欲所造成，斷絕根源的做法絕對沒有錯。

「——沒有不對，不是錯誤，完成度高到讓妳說不出話。我認為如果能更早一點跟妳好好談談就好了，然而有些事情不在完成後，是不會有實際感受。即使我及早說明自己的目的，妳應該也同樣會妨礙我吧。」

人類獲得救贖，沒有苦惱，也沒有絕望——

然而，一股糾葛盤據在裁決者心中。儘管難以言喻，但她仍覺得有些不對。

「貞德，睜開雙眼，妳不至於不理解他所說的乃正確吧。」

吉爾來到貞德跟前，作為使役者召喚而出的他能不受「紅」術士寶具效果影響現界，現在的四郎有用不完的魔力可供應給他。

「可是，那——！」

「妳知道我的外號吧，惡名昭彰的『藍鬍子』。我為了褻瀆出賣聖女的神明而做了許多壞事！讓妳聽聽孩子們的哀號吧！絕望的怨嘆吧！」

「不要、別這樣……住手……！」

裁決者很清楚，那是吉爾．德．萊斯的末路，而他之所以喪失自我，只能歸因於名為貞德．達魯克的少女之死。

「沒錯，他們是我害死的，『也是妳害的』！我之所以瘋狂，是因為遭到背叛的妳的遺憾造成！只要妳不死，我就必然不會瘋狂！」

吉爾的身影轉變，削瘦的臉龐、閃閃發亮的眼眸——震撼法國的殺人魔，藍鬍子就在那裡。

「我、我——」

無法說不是這樣，吉爾·德·萊斯之所以發瘋，毫無疑問與貞德有關。

「那些孩子無法復甦！過去無法改變，無法把死亡當作沒有發生！但未來確實存在於此！貞德，讓我們可以贖罪的奇蹟就存在於此啊！」

贖罪，可以贖罪。

可以從失去的生命、肇因自己而喪失的性命產生的罪惡感逃脫，可以分享人類的奇蹟——

「拯救我們的不是神！那麼我們必須親手拯救人們！貞德，回答我，這是否為救贖人類！」

內心快要投降了。

胸口陣陣抽痛，緊緊按住心臟附近。

只能拚命地忍住不流淚，無法想到反駁話語。明明覺得有哪裡不對，卻不知道是哪裡不對。

因為，生命是美麗的，如果是體恤所有生命，那應該不會是錯。

自己也不是樂於分出祖國敵國並交戰。

他們或許是敵人，但並非惡。人類心中抱持憎恨，也有憤怒，因此才理解無法停止，只能交戰。

這般苦悶也將消失於某處。

除了幸福的結果之外不會有其他，明明是以邏輯思考後，完全能接受的救贖。

但心中的什麼排拒著。

「貞德，伸出妳的手，接受自己的敗北，讓我們並肩而戰吧。不，這不是戰鬥，而是救贖，走上救贖人類的旅程——」

「吉爾……」

「那位無名的人工生命體也如是希望吧，他的死是必要的，為了讓人類走上期望的未來，是必要的犧牲。」

為已逝去的生命無法挽回而嘆息。

也無法從眼前逝去的生命上別開目光。

所謂聖人便是這般存在，如果能拯救，就想要拯救一切。

所以伸手吧，接受拯救之手，成為同胞，這絕對不是錯誤。

正當要做出決定時，感覺眼底陣陣光芒閃亮，讓裁決者有股難以言喻的不協調感、異物感。

朦朧地想起一個場景。

『妳還沒——』

有人因我而死，那對自己來說一定是很重要的人，說不定是在那之上的某人。

我該背負這樣的死。即使拯救了上萬人，也絕對無法補償。不想讓救贖人類變成齊格死去的意義。他的死亡是我造成，殺了他的是我。

這個世界有無數死亡存在。

無數生命產出無數死亡，如地獄一般的連鎖，但對世界而言絕非必要。「世界上沒有必要的死亡存在」。沒道理的死亡，是帶來那沒道理結果的生命所必須背負——

「不對！不是這樣！他的死對世界並非必要！是我的責任、是我必須背負！」

裁決者起身，擠出所有聲音大喊。

自己只差一點就要把他的死歸咎給其他，但這種做法實在太過醜陋。如果殺了他的是自己，那麼所造成的罪就只能屬於自己。

同時，吉爾也必須持續背負害死孩子們的責任。

不是抱持希望起身，而是滿懷憤怒、為了反叛而起身。流下的眼淚是那麼熾熱，即使如此，仍稍稍取回了作戰的力量。

四郎變了臉，他知道裁決者原本快要崩潰的心，因為人工生命體的死而維繫了下來。換句話說，她再次成了敵人。

然後，也已經沒有餘地好好談談了。她到達了與自己完全相反的結論，即使要與全世界為敵，她也不怕，她相信自己的正確。

四郎有些許被裁決者的氣勢壓制的感覺，但他也知道這只是杞人憂天，因為他已經完全支配了大聖杯。雖然為了啟用第三魔法而在準備之中，但即使只是使用殘餘魔力，要打倒裁決者仍是綽綽有餘的力量。

裁決者已經沒有同伴了，一個也沒有。

或許是感應到四郎的氣息，只見裁決者瞪著他，帶著彷彿找回原有冷靜那般靜謐的氛圍，但四郎察覺到她內心席捲的火熱。

一秒之後，四郎和裁決者將捉對廝殺，而四郎毫無疑問將獲勝。正當他如此確定時——這道聲音出現了。

「太好了，妳還活著。」

裁決者背脊凍僵。她已經做好覺悟再也聽不到這聲音，並心想這是不是幻聽、是不是「紅」（莎士比亞）術士為了侮辱自己而重現的。但如果是這樣，也太真實了。

裁決者戰戰兢兢地回頭，好不容易才起身的，又差點要跌坐在地。

「『黑』（齊格菲）劍兵打倒了『紅』（迦爾納）槍兵。」

齊格淡淡地陳述事實。

「齊格小弟……為什麼？」

齊格聽到茫然的裁決者這麼問，不禁狐疑歪頭。這樣的舉止毫無疑問是他才會做的。過了一會兒，齊格才理解似的點頭賠罪。

「抱歉，確實我來也幫不上什麼忙。」

齊格絕不愚蠢，他很清楚來到這裡將會造成什麼結果。

他不是想死，正是因為不想死，所以才逃出那座供應槽。

他確實期望活下去，不想前往一定會死的場所。

但與「紅」槍兵那一戰，讓他理解了。

手握聖旗，承受了可謂極限破壞的少女，無論生前、死後，她都是這樣活下來的。以守護某人、保護某人、拯救某人為自身喜悅，所以被她拯救的那一方也會產生責任，產生必須做些什麼的責任——

不，說穿了只是笑話吧。

對齊格而言，有一種最最單純且重要的事實，是他在臨死之際擠出來的念頭。齊格一副覺得害臊的樣子，但沒有別開目光，對貞德說道：

「我想見妳。」

只是這樣。

裁決者勉強忍住不因為這句話而落淚，她甚至對自己現在的表情是否在微笑也沒有自信。

「齊格小弟，我可以再問一件事嗎？」

「嗯。」

「你還在思考嗎？」

還在思考人類的善與惡，思考關於人類這種生物本身嗎——

齊格毫不猶豫頷首。

「當然……有太多我不知道的事情了。說不定這是花一輩子也想不出答案的困難問題，但我還是想要思考。因為我也一點一滴，漸漸地理解了。」

過去，他那對純潔的眼眸染滿了苦惱。裁決者無法以虛偽矇騙，而告訴了他真實，人類的惡是天生存在，但即使如此，也沒有放棄相信人性本善。

剛誕生於世沒多久的少年狐疑歪頭，只是不斷思考。

善與惡。明明為善是好事，但仍要墮入惡途者所抱持的苦惱。

他還沒有找出答案。

——啊啊，即使如此，這位少年仍想著要正面接受。

果然不對。

天草四郎時貞明顯不對。

這結論令裁決者落淚，沒想到是這麼諷刺、這麼可悲的真相。

「裁決者？」

齊格歪頭，對哭泣的裁決者伸出手。裁決者握住他的手，祈禱般閉上雙眼。

「……沒事的。」

「……？」

「齊格小弟沒問題的。」

彷彿要告訴齊格，同時告訴自己而如此嘀咕的裁決者，重新面對吉爾。

聖女眼中已不見動搖，以危急形勢保住的內心找到了完全的中心思想，因此她明確地指謫這般救贖。

「貞德……？」

裁決者以沙啞的聲音回應吉爾呼喚。

「……我終於理解了，我果然無法認同這樣的救贖。」

「為何——」

吉爾睜大眼睛，她的聲音之中帶著確信，沒有迷惘。抱持此乃正確的明確主張，與吉爾對峙。昔日聖女就在此。

聖女大喊：

「天草四郎時貞，你的行為表現出不信任人類，會讓過去累積的一切全部泡湯。因為人類與邪惡持續抗戰了數千年，即使數度敗北仍不放棄，克服善良者們的犧牲，來到了這裡！」

無力感已經消失。

忍受痛苦——像個人類，以雙腿穩穩地立足於大地。裁決者感受著身後齊格的目光，斬釘截鐵說：

「如果現在把那禁果賦予人類，和平或許會造訪世界沒錯，許多事物將永恆不變，永恆的安寧或許會等待著我們。沒有變化的世界、沒有爭執、沒有受傷，所有人都能留下的世界——」

世界永遠和平（沒有痛苦）。

永遠安定（喜悅也消失）。

只有亙久不變的世界存在（不再有存在意義）——

「吉爾，我們是死人（使役者），不僅由死人引導活人，還妄想救贖人類，痴人說夢也要有個限度。吉爾，停手吧，人們以我們為基礎，儘管緩慢，仍一點一滴地向前，應該要肯定這點啊。」

黑魔術師吉爾睜大了眼。

憎恨神的背叛而墮落的英雄，就連這樣的他都覺得救贖人類這般夢想如此美妙，這件事情讓裁決者意外地開心。

「但是！這麼一來被我打落、玷汙的靈魂將無法升天！如同妳所知，是我殺了！不斷消費、消費、消費了他們！如果不能救贖人類，我就無法贖罪！」

裁決者揪住吉爾胸口，將臉湊了過去。吉爾背脊凍僵。

真是美麗啊，滿臉怒氣瞪著自己的少女美到令人發毛。

同時他察覺自身錯誤。

無論這裡是煉獄、地獄，或是天國，貞德．達魯克都不會變，她總是彷彿沒空煩惱那樣四處奔走，為了什麼而奉獻己身——

裁決者大喊：

「吉爾，不要為了想贖罪而追求救贖人類！你的罪過只屬於你，即使無法贖罪，那些絕望仍是只屬於你。你想把補償這些罪惡的責任推給別人嗎？我和你都是罪人，沒有方法補償已經犧牲的那些人們！

你只能持續懷抱這些苦惱、這些絕望，沒辦法重來，但雖然只有一點點，你可以幫助受挫的生者，這就是所謂的英靈，是我們能做到的極限了。」

裁決者知道，這樣很煎熬。

正因為是傳說中的存在，才被認定為英靈，也才能作為使役者被召喚而出，在各方面都位於人類的平均之上。

但即使如此——不可以認為能夠引導全體人類。

這是給貞德（我）的懲罰，也是給吉爾·德·萊斯（你）的懲罰。吉爾流下淚，這回換他跪倒在地，緊緊握住裁決者的手懇求著。

「——我無法被原諒嗎？」

裁決者回答：

「神會原諒一切，但你所殺害的孩子們不會全數原諒你吧。你的懲罰就是要永遠背負這份罪、這些罪惡感……別擔心，我會幫助你。」

拭去罪過的日子將永遠不會來到。

儘管把自己當成罪人憎恨，卻同時以英靈身分拯救世界——這是給予他們的懲罰，也是救贖。

§§§

四郎嘆氣。天草四郎時貞絕對不恨貞德．達魯克，她也是這個世界的犧牲者之一，如果能攜手合作，當然沒有比這更好的——但她拒絕了救贖。

「主人，該如何是好？」

「使用已啟動的大聖杯，壓垮一切。」

四郎平淡地這麼說，與裁決者面對面。在他背後，是猶如生物般顫動的大聖杯。

「無論如何都無法相容嗎？以我的立場來說，我以為妳會回應他的勸說，一同起身呢。」

「……這個嘛，如果在這裡的是剛現世後的我，或許會回應他的勸說吧。我對於拯救人類這點也沒有異議。」

「那麼為何——不，說得也是，妳想要拯救個人，而我則是想拯救全體。」

不同的只在這裡。

對著倒下的某人伸出援手的救贖，與越過倒下的某人、引導全體的救贖。

「妳雖然說自己不是聖人，但我比任何人都相信妳是聖女。我也有過抱持像妳這種想法的時期，但是我無法承受。」

在年齡沒有增長的情況下活過六十年歲月，活得比生前還久的他，因為道成肉身的關係，產生了無法承受的扭曲。

「為什麼妳不一樣？剛現界時與現在有什麼不同呢？」

面對四郎悲傷的問題，裁決者微笑著瞥了齊格一眼。

「……因為出現特異狀況，有一位平凡的主人出現。儘管生為活著的實際感受非常淡薄的人工生命體，但他仍渴望生，並且確實獲得了。那是人類濃縮過後的結果，是值得愛、值得疼惜的善性。他知道人類為何、知道善性與惡性，並因此煩惱。我是這樣想的，如果你要拿走一切——他的煩惱、他的疑問將消失到何處？該往何處去呢？」

齊格對於自己成為話題中心感到疑惑，而看向裁決者。他本人認為自己不是在這個狀況下，該被拿出來談論的存在。

裁決者這番話讓四郎的眼神變得尖銳，那與其說是鬥志，更接近敵意。他的目光不是對準裁決者，而是凝視著齊格。

「他(齊格)嗎……原來如此，確實是妳(貞德)偏好的人類——正好是我討厭的類型。誕生於世的瞬間，他確實應當是完美的，私欲極為淡薄，公平對待包含自己在內的一切，應當是能夠活到死亡為止的理想生物。」

沒錯。

如果人類是不完美的生物，那些人工生命體們才算是完美的生物。

私欲淡薄、不強求活下去，忠於自身該扮演的角色，在該死去的時候死去。如果不在聖杯大戰中被當作棋子使用，他們就會單純地活著——終至死去。

「你是說想活下去的願望為惡？」

「人類因為想活下去而作惡，想來今後也是如此吧。」

裁決者的表情變得格外傷悲。

這樣的想法確實可悲，然而包含了一部分真實。天草四郎時貞究竟經歷了多少苦悶才會產生這種想法呢？

想到他的苦，想到他得出這般結論，就令裁決者悲傷。

但她仍認為這是不對的，生存本能是所有生物都有的欲望，若將之捨棄，人類就會變得不再是人。如果不是讓人類累積苦難抵達終點，而是直接給予他們——

「人工生命體，你又如何呢？你不覺得過去的自己比較好嗎？

那裡沒有苦惱、痛苦、絕望，也不用邊實際感受著死亡，邊掙扎著求生。」

齊格搖頭，否定四郎的說詞。

「……人工生命體離完美還差得遠，並不像你所想的那樣。我們並不是被壓抑了私欲，而是從一開始就沒有發現。那是因為對活著有實際感受，才會產生的苦惱吧……我還比較羨慕你們人類。」

四郎因為這樣的回答而瞪向站在裁決者身邊的失敗作（人工生命體）。拯救了貞德．達魯克的少年……原本既然四郎追求救贖人類，就不可能對誰抱持敵意。

但他是例外中的例外。

當時，在戰場上看到他的時候所感受到的不快沒有錯，他不是敵人，卻是值得憎恨的對象。言峰四郎理想中的存在（人類）不是魔術師、不是英靈，也不是平庸的人類，而是那些人工生命體們，所以他才恨齊格。他強烈地恨這個逐漸脫離人工生命體範疇，漸漸變得像個人類的他。

「……那麼，你也是我的敵人。」

悲傷的笑容、憐憫與同情全都消失了，四郎對裁決者宣告：

「——因此，我果然還是要殺了妳。」

「——因此，我果然還是要破壞你的夢想。」

聽到裁決者的回答，四郎舉起一隻手。

「我不跟妳單挑，因為沒必要。我只想打倒身為首領(主人)的妳。」

大聖杯彷彿呼應舉起的手臂般發出聲響，在四郎背後浮現的藍白色光芒，有如一條巨人的手臂。

「妳的目標應該是在大聖杯完成第三魔法之前打倒我吧，但我這邊誠如妳所見，只靠剩餘的魔力也足以打倒你們。」

所謂支配大聖杯就是這麼回事，幾乎等於支配這世界的法則(規矩)，擁有壓倒性的力量——

但四郎忘記了，所謂使役者就是能夠顛覆法則，也正是因為擁有出類拔萃的力量，才能被託付聖杯戰爭的天秤。

『裁決者手中有一把劍。』

§§§

裁決者的話語無法傳達給四郎，四郎也不笨，他很清楚自己喊出了些什麼。他不是抗拒裁決者的話，而是背負了這類各式各樣理由——即使如此仍選擇了實踐救贖人類的道路。

「——貞德，這個給妳。這是妳該握著的旗幟。」

吉爾恭敬地遞出聖旗給裁決者。那把與貞德．達魯克一同馳騁沙場的旗幟——

「不，請你拿著它，並且請你保護我們。我不會用這面旗子，這面旗子是用來保護人，不是作戰用的武器。」

「可是——」

「交給你了。我……我要向主（天）祈禱。」

吉爾睜大了眼。裁決者的手放在劍上，那是她生前一次也沒用過的聖凱薩琳之劍。吉爾明確地理解她那番話語的意義。貞德．達魯克所持有的唯一武器，而要在此用上這武器的意義，恐怕是——

裁決者直直看著吉爾的眼，問道：

「只要在我祈禱時做到就夠了，能請你保護我和齊格小弟嗎？」

這是基於絕對信賴所說，即使吉爾是由「紅」術士召喚出的使役者也一樣。儘管手中握的武器不同，但那威風凜凜的模樣，正是昔日法軍元帥，吉爾．德．萊斯的英姿。

「遵命，貞德……雖然只有短暫時間，但能再次跟妳談話，我覺得很幸福。」

惡行並沒有獲得原諒。

完成贖罪的日子也不會造訪。

儘管不是別人，而是由聖女如是宣告，吉爾的聲音仍非常平穩。

說穿了就是單純的事實。

他喜愛這女孩，不是當作聖女也不是拯救故國的少女，而只是喜歡貞德．達魯克這個人。會因為她被殺了而發狂，如此喜愛這位有如平穩陽光的少女。

「……吉爾，有件事我生前忘了告訴你。」

「哎呀，那是——」

「謝謝你，能遇見你真好。」

吉爾彷彿被這話弄傻了般看向貞德——他不知道自己該笑，還是該哭泣。

只是，即使回歸英靈座，他也不會忘記這個瞬間、這一剎那。因為太滿足了，甚至讓他不覺得眼前這實在過於強大的存在是一種威脅。

然後裁決者轉向另一人道別。

「——齊格小弟，我們要在此說再見了。」

聽到這話的齊格，以純真的表情詢問：

「我們再也無法見面了嗎？」

……要斷定再也無法見面是很簡單，從聖杯戰爭、英靈這種世界的系統各方面來看，結論只會是這樣。

既然有第二度人生，就會有第二度死亡。然後第三次的人生不會與第二次的記憶連結，即使第一段人生將化為鮮明的記憶刻畫，在那之後的生與死都只是單純的紀錄。

所以，第二段人生是在這裡完結（結束）的事。

即使在他的腦海留下無法忘懷的記憶，對我來說是將在這裡迎接結束。

……這是遲早會造訪的。

所以已經無法再見到裁決者，貞德·達魯克，但沒關係，他還有蕾蒂希雅。我開口說，我們可能再也見不到面，但是有一位的確配得上你的少女存在。

明明想這麼說，但一種不同樣的情感哽在喉嚨。明明該說無法再見，但這句話就是出不了口。相對的，簡直澈底違反本意的話脫口而出。

「不，我答應你，我一定會再去見你。」

有一件事情想要確定。在內心快要崩潰的前一刻才有自覺的意念。想要再次確認，所以裁決者希望能再見面。

即使那段路程將永無止盡漫長，也無所謂。

「我會等妳。」

簡短、扼要的回答，齊格的微笑看起來是那麼飄渺。齊格說他很幸運。雖然都到這時候了，但裁決者知道不是這樣。

真正幸運的不是他，是自己。

感謝讓自己與他相遇的大聖杯，以及——

「天草四郎時貞，我要在此破壞你的夢想。」

§§§

巨人的手臂為了擊潰最後殘留的三人而動。

吉爾做出反應，舉起旗幟，勇猛地吶喊：

「大聖杯的持有者天草四郎時貞啊，我是布列塔尼的吉爾・德・蒙莫朗西—拉瓦爾。由我當你的對手——」

「『大聖杯（羽斯緹薩）』開始同步。」

四郎舞動雙臂，他一步也不動，只是讓純粹的魔力團塊衝突。這就是最有效，也最理想的攻擊手段。

「天之臂槌（Heaven Flail）——墜落吧！」

如流星般落下——這是與過去「紅（斯巴達克斯）」狂戰士以自我為代價所放出的一擊匹敵的純白槌子。

「唔唔唔唔唔唔……！」

吉爾揮動旗子迎戰這強悍的一擊。

瞬間，聲音從世界消失，齊格反射性摀住耳朵蹲下。可與對城寶具比擬的天之槌與旗幟劇烈衝撞，在周遭捲起巨大轟響。「紅」術士也繃緊臉，急忙想從兩人身邊離開。

「咳、啊……！」

吐血的是吉爾，儘管貞德・達魯克的旗幟保有熱切的信仰，但面對幾乎等於能夠壓垮數千年等級的城堡，甚至是星球本身的攻擊，仍沒有足夠力量加以防範。

確實，吉爾利用這把聖旗扛下了來自上天的一擊——但四郎毫不在意地立刻使出下一擊。

巨響與寂靜再次來襲。

吉爾老早把痛覺拋之腦後，即使是足以粉碎全身骨頭的衝擊，他也不當一回事。直至死去的那一瞬間為止，他恐怕都不會停止……但是他的死亡已經迫在眉睫。

畢竟四郎的攻擊不猶豫也不間斷，這只是單方面使出的暴力，吉爾能做的只有忍耐、承受，而捱不過也是遲早的問題。

再來一擊。

吉爾忍著。他身為由「紅」術士召喚出的使役者，甚至沒有重現職階該有的參數，原本就只是重現了外觀與思想的破銅爛鐵般肉體。

在體能方面可能甚至遜於術士職階……關於這點，能夠看穿各種使役者真名與能力的裁決者也很清楚。

即使如此，她仍將一切託付給他。

吉爾被打敗，裁決者和齊格受到牽連只是時間的問題。但是吉爾根本沒想這些，現在的他只是——拚上身上一切力量揮動貞德因相信他，而託付給他的旗幟。

而說到時間早晚的問題，其實四郎也一樣。即使早已不再接收啟示，但四郎擁有能創造奇蹟的兩條手臂。其中右邊的「右手，惡逆捕食（Right hand Evil Eater）」低語著。

——盡可能迅速地全力對抗，否則你的夢想將墜地。

只要持續這樣的攻擊，他們毫無疑問將被壓垮。這般確定與右手臂的低語，該相信哪一方呢——

§§§

所謂以大聖杯為對手，類似人類挑戰世界那樣，無論怎樣優秀的使役者，都難以成為「系統」的對手。

身為裁決者的貞德·達魯克無法戰勝這系統。

……除了她最後留下的寶具之外。

她沒有思考的餘地，其實已經下定了決心。

後世人們憐憫那位被處以火刑的少女。

延續反覆的拷問與異端審判，原本相信的各種事物都被認定為虛假的悔恨。直到最後的最後，自己仍不被理解——所以她一定很苦，一定很恨主、恨人，很絕望吧。

——怎麼可能。

從她的角度來看，這是應有的報應。她這雙手傷害了許多人，這樣的結果是當然，她「甚至這麼期望」。

她相信自己適用這世界上最殘忍的刑罰，因為若非如此就不對等了。而她的願望得以實現，所以貞德才相信主存在。

——感謝您，直到最後仍實現我的願望。

自己不是聖女。

就算是聖女好了，也不該看輕自己奪走的性命。拯救的性命與奪走的性命乃是等價，不能因為有拯救性命的喜悅，就怠忽為自己奪走的性命贖罪。

因此，貞德．達魯克的職階才是裁決者（Ruler），真正獲得評價的是她的信念。在許多英靈之中，就是因為她的力量與信念符合，才被選為裁決者。

貞德．達魯克並非不能原諒天草四郎時貞。

任何人都會認為，奪取的性命愈少愈好。

即使如此，裁決者仍懷抱著信念，絕不無視罪惡，仍相信人類的道路。

想必這是一條無人能理解的坎坷道路，但裁決者仍想相信人類，以及——那位嚮往人類，比誰都更持續筆直向前的少年。

裁決者抽出劍，這把在聖凱薩琳教會獲贈的銀劍確實美麗，但「紅」術士（莎士比亞）認為只有這點程度的神祕拿不上檯面對抗。

不過令人驚訝的是，她以這把劍割傷了自己的手掌，且毫不在意滲出的鮮血，就這樣雙膝跪地，合起雙手，閉上了眼。「紅」術士看到她那過於美麗的姿勢，認為這應該是要投降或者殉教。

但天草四郎時貞——看到不同事物。

「諸天述說神的榮耀，穹蒼傳揚祂的作為。」

「天天發出言語，夜夜傳出知識。」

「沒有話語，沒有言詞，人也聽不到它們的聲音。」

「溫暖光芒傳遍全地，傳到地極。」

「從天的這邊出來，繞行到天的那邊。」

「我心於我內側發熱，伴隨心想持續燃燒。」

「我之終局在此，我之命數在此，我命之虛渺在此。」

「我生同於無，如影子徬徨而行。」

「我弓無法依賴，我劍也無法拯救。」

「以留下的唯一事物，守護他們的腳步。」

「主啊，我將獻身予祢——」

瞬間，在場所有人全都感受到了奇蹟發生，那是與魔法相等的窮極大魔術。

「竟然是固有結界……？」

「紅」術士帶著驚愕看向那把劍。雖然只有一瞬間，卻有世界在這一瞬間捲起一切的感覺。不過四郎加以否定。

「不，不對！那是概念武裝，是把自身內心景象作為結晶（刀刃）迎戰的特攻寶具——！」

火焰之花從抽出的劍「柄」顯現。

這些火焰正是讓貞德・達魯克喪命之火，斷罪的人們相信這把火是給魔女的懲罰，貞德相信這把火是最終的救贖。

對聖女貞德・達魯克而言，乃最初也是最後的劍（武器）。

其名為「紅蓮聖女（La Pucelle）」。是將為聖女著想，每個人都不禁落淚的昔日情景化為結晶產出的特攻寶具——

裁決者並非握住劍柄，而是握著劍身，以正眼架勢將柄抵出對準四郎。

「——『絕望之後必有希望（L'espoir vient apres desespoir.）』。」

閃耀的火焰之花化身為爆發性利刃（能量）。

特攻寶具。

藉由灌注自身性命啟用的寶具，不屬於對人、對軍這些範疇，是以單程車票為代價，擁有足以殲滅敵人的破壞力的寶具。

……無論怎樣的英雄，在這寶具之前只有速速消滅一途。燃燒聖女的火焰，將燒盡與之對抗的各種聖、各種魔、各種人。

閃耀的火焰正是如此美麗。

「喔喔……！」

渾身創傷地站著的吉爾・德・萊斯，在這些火焰之中確實看見了聖女的光輝。

這些火焰是用來淨化，成為將來的基石，救贖自身的事物。即使過了一百年、兩百年、上千年，也不會忘懷的景象。無論是否落入地獄，也絕對不會放手的回憶——

「我已完滿（Plenus Sum）！」

隨著咆哮高舉將要腐朽的旗幟，持續跨越自身極限的吉爾・德・萊斯終於消失了。

「哈、哈哈！這真是無比絢爛！好了，主人！吾主啊！該怎麼辦？以吾輩個人立場來說是很想逃跑啊！」

「——逃也沒用吧，看起來不是逃跑就能怎麼辦的狀況。」

主人這番話令「紅」術士露出得意的笑容，如果這片紅蓮火焰將會消滅一切，那麼防範它便是主人的工作。

挺身面對終焉，挑戰各式各樣不合理。

天草四郎時貞是否能踏破絕望，抓下希望呢——？

§§§

真美麗的火焰，這正是她的生命。

如果直接命中，就會立刻被消滅，毫不留情。不是沒有慈悲之心，而正是因為慈悲為懷，所以才能做到的瞬間消滅。

說不定自己也會走上這個結論。或許有認定自己得出的結論為惡，賭命作戰這條路存在，但結果自己終究走上了不同道路。兩條路大大地分開，已經無法回頭。

沒錯，自己是在自知會迷惘這結論是否正確的狀況下走上這條路的。

「————」

嚥下口水，無法逃避，如果自己一個人逃跑了，這片火海會連累身後的大聖杯吧。

不，應該說這才是裁決者的目的。

貞德．達魯克打算破壞一切開端的這座大聖杯，因此四郎必須停留在這裡。

……但他原本就沒想過逃跑。

好了——從結論來說，天草四郎時貞沒有方法防範這片火焰。能夠消滅各種聖、魔、人的概念結晶武裝。相對地，以天草四郎的輔助寶具「右手，惡逆捕食」以及「左手，天惠基盤（Left hand-Xanadu Matrix）」，無法完全對抗。

不過……在這個瞬間、這個狀況下，情況又不一樣了。也就是說，如果是已經支配了大聖杯的他——！

「天之杯，開始灌注力量給持有者。『右手，空間斷絕（Right hand-Safety Shutdown）』，『左手，驅動箇併（Left hand-Fault Tolerant）』。」

……天草四郎時貞的魔術回路，當然比一般魔術師的平均大得多。

但只是大，即使擁有超過魔術師能儲藏的平均魔力十倍、百倍、千倍，甚至在這之上的量，也會敗給那些火焰。聞名全世界的聖女，以其靈魂為代價點燃的聖火。在這個世界上，根本不存在能與其對抗的玩意兒。

——但是，天草四郎時貞要引發奇蹟。

為了防止導向體內的回饋（Feedback），他已準備好斷絕右手臂的魔術回路。

覆寫右手臂的功能，把整體的規格（Spec）縮小，並調整成僅靠左手臂便能供應的狀態。

充滿於大聖杯內的魔力導向右手，魔術回路一舉失控——痛苦滿盈、肉體漸漸毀壞，腦部則因超過負荷而即將破裂。

用以壓抑的力量與為了調整而存在的精密性，持續調整兩者維持在高水準。如果無法順利以魔力壓抑逐漸失控的右手臂，肉體就會炸飛。如果魔力量的調整錯了零點一秒，腦就會炸飛。

完全沒有餘力。

儘管是拚命掙扎求生，卻甚至連掙扎的機會都失去。

委身於延遲的時間感覺之中，四郎將一切賭在控制這條右手臂上。他不向神祈禱、依賴、緊抓不放，而是創造奇蹟。

「救國聖女啊，別小看長達六十年的偏執，別小看我天草四郎。」

灌注魔力至極限，魔術回路出現破損，但在一瞬間控制這失控並下達命令(Command)——！

「——『右手，零次集束(Right hand-Big Crunch)』。」

那幾乎等於黑洞，漸漸失控的四郎右手臂並沒有爆炸，而是透過強烈的集束消耗該魔力。

這正是天地創造與宇宙崩壞衝突的瞬間。

下達命令的零點一秒後，四郎切斷了自己的右手臂，讓一切消滅的聖女火焰被讓所有事物收縮的黑洞吞沒。

只要稍微判斷錯聖女與自己的魔力放射量就將灰飛湮滅，他已經不知右手的去向，讓一切昇華的火焰被吞沒所有的黑色漩渦阻止。

兩股強大力量衝突，彼此啃噬的聲音迴盪空間。

已經砍斷自身右手，並灌入大聖杯的魔力了，即使無法取勝也該能抗衡——只能說這般推測太過樂觀。

「什、麼……！」

四郎打從心底驚愕。黑暗吞掉的火焰再次增強了氣勢。

無論什麼黑暗都不會屈服的聖女火焰——終於抵達大聖杯。

「可、惡啊……即使這樣也……還要吞噬我的希望嗎……！」

火焰直接命中大聖杯，四郎的臉孔扭曲。他想起了六十年的時光，兩千年的業障，忍不住咆哮：

「貞德．達魯克，我怎麼能輸給妳！憑妳這點程度的執著，怎麼可能戰勝我的執著！這可是人類的希望啊！撐住——天之杯，撐住啊！」

這對四郎而言，也是六十年來的拚死怒吼。他已經做到了能做的一切，安排了各種戰術、執行了各樣策略。當然，他不死心，即使失敗，也當然要等待下一次機會。但等到下一次機會到來究竟要多少歲月？必須容許多少犧牲？無論如何都要在這裡取得勝利……！

世界咆哮，大氣吶喊著捲起，現在這個空間似乎即將崩壞。

齊格邊因為強風瞇細了眼睛，邊因這壓倒性的景象瞠目。這裡不是地獄、不是天國，這是某位創造主大喊「要有光！」的瞬間。

光、火焰與黑暗狂舞，火焰吞噬光，黑暗則想加以阻止。

讓一切得以幸福的聖杯扭曲。

燒盡一切的火焰膨脹。

突如其來的寧靜。

扭曲。

某人的夢想發出聲響潰散。

就這樣——紅蓮火焰與黑色漩渦各自消散。

「——哈、啊……！」

四郎膝頭一軟跪地，他知道腦部出現了缺陷，右手臂消滅，甚至可說身為使役者的力量幾乎已經減半。但，這種事情無所謂。

自己的生命什麼的根本不重要，問題是大聖杯，四郎毫不在意自身損傷，仰望大聖杯——並因其悲慘狀態而愕然。

但是，即使如此，即使如此，大聖杯仍——

「……好啊，成功了……大聖杯還活著啊……！」

歡喜地大喊。

大聖杯確實遭到破壞，損傷率恐怕突破八成。但大聖杯沒有失去原有的光輝，而且現在仍脈動著執行它的任務。雖然花時間，但有足夠可能吸取魔力後完成第三魔法。

火焰完全消失，也就代表天草四郎（言峰四郎）時貞獲勝。

總是游刃有餘地處理所有事情的少年，首次因為歡喜而爆發。因為這真的是非常危急的狀態，而且他克服了。

大聖杯殘留——基於很原始的感動而落淚。

當四郎爆發性的喜悅結束後，才終於面向聖女。

聖女一臉平靜地凝視四郎——甩開難以言喻的罪惡感。

齊格奔到她身邊，想抱起正要頹倒在地的她。但少女像空氣那樣消失了，外殼剝落，內側的無名少女現身。

四郎立刻看穿她只是個普通人類，甚至連魔術也不會的平凡少女——

貞德·達魯克已死，被打倒了，而天草四郎時貞還活著。

「還沒結束！我還在啊！」

這句話讓他血液凝固。沒錯，還有一位使役者殘存。

「黑」騎兵（阿斯托爾弗）。以眼前這位人工生命體為主人，並戰勝至此的「黑」陣營最後一位使役者——！自己的使役者「紅」刺客（塞彌拉彌斯）應當封鎖了他，但似乎終究被他突破。

「黑」騎兵來到這裡可也不輕鬆，無論怎樣扯、怎樣拉都會不斷追上糾纏的鎖鍊。如此拚命的行動甚至讓人能感受到使役者的專心一致。

「黑」騎兵憑藉天生怪力，且不在乎手臂損傷的情況下不斷拉扯，還是慢了這麼多步，全都是因為「紅」刺客的執著。但騎兵終究還是抵達了這座戰場。

「非屬此世幻馬」急衝而下——以其衝刺能力使出的一招，要粉碎滿身創傷的四郎可是綽綽有餘。

「紅」術士無法當作戰力計算，四郎必須以自己的力量防範「黑」騎兵，但他真的做得到嗎？

手邊只剩下一條左手臂，以及「紅」術士施行過「附魔」的刀一把和黑鍵。只有這點戰力究竟——

「連接、阻止……！」

青銅鎖鍊突然纏住「黑」騎兵。

「怎、麼又——？」

「黑」騎兵愕然大叫，幻馬使出的衝刺瞬間遭阻。這條鎖鍊灌注了比方才更強大的魔力。

四郎回頭，一眼便能看出已受了致命傷的自己的使役者，「紅」刺客就在那兒。她儘管趴倒在地，仍以舉起的右手使用魔術。

纏住「黑」騎兵與幻馬的鎖鍊只追求強固，即使想用騎兵持有的書本加以破壞，也得花上些許時間。

「刺客！」

「紅」刺客對著反射性想衝過來的四郎大喊：

「蠢才……別磨蹭，快對吾使用令咒！」

四郎立刻掌握現況。儘管受了已知致命的傷勢，但只要使用令咒，就能夠稍稍延長那條鎖鍊束縛的時間。

「——以令咒命令，我的暗殺者啊，以其力量束縛『黑』騎兵！」

使用最後一道令咒，讓「紅」刺客的魔術加速(Boost)。

但這並無法完全壓制「黑」騎兵。一看便知「紅」刺客的傷勢連四郎也回天乏術，靈核已經半毀，也就是說她像個穿了孔的水桶那樣，無論怎樣供應魔力，都會因為外洩而最終力盡。

雖說她之所以能持續現界，主要理由在於目前處於她自身陣地的「虛榮的空中花園」之中，但絕對不只是這樣。還得歸因於至今仍未能實現的野心，或者其他——

……儘管不合時宜，四郎仍一瞬間想問清楚，她的堅持究竟為何而存在？但現在沒有這些餘力，現在所必須做的、必須做的是——收拾掉那個身為主人的人工生命體。

不等呼喚，人工生命體已經緩緩起身，回過頭來的他眼中帶著明確敵意，以及難以言喻的冷酷。

「——我對你沒有任何怨恨。」

「但我有。」

他眼中充滿毫不掩飾的感情。

§§§

——無論閉上眼，或是睜開，其身影都明確地烙印在腦海之中。

……火焰避開了自己，簡直就像被排擠在外的感覺。不需要害怕這些火焰，而是應該接受它們。齊格甚至認為該接觸它們，並一同消失。

但裁決者的側臉讓他瞬間失去了這樣的念頭。

她的臉上沒有深深的悲傷與喜悅，而有著只有接受了一切的人才有的清爽達觀。帶著遺憾、帶著絕望、帶著煩惱、帶著悲傷，同時帶著儘管包容了這一切，仍不會消逝的希望。

那是她對人類的希望，也是信任。

然而，這些都被名為天草四郎時貞的黑天阻撓了。

雖然不明白他使用了什麼樣的寶具，但他以一條右手為代價，換來延續生命。

火焰消失——齊格奔到裁決者身邊，將之抱起。

「振作點……」

話講到一半便停下，因為他領悟到已經「沒救了」。

作為貞德．達魯克的外殼消失，聖女微微動了嘴脣，但無法出聲——不知道她說了什麼，空蕩蕩的內心被龐大的悲傷填滿。

現在，自己抱著的不是聖女，而是蕾蒂希雅。目前呈現身上毫髮無傷，只是昏倒的狀態。應該再過不久就會醒來吧。

原本便是有所覺悟的事。

更進一步說，離別是從一開始就約定好的事項，齊格也覺得自己可以接受。既然是事先安排好，自己一定能夠承受。

——啊啊，自己怎麼會這麼笨呢？

他不可能承受得了離別。

充滿悲傷的心，認為可以儘管落淚，而那並不是出於讓一切都結束的傷悲，而是抱有留戀的遺憾之淚。

這股悲傷轉化為決心。

即使沒有什麼留下，也要打倒天草四郎，他只決定了這點。

因此，即使「黑」騎兵被封鎖了——齊格也要挑戰天草四郎。

「人工生命體啊，你不投降嗎？」

「就算投降了，結果也不會變吧，我會被你殺害。」

四郎加以否定。

「……若你投降，我便不會取你性命。現在的你已經不構成威脅，虐殺被逼上死路的生物會作惡夢的。但當然，我要請你讓那位使役者消失。」

齊格面帶昏暗表情搖頭。

「我不可能讓你殺害『黑』騎兵，這與我這個存在的『死亡』等義。而且即使『黑』騎兵不在了，我也已經選擇投入作戰了。」

「你明明已不再是『黑（齊格菲）』劍兵了耶。」

「在來到這裡的途中，有許多使役者、主人戰敗而去，無論是敵對立場的對象，或者是伙伴，每個人都投身於戰鬥中了結生命。所以……我也決定不要逃避作戰。」

——而且看樣子已經「結束了」。

齊格摸摸失去令咒，只留下黑色疤痕的部位。現在的自己只是處於過渡狀態，自己這個存在無論何時出現破綻都不奇怪。對於時間感覺遲鈍的齊格來說，無論是一分鐘之後，還是一天之後，都沒有太大差別。

「天草四郎時貞，為爭奪聖杯，我希望與你一戰。」

四郎臉上的笑容消失了，因為齊格拋給了他明確的戰意，不是你死就是我亡的簡單二選一。

「我明白了……請來這邊，你在那邊會因為要顧慮她而不太好施展吧。」

四郎為了不連累蕾蒂希雅而跟齊格一起換了地點，兩人來到大聖杯正下方，此乃最終決鬥的舞台。

兩人面對面，齊格深呼吸一口氣，接下有如刺痛皮膚般的殺意。他心想與其說這是習慣了，不如說自己變遲鈍了之類無聊的事。

「天草四郎時貞，以這把三池典太當你的對手。」

即使是齊格這種外行人，也能一眼看出這把自遠東傳來的日本刀是一把好刀。刀身厚重如柴刀，然而刀刃散發著銳利光輝。昇華為天草四郎時貞寶具的這把刀，具有絕對足以殺死齊格的威力。

齊格靜靜抽出阿斯托爾弗的劍，擺好架式。

「不行！你快逃，我說你快逃啊……！」

遭到束縛的「黑」騎兵（阿斯托爾弗）慘叫——齊格知道，他很清楚。

他想起過去圖兒給過他的忠告。

『如果你想以這個模樣作戰，我覺得你還是老實點死心或者躲起來好。』

她說得沒錯，以這副模樣挑戰使役者實在太有勇無謀，即使對方目前缺了一條右手臂——但基本的規格差異就太過懸殊。

即使如此，仍是不能退縮。

……裁決者賭上了性命，只是這樣就足夠讓自己也賭上性命。

身體好熱——但是，心卻透明得連自己都驚訝。

心臟像是運轉的引擎那般。在失去變身為「黑」劍兵功能的現在，只有這心臟是唯一希望。

身為使役者，同時是主人的天草四郎時貞。

以及身為主人，同時是使役者的齊格。

聖杯大戰在此將回歸聖杯戰爭最原始的形式。

「——這場仗的贏家將獲得一切。原來如此，確實是很有聖杯戰爭風格的落幕！」

天草四郎時貞大喊。

活了六十年的獨臂使役者，與誕生不到一個月的人工生命體。

彼此背負著無法退讓的許多意念——開始了決鬥。

齊格督促自己，快想起變身為「黑」劍兵時的狀態。

幸好，阿斯托爾弗的佩劍輕盈，即使不可能完全重現那樣的劍術，在齊格的試算之下，只要模仿三成，或者是兩成就足以一戰。

——不過。

「……唔……！」

「——人工生命體，別因為我獨臂就瞧不起我啊。我真名乃天草四郎時貞，這點程度的修羅場可是走到不想再走了！」

這樣的兩成戰勝不了天草四郎時貞的五成。

齊格揮出的劍被他用一條左手臂輕鬆化解，接著肩膀遭到衝撞。腳步踉蹌地往後退之後，他的橫砍逼了過來。

胸口被劃開，銳利的痛楚伴隨恐怖貫穿脊椎般的感覺而來。

本能抗拒著戰鬥，但齊格用邏輯強行將之壓下，繼續揮劍。

眼前這人是殺害裁決者的仇人，幫她報仇是理所當然，所以作戰。

齊格依賴著單純的邏輯，並沒去理解位於深處的全員（事物）……拚命揮劍。

使出全力揮下的劈砍被輕易躲過，四郎跨步近身後，一腿對著臉直直過來。

猛烈的這一腳給齊格眼底帶來火光——感覺意識瞬間遠離。

齊格發現四郎接續使出的突刺，於是勉強想拉開距離……來不及，銳利刀刃埋進側腹，冰冷而火熱，以及帶來了劇痛及恐怖。

自己的劈砍悉數遭到躲開、化解。

但面對四郎反覆使出的攻擊，齊格光是勉強避開致命傷，便已用盡全力。

速度差太多了、力量差太多了，骨頭、肌肉、神經等這類基礎的部分簡直完全不同。並不是齊格沒有體能可言，單純是天草四郎時貞為超乎常人的存在罷了。

「哈——咕、嗚……！」

又被躲開，狀況只有惡化一途，但即使如此齊格仍往前看，他在早就知道將有各種苦難降臨的情況下，仍選擇了作戰。

自從那個時候，打破那個魔力供給槽的玻璃的瞬間，齊格便選擇了戰鬥。

這是為了求生的戰鬥，也是為了掌握未知的某事物而戰，同時是為了事後認定自己內心的戰鬥。

——當然，天草四郎時貞是壓倒性地有利。

無論有多堅強的意志，那都只是填入精神韌性（Mental）的規格內，無法增強肉體規格。

「咕、嗚……！」

四郎化解齊格的劈砍之後，出刀斬向齊格的脖子，齊格在危急之際擋下——沒能完成，導致他的臉頰整個被割開，傷口很深，是「黑」騎兵將哭號慘叫的危急狀況。

儘管如此，齊格眼底卻沒有放棄——

§§§

……四郎思考著，狀況有哪裡不對勁。

即使獨臂，兩者之間的實力差距也是壓倒性，儘管自己的規格比平時低落，但還保有跟過去的右手臂擁有同樣技能的左手臂。以齊格的戰鬥經驗程度而論，四郎可以輕易先行判斷他想做什麼，也能理解該怎麼做才是正確答案。

然而收拾不了他。

四郎並沒有採取牽制手法，也不是留了一手。他懷抱著明確的殺意想要迅速了斷。

難道是因為些許焦躁讓自己無法確實收拾嗎——瞬間閃過這般想法，又立刻領悟不是這樣。

他身上帶有以魔術施行的自動治療效果（Regeneration），是那塊聖骸布……恐怕是裁決者的特權之一吧。那是貞德．達魯克給現存物品附魔（Enchant）後的產物，即使她敗退了也持續保有功能的祝福禮裝。

那麼，只要砍得比他傷勢恢復更快就行了，比現在更快、更強。

原本呈現蹲踞姿勢的人工生命體一舉跨步逼近——

「嘖……！」

在這短短幾天之內，他究竟跨越了多少死線呢？儘管他能變身為「黑」劍兵（齊格菲），但精神層面的基礎仍是平常的人工生命體。

那麼他習慣戰鬥也是很自然的事——？不，等一下，即使基於這點來判斷，這個人工生命體也太過異常。

跟一般人工生命體有某些地方明確地不同。

說到底，那聖骸布也不該擁有能與C級寶具抗衡的威力。

那麼就是他原先便擁有魔術素養嗎？這層素養在他接連作戰的情況下開花了？

雖然四郎覺得這也太湊巧……但也是有這個可能吧。那麼，就該更使盡全力。雖然四郎不是小看對手，不過他現在會盡可能過度評估對方的力量。

四郎一躍拉開與人工生命體之間的距離，將刀往地上一插，立刻召喚出左手能持有的最大量黑鍵。

「——我宣告（Set）。」

人工生命體急忙想離開，但沒趕上……事實上是無論他想什麼時候閃躲都趕不上，憑他的體能絕對躲不開。

擲出的黑鍵不偏不倚刺入手臂、腳背以及側腹。

四郎再次抽出插在地上的刀，接著狂奔——瞄準的只有一點，即是脖子。砍斷他的脖子，然後結束。他沒有因戰勝而喜悅的癖好，只是想要結束，盡可能迅速。

人工生命體反射性想閃躲，卻因劇痛而臉孔扭曲，並因為刺在腳背上的黑鍵而無法順利活動。

不過——

「——開通（Gehen）！」

當人工生命體碰到腳背上的黑鍵瞬間，黑鍵便脆弱地破碎了。

「這……？」

包含四郎在內的在場所有人全都驚嘆了。齊格並未像狗那般吠叫，只是保持無言地瞪著四郎——並邊以治癒魔術復原傷勢，迅速奔出。

很快。

動作很快、重整旗鼓很快、詠唱術式很快，但更重要的是應對實在太迅速了。雖然劍術頂多算是熟練者等級，無法與天草四郎時貞經年累月修行得來的技術比擬。至於對魔術的熱中程度——也就是能使用多麼高端的術式這方面，也是活了六十年持續學習的天草四郎時貞占優。

然而，只有一點。

魔術回路的迴轉速度出類拔萃，即使他身為人工生命體，這也實在可說是異常。這樣的迴轉速度恐怕可與使役者匹敵，而這些甚至要滿溢而出的魔力，讓齊格的肉體無極限地加速——！

§§§

踩下油門。

如此一來，某種東西便開始在自己體內狂奔。

血液甚至翻騰到不禁懷疑它是否沸騰。

明明沒有興奮的感覺，只有身體毫無極限地不斷發熱。

齊格接連破壞刺入側腹與手臂的黑鍵，從分析材質到將之分解的速度非比尋常，至今為止的自己至少得花上幾秒，但現在只消接觸便能達到理解，並加以破壞的程度。

自身內部的某人大喊著：戰勝啊。

自己咆哮著：我要戰勝。

劍術無法趕上對手。

力量也無法戰勝對手。

說起來，從身體的基礎狀態就有隔閡……即使如此，仍吶喊著要戰勝。

「啊啊啊啊啊啊啊啊啊啊啊啊啊啊啊啊啊啊啊！」

利用積存的魔力強化身體（Boost），肌肉組織斷裂的問題交給聖骸布修補，當然這樣追不上損壞，原本的＋（Plus）漸漸被－（Minus）占去大部分。

滿身是血的齊格咆哮，滿身是血地揮著劍。

而他的劍被閃過，承受來自四郎的迎擊。踢腿、黑鍵，加上用刀劃開齊格的肉。但是，齊格在死亡邊緣承受住這些並轉而使出更強大的反擊——這些反擊也全數輕易遭到閃躲。

喘著氣。

還不夠、還太慢了，自己應該可以動得更快。

即使自己不動，這心臟也會強行驅動自己。即使肌肉斷裂也沒問題，雖然會痛，但能夠修復。

傷勢痛得令他流淚。

儘管如此齊格仍以雙腳站穩大地，一步也不退縮。

若開出全速仍追不上，那就只能注入硝化甘油，促成不顧後果的瘋狂爆發性加速。

對於用魔術回路打造出來的齊格來說，魔力就是硝化甘油。

周遭飄散著可謂無限的殘存魔力，因為直到方才為止，這裡保有巨大的魔力團塊，所以能夠盡量收集魔力，「使勁」催動魔術回路。

——這當然不是人工生命體所有的技倆。

收集周遭殘留魔力並再次活用之。如果能做到這點，便可算是所謂「永動機」了。

§§§

卡雷斯·佛爾韋奇·千界樹看見了，跟著齊格一起來到此地的他，在收納大聖杯的地下持續遠觀。

他身為一個主人、身為千界樹的魔術師，正見證著最後一戰的發展。明明狀況是如此苛刻且絕望，但他抗拒逃跑。雖然理由之一是他自己一個人沒有能夠逃脫的手段，但即使如此也沒有必要冒著被敵人發現的風險守候到底。

然而儘管精神（內心）如此訴說，肉體卻抗拒這麼做。

——自己有義務見證到最後。

儘管發著抖仍不退後的雙腿這麼訴說。

而現在他知道理由了。非常明白、沒有比這更明白的了。「黑」騎兵（阿斯托爾弗）、「紅」刺客（塞彌拉彌斯）與術士，以及正在戰鬥的四郎當然不用說，甚至連齊格本人都不清楚自己能表現如此好的理由。

這讓卡雷斯格外開心。

沒錯，齊格確實幾度跨越了死線吧。因為獲得「黑」劍兵的心臟，身體也變得強健。裁決者給他的聖骸布，也成了幫助他的一臂之力吧。

不過，還有一項關鍵。

卡雷斯伴隨深深的喜悅獨自嘀咕：

「——原來如此，妳在那裡啊。」

確實，那張設計圖上不是寫了嗎？「她」的寶具，儘管機率不高，但真正的王牌確實能誕生出第二個她。

……當然，這是幻想。

至少「他（齊格）」不是「她」，完全沒保有任何一絲記憶。

不過當時，瀕死的少女確實將之託付而出。

——請收下我的一部分，希望能夠有人收下。

他接受了這樣的祈願。

在聖杯大戰第一個敗退的使役者，因為是近代英靈所以弱小、脆弱，然而——她的一部分像這樣活著。

活著，在這最後的最後面臨強敵時，成了幫助。

卡雷斯覺得很驕傲，只是因為自己的使役者有所幫助就覺得非常榮譽、想要炫耀。

她一定只會歪頭面對這些沒用的榮譽什麼的吧。

啊啊——當時有句話沒有說出口。

說啊、說出口吧。喊吧，放肆吶喊出聲——一定會痛快到難以想像！

「上啊，狂戰士——！」

§§§

天草四郎時貞領悟了。

領悟了一切的一切，原來如此，是這麼回事啊。儘管他那樣濫用魔力卻一次也未曾乾枯的原因；以及儘管他經歷三度變身，到現在仍能挺住的原因。

實在不覺得原因會只在「黑」劍兵（齊格菲）的心臟。

……沒錯，過去有一位天才打造出的人工生命體，據說配備在「她」身上的第二類永動機。現在的齊格正以活生生的肉體達到那般層次。如果是他原本的心臟那還難說，但齊格菲的心臟就能輕易承受永動機的負擔。

「……『黑』狂戰士，弗蘭肯斯坦……！」

「黑」劍兵的心臟，以及「黑」狂戰士的寶具。

在聖杯大戰初期應該消失的齊格菲與弗蘭肯斯坦，這兩位使役者沒想到竟會成為最後的難敵——！

齊格加速。

即使搭配上齊格菲與弗蘭肯斯坦的力量，也不及四郎的五成。

但兩者的出發點致命地相異，而這很有趣地剛好與「紅」槍兵（迦爾納）和齊格之間那一戰的立場相反。

天草四郎時貞夢想著未來（明日）。

齊格把一切全獻給了瞬間（現在）。

而這樣的意念連結到些微力量的差異，必然地讓兩者之間的力量幾乎保持均衡。

紫電奔馳——這不是幻影，以可稱之為「弗蘭肯斯坦化」的狀態加速。

追不上。

超載，早已超越極限。

肌肉組織反覆破壞與修復，神經斷了又接上，忍受這些發生之際產生的被挖開般的痛苦，揮著劍。

四郎不明白。

他知道齊格作戰的理由，知道他要挑戰自己的理由。

但是齊格沒有必要做到這樣，齊格身上應該不存在超越極限仍持續戰的邏輯，更進一步地說「黑」騎兵還活著，只要貫徹防守，應該就能獲得勝利才是——

「啊啊啊啊啊啊啊啊啊啊啊啊啊啊啊啊啊啊啊啊啊啊啊啊啊啊——！」

四郎看到伴隨著怒氣咆哮同時揮劍的齊格，理解了他的力量泉源。

那是過去自己拋棄的憤怒(東西)——

立場、願望、思想，這些都無所謂，連勝利或敗北都不重要，只是恨，恨到甚至無法忍受天草四郎時貞人在這裡。這是何等罪孽深重、俗濫的思考啊。但是，即使如此

——仍無法忍受。正因為無法忍受，所以才在這裡、在這裡揮著劍、在這裡作戰！

齊格伴隨著莫名其妙的戰吼揮著劍。

他受了傷，並且不是懼怕傷痛，而是將之轉化為憤怒，蹩腳的交劍持續著。其實只要時間拖久了，「紅」刺客就會撐不下去。然而齊格的招式並不偏向防守，他的攻擊充滿殺意，這正是原始的憤怒，因為喜歡的對象被殺害的悲傷咆哮。

而這是天草四郎時貞為了拯救人類而拚死抗拒的感情。

「你要以這樣的感情（憤怒）——挑戰我嗎？」

天草四郎與齊格同樣沒有辦法原諒對手。四郎不是因為憤怒，而是抱著使命感拒絕齊格。

不能輸。不是因為都來到了這一步，而是一路走來理解到的景色，所以不能輸。

想要成為不完美的人類的完美存在（人工生命體）。

持續以完美存在為目標的不完美事物（人類）。

齊格覺得不能原諒。天草四郎時貞覺得不能原諒。

「絕對不可以敗給你……！」

獲得純粹憤怒的人工生命體，以及拋棄了憤怒的人類，彼此異口同聲地否定了對方。因為獲得了感情而產生的衝動，與拋棄了感情而產生的決心激烈衝突。

抽——理應已經失去的右手臂因為幻痛而發出哀號。

回過神來，這才發現四郎也渾身是血，樣子之慘不輸齊格，但儘管如此，他仍勉強避開了致命傷。

怎麼可以輸。

好不容易、好不容易走到這裡了，可以看到不同以往的明日的這一天終於到來了。灌注了十七年人生和六十年人生的一切所打造的人類未來，一定會守下來。

「——唔啊啊啊啊啊啊啊啊啊啊啊啊啊啊啊啊啊啊！」

四郎咆哮。

怎麼可以輸、怎麼可以輸、怎麼可以輸……！

四郎的劍速開始一點點地超越了齊格的判斷。

齊格菲的眼力告訴齊格，如果這樣下去，再過不久他毫無疑問會死。而且更重要的是，還有一件應該擔憂的狀況正在進展著。

齊格綜合這一切進行邏輯考察，得出結論。

自己可能會死，但如果只是追著他無法取勝。

第一下，彈開橫掃。四郎瞇細了眼——被察覺了。

第二下，化解突刺。瞬間，阿斯托爾弗的劍折斷了。

第三下，四郎沒有刎過頸部，而選擇了瞄準心臟的直劈……既然有弗蘭肯斯坦的寶具，就不能因為砍下了頭而安心。只要不破壞心臟，齊格就不會停止。

死神之刀揮下。

瞄準了心臟，砍進齊格右肩的厚實刀刃輕易劈開鎖骨，邊分斷肌肉組織與神經，邊準備砍進心臟。

如同四郎所想，心臟遭到一分為二——確定取勝了。

「什、麼……？」

下一秒，確信遭到顛覆。

心臟並未一分為二，在第二下之後，齊格把收集來的魔力全用去保護心臟。他祈禱事情會這樣發展，選擇了事情會變成這樣。

他有武器。

他還留有唯一的武器。他抓住了四郎的脖子與左手。好了，天草四郎時貞，陪我一起下地獄吧。

「……？」

啟用寶具，貯藏在心臟的魔力解放了其最後功能。

寶具「磔刑雷樹(Blasted Tree)」——能消滅敵我雙方，恰巧與裁決者相同的自爆寶具。

「你這傢伙——————！」

四郎雖想離開，但被齊格以全身力量壓制，無法順利行動。

與是否在花園內部無關，利用魔力捲起了雷雲和狂吹的風暴。齊格笑了，那和「黑」狂戰士過去對著「紅(莫德雷德)」劍兵露出的笑容一樣，是得意的笑，以及帶著堅定意志的眼眸。

『我……哪裡也不會……讓你去。』

心臟高唱凱歌，歌呼喚雷電，以及在這瞬間——

「弗蘭肯……斯坦……！」

四郎確實看到過去對峙過的少女身影。由閃耀黃金色的劍所產生，並且投入，那是孕育奇蹟的能量，是人類懼怕、憧憬，最終獲得的神之武器。

領悟到自己躲不掉的四郎接受了這點。儘管接受了，他仍一心想著絕對不能死而鼓足氣力。

沒打算閃躲的齊格接受了這點。他心想死了也沒關係，如果能打倒四郎，就算死了也沒關係。

落下的制裁之雷不偏不倚地貫穿了齊格與四郎兩人。

巨大聲響令卡雷斯反射性摀住耳朵，那有如神之怒，也有如齊格的咆哮。

在每個人都陷入沉默之中，只有「黑」騎兵（阿斯托爾弗）慘叫：

「主人！主人、主人，你振作點！齊格！你這混蛋，快起來……！」

這句話讓齊格動了，抓住四郎脖子與手臂的手鬆開，一把推開了四郎。四郎手中的刀就這樣埋在齊格肩上——但齊格朦朧的思考判斷，如果這樣放著不管，刀可能會被癒合在身體裡面。

齊格皺眉，勉強拔出了刀。他還活著這件事情與其說是奇蹟，更像是必然。弗蘭肯斯坦——剛剛放出的這一擊，正因為是「黑」狂戰士（弗蘭肯斯坦），才只會是模仿全力施放的「磔刑雷樹」罷了。

齊格身上雖毫無疑問帶有弗蘭肯斯坦的「某事物」，但他絕對不是弗蘭肯斯坦本人，也因為不夠成熟，所以齊格還活著。

然而……即使是這樣程度，也有著足以收拾渾身創傷的天草四郎時貞的威力了。

束縛「黑」騎兵的鎖鍊瞬間消失，騎兵連忙跑到主人身邊。

「主人、主人……！欸，你活著吧？因為我還活著，所以你還活著吧？」

「黑」騎兵一邊揉著齊格的臉一邊將他抱起。心臟，心臟還有跳動，也有微弱的呼吸，更重要的是眼睛睜著，也還有生氣。

「嗯，還活著。」

身體的熱度已經退去，但齊格知道這類似波浪，現在只是退下了，過了一會兒之後會再一舉湧上。

騎兵一邊哭一邊說著：「太好了、太好了。」齊格安慰騎兵讓他平靜下來之後，跑到蕾蒂希雅身邊。

「——別擔心，雖然失去了意識，但沒有外傷。」

卡雷斯簡單看過之後這麼說。誠如他所言，蕾蒂希雅只是睡著了，所有傷勢似乎都由身為貞德·達魯克的外殼承受下來。

確認這點之後，除了最後留下的一項工作之外，齊格該做的事情就全部做完了。

「騎兵，我有一項請託……！」

突如其來的震動讓所有人往天花板看去。砂粒和石頭碎片開始如雨水從天而降。

「『紅』刺客（塞彌拉彌斯）——」

消失了。與主人四郎一起從這地下空間消失了身影，連「紅」術士（莎士比亞）也一樣。

「還有什麼嗎……？」

卡雷斯不安地低語，齊格否定了他的話。

「不是，已經什麼也沒有了。就因為什麼也沒有了，沒必要留在這裡吧。」

大聖杯鳴動。

儘管八成已經損毀，但它仍以救贖人類為目標開始作用。它將會找出靈脈、吸取魔力，透過天之杯讓人類達到不老不死吧。

這已經不再是萬能的願望機，而是朝向單一目的前進的人類救贖機。

而正因為知道這點，「紅」刺客與其主人四郎，才傳送離開了這裡。

§§§

「紅」刺客看著四郎的傷，知道那是致命傷。

如同自己心臟的靈核已經遭到破壞那般，四郎的心臟被雷電貫穿，若要論傷勢的嚴重程度，刺客認為自己應該比較嚴重。

我方沒有敗北，至少天草四郎時貞的目的已達成。雖然成為世上唯一帝王的野心已經喪失，但這說不定原本就不存在。

第三魔法將實現真正的不老不死，那或許即使統帥他們的帝王不存在也一樣——

這麼一來，就變成是四郎欺騙了塞彌拉彌斯。這是無可饒恕的重罪，即使憤怒發狂把他大卸八塊也不厭倦。然而現在自己正在做的，卻是過去消遣他時安排的惡作劇。

「啊……刺……客……？」

四郎彷彿從深深沉睡覺醒一般，緩緩睜開眼。

「醒了嗎？但別起身可能好些。說直接點，你會死啊。」

「紅」刺客笑著，撫上殘留黑色燒焦痕跡的胸口。

「不會痛。」

「是吾給你服下麻痺痛覺神經的毒素所致，你本來應該在地上滾來滾去痛死吧。」

「這裡是——」

「花園外側，還要一些時間才會崩塌。」

回過神，發現天空已找回些許光亮。四郎嘀咕，這是人類的黎明，世界將在之後革新，已啟動的大聖杯會給人類帶來真正的不老不死，永遠的和平將會造訪——

這時他忽然有些愧疚地詢問了自己的使役者：

「……妳不生氣嗎？」

「氣你敗北了？還是氣你騙了吾？」

「兩者皆是。」

她覺得他毫不猶豫地自白格外可笑。原來如此，這男人似乎打一開始就沒打算讓自己成為女王。

「這個嘛，吾確實可以生氣，甚至可以使用世上最劇烈的毒素，讓你因為那些痛楚而剝奪你的人性。」

啊，不過——反正，已經都過去了。

「可吾累了，累到能笑著原諒你欺騙吾的程度啊……而且吾也敗了，沒有用到可以對你說三道四。」

「紅」刺客覺得事情真是一而再、再而三地不順。當時若思考能稍微切換一下，或許就不會敗北了。

「吾之願望雖未能實現，但閣下的願望似乎實現了吧。」

「嗯……若可以，我想看看那樣的世界，看看人類獲得救贖的世界。」

話雖然這麼說，但四郎笑得甚至可說爽朗，感覺他達到目的，算是相當滿足。

「紅」刺客見他這樣覺得有些不甘心。

「吾和你，誰會先死呢？」

四郎碰了碰「紅」刺客的傷。雖然她修整了外觀不至於看起來落魄，但只是如此。

四郎也理解她體內已經崩解了。

「……感覺是差不多。是說，妳又讓我枕在妳大腿上了啊。」

四郎一臉困擾的表情笑了，「紅」刺客則裝作不知情的樣子——

「別在意，你該覺得榮幸。」

這麼回話。四郎或許也發現她不打算停，於是嘆了口氣隨她去了。彼此的肉體都感受不太到痛楚，但那只是因為毒素讓知覺變得遲鈍罷了。

崩塌的聲音還很遙遠，簡直像是彼端發生的事。

之後只需要閉上眼，等待墜落。不過，這是好不容易得到的休息時間，「紅」刺客覺得就這樣睡下去有些浪費，茫然地邊想著若是四郎也這麼覺得就好，邊問他：

「……可以問件事嗎？」

「什麼事？」

「紅」刺客一副戰戰兢兢的樣子開口，並覺得別開目光的自己好沒出息。

「若事情成功，閣下會怎麼處置吾？」

讓自己成為世界女王這約定有缺陷的狀況馬上就會敗露吧，難道他打算在那之前殺害自己嗎？

「紅」刺客有些害怕這點。

「啊啊，這個啊……我想說跟妳老實招認並且道歉，妳應該會原諒我。」

——可是這個少年說出這麼悠哉的話。

「紅」刺客傻眼般問道：

「……你認為吾會接受？」

「我會盡量說服，如果這樣妳還是不能接受——那也到此為止了。原本就是我欺騙了妳，所以，如果妳不接受……」

就算被妳殺了，或者被妳變成傀儡都無妨。言峰四郎如是說道。

「原來如此，你打一開始就是這樣盤算啊。」

「紅」刺客臉上浮現冷笑，觸摸了四郎的臉頰。四郎一副著實很抱歉的樣子賠罪。

「對不起，不過要走到這一步，無論如何都需要妳的力量。」

「——吾是使役者啊，這也無可奈何。」

「真寬容。」

「現在才說些什麼也沒幫助吧，而且已經給閣下懲罰了。」

「……懲罰？」

「紅」刺客輕輕一笑，對覺得不可思議地歪著頭的四郎說：

「你無法親眼見到未來，這懲罰夠充分了吧？」

聽到這話，四郎悲傷地點點頭。

「——嗯，是啊，真是嚴重的懲罰。」

他的低語的確是真實。對為了救贖人類而奉獻人生的他來說，無法親眼看到成果，應該殘酷得可比嚴刑。

他不是為了名聲而這麼做，也不是為了讚賞而這麼做。

他只是期望能見到明天。正因為知曉他的苦惱與煩悶，「紅」刺客才溫柔地撫摸著他的臉頰。

「嗯哼，說得也是，機會難得，就給你點褒獎吧？」

「……褒獎？」

四郎彷彿第一次聽說這個詞語般歪頭。因為在他的人生之中，一次也沒有把獎賞當成目的過吧。

因為將一切全部奉獻給他人而帶來的高尚。

因為忽視一切墮落而帶來的遲鈍。

但已經沒有必要了，只有塞彌拉彌斯知曉這位男子走過的人生，那麼如果自己不犒賞他，還有誰能呢？

「沒必要耶。」

「收下吧，說來現在的吾也沒什麼像樣的獎賞便是。」

「紅」刺客（塞彌拉彌斯）不容分說地吻了上去。

接觸只消一瞬間，「紅」刺客看著茫然的四郎，咯咯笑了。

「這就是獎賞？」

「若你敢說不服氣，這回吾真的會讓你服毒啊。」

聽到女王這般鬧彆扭的說詞，四郎笑出聲音。

「——不，這獎賞非常充分。塞彌拉彌斯，謝謝妳，能遇見妳真好。」

四郎閉上眼。

「紅」刺客領悟，啊啊，這樣他就要死了。

……過去愛過的男人是一位乾癟的老人。老人沒有強行要求什麼，只對她說能見證自身死亡便足夠了。為了諂媚男人學會的舞蹈與歌聲，也被他笑著說，只要在想歌舞的時候盡情歌舞就好。

那應該是一種平穩的愛吧。

……下一位出現在自己眼前的，是因為愛上自己而進行掠奪的男子。讓自己屈服，自己愈是因為悔恨而扭曲臉孔，就愈是覺得有意思而笑的男子。

那應該是一種熱情的愛吧。

雖然不後悔殺了他，仍不改自己被他愛過的事實。

這個男人別無所求，只說需要自己的力量。對著自己訴說，為了拯救人類，需要那份力量。

於是到現在才察覺。

女王最討厭的是自己，因此厭惡想要自己、奉承自己的男人。所以四郎只需要自己的力量這點，讓她很高興。

「——哎哎，可是，為何吾總是處在這種送走人的立場啊？」

不想失去女子的老人期望自身死亡。

儘管在毒素影響下意識朦朧，祈願能奪走女子的男人仍渴望著她。

最後這個需要自己的男人踏上了再也不回頭的旅程。

雖然自己直到最後的最後，都不能理解他所追求事物的價值。即使如此，只要他滿足就夠了。

「……真是遺憾啊。」

遺憾啊。

死在這裡、讓他死在這裡真是遺憾。

不過抱持遺憾沉睡乃人之常情，至少天草四郎時貞不是抱著遺憾，而是懷抱希望踏上旅程。

茫然地望著微微泛紫的天空，刺客覺得這樣就好了吧，笑著消失了。

§§§

「我們逃離吧，要是磨磨蹭蹭可是會倒栽蔥摔到七千五百公尺之下喔。」

聽到「黑」騎兵（阿斯托爾弗）這番話，卡雷斯毫不猶豫地猛點頭同意。「黑」騎兵抱起蕾蒂希雅。

「主人，快點……」

騎兵話說到一半停下，站在鳴動大聖杯前的齊格背對著他們。騎兵的直覺——有股非常、非常不祥的預感。

「主人？」

回過頭來的齊格一副沒什麼大不了的態度說道：

「騎兵，你們走吧，我要想辦法處理這座大聖杯。」

沉默了一會兒之後，騎兵大叫：

「…………啥、啥啊？想辦法是什麼啦！不可能啦，別鬧別鬧！我們阻止不了它，它已經為了實現願望而開始運轉了！雖然很不甘心、很不甘心，但是那些傢伙得勝了！可是……我們還活著！這樣就好了吧！」

齊格默默地搖頭。

「——確實我無法阻止大聖杯，這座聖杯已經變異成無論什麼樣的魔術師都無法阻止了吧。」

閃耀光輝的大聖杯，已然成為持續實踐第三魔法的奇蹟產物。

為所有人類降下慈祥之雨，讓靈魂從肉體解放，事情遲早會變成這樣吧。

「不過，『我有辦法處理』。」

「……你要，破壞它？」

齊格搖頭否定卡雷斯的問題。

「我要把它帶去沒有人在的地方、沒有人在的世界。畢竟不可能毀壞它，我也不想這麼做。我想遲早會有人來接收它吧，想必到那時候──它已經變成無用之物了。」

「……所以主人，你打算去哪裡？」

哪裡有這種地方。

沒有任何人的世界並不存在，騎兵表示這幾乎是說夢話吧。

「彼端的另一邊，也就是這個世界的『背面』。」

原本就作為知識理解，這個世界有著幻獸們居住的世界背面存在。

過去曾生息在這個世界的幻獸移居到了那裡，因此幻獸幾乎不存在於這個世界──

第三魔法對人類來說雖然是福音，對幻獸而言可不是如此。既然與這邊的世界分離的異世界存在，人類就無法因為第三魔法而達到不老不死。

──世界不會改變，人類不會改變，只能繼續掙扎。

「等等……等等、等等、等等！主人，不要鬧了！你要怎麼運送它？你要怎麼抵達那個世界？不可能有方法吧！」

「黑」騎兵在焦躁驅使下大喊。

答案已經出現了，剩下就是該怎麼做，以及需要什麼樣的手段。儘管覺得這樣的手段不存在──仍大喊。

「……我想，應該就是為了這件事吧。」

齊格瞇細眼睛，理解似的頷首。

他按住已經沒有令咒的右手，上面的黑色疤痕正在喧鬧蠢動著，要求他支付以「黑（齊格菲）」劍兵身分消耗掉的龐大能量的代價。

被令咒封鎖，甚至能夠束縛使役者的龐大魔力。令咒將在剎那之間將之消耗掉，而齊格利用這些魔力得以化身為「黑」劍兵。然而，說起來變化為「黑」劍兵本身就很難算是正當的用法，他屬於一種祕招、犯規的招數。

令咒消耗的魔力實在過於龐大，每次使用，流竄的魔力便會汙染肉體。若不是齊格菲就無法承受的龍血——

齊格到現在才總算理解。

他身上那不是黑色疤痕。包住自己身體的這個，毫無疑問是黑色的「龍鱗」。藉助沐浴龍血、飲下龍血的齊格菲力量，持續背負的這筆負債，終於到了清償的時候。

按照他的推測，這樣下去龍鱗會覆滿他全身，組成不成樣子（缺陷者）的生物。肉體應該無法承受增幅的龍血，終至死亡。

——哎，也就是說，那時候選擇變身的當下，就已經注定走上這條路了。

不過，這個結果也「還有一條小岔路可鑽」。

齊格透過五次變身，把身為齊格菲的記憶烙印在腦海裡。這個空間裡面有龐大魔力殘留，加上儘管多少有些受損，恐怕應該還是可以使用的第三類永動機，以及更重要的是留在此處的大聖杯。如果是在第三魔法完全實踐之前緊急介入——那麼小小的、真的很小的願望就或許有機會實現。

素材與條件已經充分具備，利用累積的命運跨越不可能的領域，也就是幾乎等於魔法的難關。

說不定自己身邊沒有任何人期望這樣的結局。或許不想承認走到這一步是命運。

但齊格現在希望。

因為沒有人希望，因為繼承了這般意志。

「你、你、你、你別說傻話啊，笨蛋！」

「——這個嘛，嗯，我大概是笨蛋吧。」

或許這樣就好。

真正的不老不死的確幸福，不會有人因此受傷。反了，甚至該說如果讓這個消失了，有人會受傷、倒下的世界又要開始。

……即使如此，即使如此齊格還是覺得不好。

每個人都期望停止爭端而掙扎著。

每個人都期望保持和平而向前邁進。

這座大聖杯會將這些判罪為毫無價值。因為你們無能、愚蠢得無可救藥，所以剩下的就交給聖杯（這邊）吧。

它是這麼宣告。

自己會抱起終有一天將學會站立的小孩並帶走，所以沒關係。努力將完全變得沒有意義。

齊格覺得這樣——雖然很幸福，但不也很悲傷嗎？而現在，唯一理解世界將變成什麼樣的齊格，被賦予了阻止這發生的權利。

「不行、不行、不行！我不准、我不認同，絕對不可以！」

「黑」騎兵大哭、大喊，淚水不斷從眼中滾滾流出。騎兵的理性雖然蒸發了，但在這種情況下腦子可是很靈活。

「……」

「不可以，不可以啦。因為這樣子你就──」

正因為理解齊格話中的含意，所以「黑」騎兵才堅決反對。

運送大聖杯，這就代表他將變得不是人。

「我啊！我們啊！想讓你獲得幸福！只要你能過普通的日常生活就好了啊……！」

嗚咽著。

痛哭著。

這一切都是為了自己，讓齊格有一點開心。

「──是啊，所以裁決者才想讓我遠離戰鬥吧。」

好幾次確認了齊格的意向。

她說，你是自由的。

儘管反抗某種啟示，仍持續告訴齊格重要的事。

「那你要說這是命運嗎？怎麼、怎麼可以有這麼殘酷的結局呢！」

騎兵一副我絕不忍耐的態度大叫。齊格見他如此拚命吶喊，高興得都快哭出來了。

騎兵正流著淚訴說真心話，大喊著不想讓齊格死掉。

……這個世界上會有多少這樣的使役者、這樣的朋友呢？

齊格有接觸過的人不多，但他有一個值得驕傲的朋友，甚至到了讓他想抬頭挺胸大喊「這就是我的使役者啊」的程度。

「這不殘酷，而且我也不會死。」

「這樣比死去還辛苦吧！我知道！我知道的喔！『我大概知道喔』！」

那等於是背負著人類的罪，走上贖罪之旅。

齊格若不依賴搶奪而來的力量，究竟要什麼時候才能夠抵達終點呢？

……至少可以確定的是，那將是漫長得幾乎可以稱為永遠的時間。

「喂，騎兵，死心吧。你的主人已經下定決心了。」

卡雷斯拍了拍騎兵的肩，騎兵吼了他一聲「囉唆」。

「為什麼，你究竟是為什麼要做到這種程度……」

軟弱的話語。

究竟是為什麼要奉獻自己到這種程度？為了不認識的人、不熟悉的世界做到這樣。

「騎兵，我相信你。」

「……咦？」

「我相信騎兵所相信的人類，也想相信裁決者，貞德．達魯克想要相信的人類。這就是答案，這就是一切。」

過去騎兵說過。

『只要我也介入了，說不定就會有什麼改變啊。』

……沒錯，齊格想要介入。

介入人類這個種族裡。他想望著無論以怎樣的形式都好，都想要介入。如果現況的的真正不老不死代表停滯不前，就該加以除去。

這就是齊格的介入方式，也是他的希望。

即使緩慢、即使徘徊猶豫，人類整體仍是持續向前的。那麼——人類終有一天會抵達夢幻的那一頭，往無限的天上去。儘管反覆著無可救藥的失敗與挫折，人仍前進著，登上階梯。

「我會先到終點等你們。」

騎兵頂著一張哭花的臉點了點頭。

震動變得更加劇烈，卡雷斯不禁焦急起來，喊著「動作快點」。騎兵召喚出鷹馬，緊緊將之抱了過來。

「唔，因為沒辦法才讓你坐上來喔。」

「……啊啊，嗯，大恩大德沒齒難忘，但麻煩你快點。」

聽騎兵這麼說，卡雷斯儘管著急，仍跳上了鷹馬。騎兵抽了鷹馬一鞭，接著回頭——大喊。

「主人！加油啊！」

齊格面對這身為一個人理所當然有的激勵，笑著大喊回應：

「嗯！你也加油！」

騎兵等人上了鷹馬，鷹馬嘶鳴一聲，騎兵直到最後仍看向齊格，依依不捨地離去。

「……好。」

齊格看向大聖杯，閃閃發亮的第三魔法成就裝置。

說實話，他有點害怕，不是怕死，而是怕會去到什麼境界。即使如此，齊格還是選擇了。

「——在現已消失的五道令咒之下，我將支付代價。」

沒有痛楚。

但某些事物從內側毀壞——擴散開來的感覺。

起點不用說，是從心臟開始。與方才的戰鬥相同，讓魔術回路加速，探索記憶，想起幾度在夢中造訪過的龍之洞窟。獲得遺傳情報，重要的只有能力，無須連內部都加以架構。

想到了「黑」劍兵（齊格菲）。想到那個儘管希望成為正義使者，卻仍為了有點不同的什麼而揮劍的男子。

想到了「黑」騎兵（阿斯托爾弗）。想到那個救了自己，直到最後仍陪伴自己的最棒搭檔。愉快地想著從自己的狀況來看，或許騎兵將成為聖杯大戰真正的贏家。

想到與自己並肩作戰的使役者們，以及敵對的使役者們。

無論善惡，都是為了自己相信的某些事物而戰的英雄——從他們身上學到了許多。

想到了魔術師們。

追求根源，為此消耗自身與他人的人生，卻又因無所作為地結束而絕望的人們。他們或許愚昧，自己或許一輩子都無法理解他們，但那愚昧有時又會化為尊貴的存在。

想到了天草四郎時貞。

想到儘管絕望，仍持續祈願拯救人類的他。明明一切都是正確的，卻有一點點錯了……直到現在這個瞬間，齊格仍猶豫著。

雖然猶豫，還是選擇了這麼做。

而最後，想到了裁決者。當時沒能澈底收拾局面，她究竟是如何悔恨地消失了呢？她抱著犧牲自己也要打倒天草四郎時貞的覺悟。也依稀察覺到事情會發展成這樣吧。畢竟她聽得見上天給她的啟示、引出的未來之路……齊格有點同情她，覺得這是一種跟詛咒沒兩樣的特性。

而儘管如此她仍帶來了希望、懷抱著希望。齊格心想，那麼就相信吧，一開始感受到的恐懼已經淡去，只留下昂揚感。

「……嗯，這是我的期望。」

每個人都希望能達成自己的心願而生，但能達到這層領域的人類是少數。這並不是什麼犧牲自我，而是自己想要這麼做，所以很開心。

那麼，準備飛向那一頭吧。

§§§

「等、等一下，這樣不妙，絕對不妙啊！」

也難怪卡雷斯要慘叫，因為坐了三個人的鷹馬只能搖搖晃晃地飄浮著。仔細一看，可發現牠的翅膀四處是傷，至今明顯已經用出了超越極限的力量了。

「好好抓緊啊！不好意思，要是摔下去就真的沒救了！」

「黑」騎兵大聲說。天花板崩塌、瓦礫灑下，鷹馬目前處於擠出最後力量勉強躲開這些的狀況。

以全力穿過走廊，鑽進裂開的天花板。

騎兵拍了拍鷹馬的脖子，牠也以高聲嘶鳴回應。騎兵儘管心想不能回頭，仍好幾次回頭往「他」的方向看去。

不捨、疑問以及其他許多攪和再一起的情緒混雜，即使如此，抱在懷中的少女體溫仍是如此確實。

瓦礫差點要砸到蕾蒂希雅，騎兵於是壓在她身上防範。後來他甚至停止呼吸，只想著要逃離花園。雖然呼吸困難，很像泡在水裡的感覺——但前方有著微弱光亮。

嗡嗡——嗡——嗡嗡——

崩塌的聲音有如巨人的哭泣。最終理解什麼也沒能完成的花園正在哭泣，或者是聖杯正在哭泣。

騎兵甩開甚至算不上愚蠢的感傷，祈禱不要傷到蕾蒂希雅絲毫——只是祈禱著。

受傷的鷹馬用頭撞破天花板，終於鑽出了逐漸崩塌的花園。「黑」騎兵再次回頭望了花園一眼。

然後看到了。

§§§

儘管崩塌聲響進逼，「紅」（莎士比亞）術士仍哼著歌專注地寫稿。

「這像是獲勝了，也像是敗北了。雖然不是好結局，但也難說是壞結局，怎會是個這麼不上不下的結局呢？哎，這也沒辦法吧，正所謂『人生是雜色毛線織成的布，（The web of our life is of a mingled yarn,）善與惡錯綜在一起（good and ill together.）』。」

天上地下「轟」地震動，掉落的書本灑在莎士比亞頭上。

「紅」術士完全不關心掉落的書本與毀壞的書架。

「紅」術士喜好寫作，喜好完成創作，實際上讚賞什麼的不重要，重要的是能不能把自己覺得有趣的內容寫得有趣，這就是一切。

他相信。

人類的夢想、人類的野心、人類的憤怒。

這世上不缺有趣奇妙的事物，即使缺了，只要自己持續提供就沒問題。

這次的故事也非常有趣，每個人都拚死求生，拚命思考。無論是悲劇、是喜劇，還是其他種類，能夠將之記錄下來，就是一種單純的幸福。

「英靈、人類、魔術師，甚至人工生命體都一樣，材料是相同的。『我們的本質原來也和夢的一般』（We are such stuff as dreams are made on）……天草四郎時貞的夢、塞彌拉彌斯的夢、貞德．達魯克的夢、人工生命體的夢。若不記錄下這些激動又虛渺的許多夢，還算什麼作家！」

崩塌已迫在眉睫。

儘管如此，「紅」術士仍不停止寫作，即使一半身體已經消失也沒問題。從腳開始消失真是幸運，畢竟——只要有雙手，就還能寫稿。

「哎呀。」

外牆崩塌，一陣強風吹來。即使如此仍不放棄地書寫原稿的「紅」術士，瞥了外頭的黑影一眼——

§§§

褪下身為貞德・達魯克外殼的蕾蒂希雅，原本應當可以傳送到她所期望的地點。無論是誕生的故鄉、整件事情出發點的學校，都可以自由選擇場所。

但是她期望留在當場，無論這是多麼危險，她都選擇了見證這場戰爭直到最後。

──聖女說，這是戀愛。

──她認為，這不是戀愛。

雖然欠缺思慮，但也不想讓這首度產生的情感就這樣曖昧下去。剩下的只有這般無聊的想法，但蕾蒂希雅覺得這是正確的。

「……蕾蒂希雅！妳看，妳看啊！」

因為某人的呼喊而清醒，現在已經不需要為自己飛翔空中而驚愕了。

但被喚醒之後睜開眼，映入眼簾的是──

「──啊啊。」

那兒有一條龍。

蕾蒂希雅不明就裡地流下眼淚，擁有巨大黑色翅膀的龍口中牢牢地啣著大聖杯。

牠沐浴著淡紫色的黎明之光，正打算飛離這個世界。

踏上旅程。

往未知世界而去。往沒人知道的世界而去。為了讓世界維持原樣，龍抱著人類世界的希望飛向遠方。

——傳說中有道。

所謂法布尼爾，是過去曾為人類的龍。因為抗拒分享獲贈的黃金，兄弟之間因而醜陋膚淺地互相殘殺，最終獲勝的他選擇變成非人哉的存在。

那麼，眼前這條龍也免不去遭到邪惡的非難。因為龍抱著人類世界的希望，打算離開這個世界。

然而，龍的眼中沒有一絲陰影，也沒有邪念。牠大大展開雙翅，自豪地飛向天。

「黑（阿斯托爾弗）」騎兵領悟到，被令咒宣告的「死亡（Dead Count）」——那正是身為人類這個種族的死亡。

之後成為幻想之獸——懷抱著人的情感，外型卻是邪龍（法布尼爾）的模樣。

目的地是世界的另一面，往遙遠的彼方而去——

「你真的要去呢。」

「黑」騎兵讚嘆，真是厲害。

「齊格先生會怎麼樣呢？」

「別擔心，他只是去了很遠的地方，依然不改他還活著的事實。」

「這樣子啊。」

「黑」騎兵溫柔地詢問懷中的蕾蒂希雅：

「這樣好嗎？」

「……嗯，離開聖女之後，我得以確定了。」

嚮往著。即使平淡，仍不受挫的意志之堅強程度。對於像自己這般，甚至連該往何處去都無法決定的人來說，儘管迷惘，卻能持續前進的他是如此耀眼。

——戀愛的不是我。

——愛慕的是她。

——疼愛的是我。

——尊敬的不是她。

「那兩人還會再見面嗎？」

「會的，因為就是如此希望啊。」

回歸英靈座的聖女。

前往世界背面而去的龍。

雖然是非常、非常遙遠的距離，但「黑」騎兵一點也不懷疑自己的說詞。其中一個是頑固得無可救藥，另一個則是悠哉得可以等上一千年。

所以，會見面。

眼見龍的龐大身軀漸行漸遠，「黑」騎兵和蕾蒂希雅只是靜靜地望著牠的背影。儘管目睹有如魔法般的奇蹟展現，但兩人仍只為他的高尚而感嘆。

身為作家，有一句最忌諱，同時最喜愛的話語。

有時作家甚至無法到達這般境界，有時作家必須隨著苦澀的判斷說出這番話。

緊緊握住原稿，承受著強烈風壓振筆疾書。剛才已經知道龍出現了，只要多少知道莎士比亞大名的人，就算投入全部財產應該也想要入手的原稿，就這樣一張接一張飛向遠方。

這是言峰四郎的故事，是貞德．達魯克的故事——但更重要的，是名為齊格這位人工生命體的故事。

若人的目標是天。

即使是仿人者（人工生命體），也有可能成為龍種（幻想）。

這真是美妙的真實，於是就這樣寫下最後一句話——加上簽名。勾出一個小孩般的笑大喊：

「哈哈哈哈哈！結束啦（The End）！這就結束啦！完結了、完結了啊！啊啊，可是啊——吾輩也想當主角啊！」

「紅」（莎士比亞）術士在最後的最後吐露了這般真心話。

他有些遺憾自己只能當個旁觀者，並消滅了。

往遠方、往遠方。

龍奪走了人類的夢想，踏上旅程。

這是何等邪惡啊。

但對龍來說，真的是何必到現在才提。畢竟牠是邪龍，身為人類的敵人，對牠來說才是存在的理由。

有人喊著：放下它。

龍回話：跟我來。

得意地露齒而笑，嘲笑著說：你自己去做吧。

說：戰吧。以拳頭作戰、以劍作戰、以槍作戰、以武器作戰、以對話作戰，與自己一戰。

然後與憎恨作戰、與悲哀作戰、與絕望作戰——這麼一來，就能給予挑戰龍的權利，可以給出龍帶走的寶物。

隨著時間經過，寶物的價值將會消滅，等人類獲得真正帶來不老不死魔法的時候，這種東西將變得沒有意義了吧。

這樣就好。

相信這樣的邪惡，終有一天將變得沒有任何意義。

龍振翅高飛。

——就這樣。

在龍的身影消失之前，龍確實把頭轉向了「黑」騎兵騎乘的鷹馬。龍看著兩人微微頷首，接著大大振翅消失身影。

# 終章

# 終章

亨利・科安德國際機場。

蕾蒂希雅回國之際所必須辦理的所有手續，都在卡雷斯全權負責之下處理完畢。過去以貞德・達魯克身分抵達此地的少女，將以蕾蒂希雅的身分回到法國。

她對來到櫃臺，為辦完巴黎直飛航班相關手續的她送行的「黑」騎兵說：

「真的很謝謝你這麼照顧我，請幫我向卡雷斯先生致謝。」

「啊啊，妳別在意、別在意啦，妳完全就是被連累的立場嘛。」

……即使聖杯大戰結束，「黑」騎兵仍能持續現界，他與齊格之間的因果線並未中斷，卡雷斯甚至拋出了「……他到底什麼時候才會回來？」這般禁忌問題。

當然，騎兵本人也不知道，看來即使在世界的背面，自己和主人的因果仍聯繫著。這讓「黑」騎兵覺得很高興。

蕾蒂希雅稍稍垂肩。

「妳怎麼了？」

「不，我只是覺得世界上有形形色色的人呢，真的很澈底地體會了。大家都是很出色的人──」

只是這樣想，幾乎要壓垮自己的劣等感就浮現而出。

為了某種事物而賭命的戰士們。

只靠努力一詞無法表現，揮灑熱血的拚命程度。

「妳在說什麼啊，妳也很出色啊。」

「出色的不是我，而是聖女大人──」

「不對不對，是聖女大人很出色，妳也很出色。如果妳不出借身體，這段故事就不會開始了。」

無論怎麼說，出借身體應該很恐怖，也可能無法置信。

但她相信了聖女的話，投身戰場之中。

「──喏，很有趣吧？」

騎兵勾嘴一笑，在她耳邊低語。蕾蒂希雅紅著臉抗議：

「我、我才沒有想這種會遭報應又不檢點的事情！」

「嗯，我想也是啦。不過齊格還活著，妳也活著，就算想一點會有報應的事情也沒關係吧？」

「這個——是啦。」

蕾蒂希雅別過目光，「黑（阿斯托爾弗）」騎兵直勾勾地窺探她的臉，臉上依然是不懷好意的笑。別過臉去的蕾蒂希雅應該是拗不過，只好微微點頭。

突然——「黑」騎兵說了句「太好了」，並緊緊、緊緊地擁住蕾蒂希雅。

「——騎兵先生？」

「謝謝，都是妳的功勞。」

帶著哭聲的低語。

這是獻給蕾蒂希雅的話語，也是給另一名少女的話語。察覺這點的蕾蒂希雅也無法忍住淚水，回了一聲「好的」。

道別就這樣結束。

上了飛機的蕾蒂希雅隔著窗戶，看著被切割開來的天空思考。思考著齊格，以及聖女的事。

兩人究竟何時才能重逢呢？可能是難以想像的將來，也說不定是出乎意料的近期。能確定的只有一點，這一天一定會到來。

閉上雙眼，與齊格之間的記憶，幾乎都只有自己還是聖女時的回憶。

然而只有一次，兩人曾經交談過。

『齊格先生，即使你不是主人、不是使役者、不會使用魔術，但只要你是你，就是一個很棒的人。』

只因傳達了這句話，就讓她完全、絲毫、一點也不覺得後悔。

明明應該是這樣，但想到聽了這句話而驚訝的齊格表情，想到聽了這句話點了點頭的他，眼淚無論如何就是會落下。

……世界的變化緩慢到急於求生的人類所無法看清，即使如此，他仍判斷世界是持續向前。

覺得不會改變的自己有朝一日也會出現變化吧，希望這樣的變化能往好的方向。

過了五分鐘，睡意襲來，雖然她努力轉著腦筋想要想起些什麼，但腦部已經開始休息。記憶被整理過後，從因為不是自己的記憶，所以被認定為多餘而遭到割捨的回憶之中拾起一片。

然後突然醒悟，綻開笑顏。

啊啊，那個人比自己所想的更——有笑容。

§§§

總之，卡雷斯把所有責任推給了達尼克·普雷斯頓·千界樹。因為他身為一族之長，且是族內第一、二把交椅的優秀魔術師，因此無法違抗，只能唯唯諾諾地聽從優先召喚出使役者的他的指示——這就是卡雷斯的說詞。千界樹實際上敗給了魔術協會，卡雷斯最先著手的便是戰後處理工作。

當然，事情不會這樣就結束，千界樹至今一點一滴累積起來的研究成果或專利一類，幾乎全都轉讓給魔術協會作為賠償了。

另外唯一有利的條件，就是千界樹保住了被視為魔術協會下一代王牌的一位男子吧。

他原本滿懷自信上陣，沒想到竟再參戰之前就敗退，這樣的狀況實在太丟臉，希望能把戰爭本身當作沒發生過——這似乎是那一家的提議。

千界樹沒有反叛，魔術協會也沒有出面討伐，事情就是這樣……當然這樣想是太天真，畢竟以魔術協會的角度來看，想要獨立本身就算是肅清的對象，是應該要把那一家的歷史「變成不存在」才算解決，另外要確保其研究成果也是常態了。

事情就是這樣，原本互有聯繫的千界樹強制解散。

也就是不准他們聯合，就分別回到身為弱小又逐漸衰退一族的那個時代吧。

卡雷斯很乾脆地接受了這樣的處置——把千界樹這一族的歷史丟進黑暗之中。卡雷斯是佛爾韋奇家的魔術師，戈爾德則是穆席克家的鍊金術師。兩邊都是接近衰退的鬥敗犬一族，已經不會再有聯繫了。

「——哼，總比被斬首示眾好吧。」

「嗯，是啊。」

殘存的兩人，戈爾德和卡雷斯異口同聲嘆息。

老實說，事情嚴重到就算被送上斷頭臺也沒得抱怨的程度，直到最後的最後，救了那五人真的算是幸運了。

「……話雖如此，這樣我們就玩完了呢，至少已經不可能在這一代做些什麼了。」

「嗯，是啊……說來，魔術師就是這麼回事吧。」

「達尼克生前曾說過，『機會來了，光是這樣就可算是過於幸運的幸運。有許多家族甚至根本無法接觸根源呢』……也就是說，我們無法好好掌握到手的機會。」

「……嗯，我們是啊。」

卡雷斯這樣低語，戈爾德訝異地看著他。卡雷斯沒有告訴任何人，具體上來說大聖杯究竟去了哪裡。魔術協會那邊完全確認大聖杯已從這個世界消失。

這樣來看，齊格應該順利完成了。

這個世界會持續轉動，會就這樣不斷畫著打轉、螺旋軌跡，緩緩地向前吧。

向前──這才是人類的責任。

「所以你要去鐘塔？」

戈爾德這麼問，卡雷斯點了個頭，聳了聳肩。

「我應該是很理想的人質吧。哎，知道狀況的人應該會用力挖苦我，但我在老家就已經習慣被挖苦了，無所謂。」

幸好在年紀方面也沒有問題。第一年應該會派人監視，但只要乖乖的應該就沒問題吧——說起來卡雷斯原本就不想鬧事。

戈爾德露出（以他而言）相當歉疚的表情。

「你怎麼打算？」

「回去之後重新教育小犬吧。差不多該重新認清現實了，我們家族真的盡是些無可救藥的鬥敗犬，要當贏家什麼的，真是遠在天邊的夢話啊。」

首先這樣澈底教訓過，如果還是想當一個魔術師，就把自己知道的所有技術傳下去，傳完的時候自己也死了。

「……嗯，你不要做得太誇張啊。」

「蠢材，他可是我兒子，要是不在這裡挫挫他的銳氣，只會造就第二個我啊。」

「——這個嘛，確實是有點像惡夢呢。」

一臉不關己事的圖兒在戈爾德背後說道。戈爾德嚇得回過頭去，卡雷斯則忍不住笑倒在地。畢竟他也想著完全一樣的事。

戈爾德有些憤慨，雙手抱胸低語：

「哼，我要先表明，這座城堡也會被接收喔。如果妳打算繼續留下，就會變成新持有人的僕人。」

圖兒以冰冷的眼神瞪向戈爾德。

「我拒絕，要物理性地從頭開始說服也太麻煩了。」

「……確實是這樣，所以該怎麼辦？」

卡雷斯這麼問，圖兒端正姿勢後回答：

「有幾個人表示想要跟著殘存的你們走，想想你們應該也需要人手打雜吧。」

「我沒辦法給太多薪水喔。」

「只要能保障衣、食、住以及身分就夠了。當然也有人志願想跟隨菲歐蕾小姐，畢竟她治療雙腿應該會花不少時間。」

「……嗯，這樣幫助很大，姊姊就拜託你們了。」

「交給我們吧。」

從兩人互動中感覺到不穩氣息的戈爾德驚訝地問道：

「……不，等一下，你們沒有把我算進去吧？應該沒有吧？」

「你說什麼傻話，你家至少要負責僱用五個人。」

「妳認為我有這個錢嗎？」

「既然是鍊金術師就想辦法弄點錢來啊。你有身為製造者的責任，別忘了這點。」

沉默了一會兒後，戈爾德大嘆一口氣：

「總覺得惡夢還好過這個。」

圖兒一臉不在乎的態度聽了點頭，卡雷斯茫然地覺得這兩人應該是不錯的拍檔。

我們（千界樹）是鬥敗犬、是敗將殘兵，不管弄錯了什麼，今後狀況都不可能好轉。

即使如此，只有一點——只有一點毫無疑問可以算是好事。

自己的親姊姊開始走上了不同道路。

沒多久前，可以開始感受到雙腿內部的熱度，應該是大部分魔術刻印都被取走後帶來的影響吧。她所學的降靈魔術大部分都是為了能極為自然地做出走路這個行為。

而只是因為她幾乎失去了這項魔術——竟然就能如此接近輕鬆地走路這個夢想。

「妳這樣好像美人魚喔。」

「黑」騎兵（阿斯托爾弗）就這樣很乾脆地說出自己因為太害羞而無法說出的形容。

因為獲得了雙腿而失去了比什麼都重要的魔術（聲音）。

……也不能告訴家人，只能就這樣背離魔術世界。

確實後悔、確實不捨，只不過最終仍不能改變雙腿能夠行動的喜悅。

懷抱小小希望的人類，就適合這樣小小的結局吧。

「菲歐蕾小姐，差不多到該出發的時間了。」

一位說要跟隨自己的人工生命體低頭示意。

「謝謝。不過，這樣好嗎？」

人工生命體一臉不在乎地反駁：

「您已經無法好好用魔術了，難道您認為自己可以做到所有事情嗎？」

「……哎，是這樣沒錯啦。」

菲歐蕾不服氣地嘀咕。確實，目前雙腿只是能感受到熱度，不仔細調查無法得知究竟能不能活動。雖說魔術刻印造成的麻痺已經消失，但這樣也只是看到希望。

只是希望……而這樣的希望，才是促進人類前進的原動力。也不知道卡雷斯是否掌握什麼，總之他已經表現出足以擔任佛爾韋奇家繼承人的成長。

「不跟令弟道別嗎？」

「不用了，昨天已經道別過了，所以我們走吧。」

今後，在自己的人生中，應該不會再與弟弟有所關連了吧。身為魔術師的他，與身為人類的自己目標並不相同。

即使因許多幸運而有緣再會，這除了單純的偶然之外也什麼都不是——最終交錯的道路又將遠離。

魔術師就是這樣的存在。探究過去與未來，分析現在。

人類就是這樣的存在。為了前往看不清的未來而回顧過去，持續向前。

「——終有一天將抵達天。」

這究竟是誰說的，指的又是誰呢？

菲歐蕾甩開這朦朧的記憶，離開了千界城堡。她坐上廂型車，回顧曾生活過的這座城堡。

看見了對她揮手的「黑」弓兵（凱隆）。

「停車！」

反射性制止正準備發車的人工生命體，並從窗戶看向城堡——當然，那不是「黑」

弓兵。

站在城堡瞭望台上的是卡雷斯，失望與安心的情緒混雜在一起，讓菲歐蕾不知該露出什麼樣的表情。

然而，菲歐蕾知道一件自己該做的事——她對著卡雷斯輕輕揮手，卡雷斯也點了點頭，這樣兩人就道別完畢了。

分別踏上分歧道路一步的少女與少年，之後將走上不同的路。

「對不起，我們走吧。」

菲歐蕾不再流淚，她已經哭乾了淚水，剩下的只有即將衝入未知境界的喜悅——車再次駛出，城堡漸漸遠離、弟弟漸漸遠離，過去也漸漸遠離。

一切都遠去、再遠去，變得看不見。所有記憶都變得淡薄。

這讓菲歐蕾有些悲傷、有些不安……但，也只是這樣。

於是乎，名為菲歐蕾・佛爾韋奇・千界樹的魔術師死了，她沒有在歷史留名，和大多數魔術師同樣消失了。

§§§

倫敦　鐘塔

艾梅洛閣下II世在自己的房間與羅克．貝爾芬邦、布拉姆．納薩雷．索菲亞利一同談話。話題不用說，自然與方才得知結果的聖杯大戰有關。

「……以結果而言，是不算太差。」

聽羅克老先生這麼說，艾梅洛聳了聳肩。

「真的算是這樣嗎？冬木大聖杯再次消失了，雖然我們邊旁觀邊準備好搶奪，但東西消失了就說不上搶奪啊。」

「不是搶奪，只是將之取回啊，II世……哎，雖然我也覺得該積極點爭取吧，但我們觀測到了因為大聖杯啟動而發生的魔力波動，如果把這項情報加入現正建構中的聖杯，應該會更提高重現性吧。」

重現冬木大聖杯的嘗試，據說是一部分魔術師從三十年前就開始推進的計畫。統整了平常來說彼此對立的幾個學科，似乎直到最近才讓完成率突破了四成。看來，羅克老先生跟這個計畫有深切關連。

「不過啊，為了實現願望而打造出能實現願望的東西，聽起來真的很奇怪呢。」

「東方國度有句成語說得好，亡羊補牢就是這麼回事。」

艾梅洛心想意思不太對吧，但為了顧慮滿臉得意的羅克老先生，決定不多嘴。

「不過從聖杯戰爭的觀點來看，這次魔術協會完全沒好處啊……聖遺物也幾乎都散失了。」

布拉姆一臉苦澀地嘀咕。對於拚死收集聖遺物的他來說，這結果實在讓人懊惱。

「索菲亞利講師，下回聖杯戰爭由你出馬如何？」

布拉姆的臉馬上開始抽搐。

「……不、不了，這就不必了，我等一族和聖杯戰爭的合適度似乎很差啊。」

一旦提起這個話題，必然會與艾梅洛閣下II世有深刻關連。見兩人同時沉默，羅克老先生帶著戲謔的笑容看著他倆。

「好了，總之先說到這裡吧。聖杯大戰由我們魔術協會獲勝，但失去了大聖杯——哎呀呀，只是前進一步也真辛苦啊。」

這麼說完，羅克老先生與布拉姆一同退出。

「話說完了嗎？」

艾梅洛嘆了口氣。雖然吃驚，但同時也傻眼。

「所以說萊涅絲（淑女），妳什麼時候在那裡的？」

萊涅絲指了指堆積起來的紙箱道：

「在你們開始談話之前就在了呢。」

她手指的紙箱倏地變化成了托利姆瑪鎢——似乎是前幾天這樣取名的水銀女僕。她終於達到雖然只有表面上，卻能輕易變化為無機物的程度了。肯定是因為費拉特（那個笨蛋）吧。

「結果好像什麼也沒拿到嘛，布拉姆真是活該。」

萊涅絲咯咯咯笑著，雖然艾梅洛家與索菲亞利家表面上維持著良好關係，但也只是一有破綻就會互扯後腿的程度，尤其萊涅絲對於在艾梅洛家陷入困境時，索菲亞利家沒有伸出援手一事可是恨之入骨。

「妳說話小心點，他不是什麼壞人。」

「是啊，那個實在是非常古典（Classic）的魔術師，可沒資格嘲笑徬徨海的阿特拉斯院。」

「說魔術師本身古典確實是很古典，但這就像是取笑巴洛克音樂或者文藝復興音樂那樣吧。」

「畢竟我喜歡齊柏林飛船啊。」

萊涅絲這麼嘀咕，托利姆瑪鎢突然開始猛烈甩著頭唱起了「移民之歌（Immigrant Song）」。

「啊，糟糕，我加了只要說出樂團名她就會自動唱歌的功能。」

「那什麼鬼功能？你們的腦袋都是用義大利麵還是什麼構成的嗎？」

因為萊涅絲太自由不受控制了，讓艾梅洛打從心底如此吐露。他很肯定費拉特‧厄斯克德司一定有在設定這個功能時參一腳，於是決定多給他增加二十倍分量的課題——

就在此時——

「——喔，教授，你有包裹——！」

正當萊涅絲辛苦地想停止托利姆瑪鎢的演唱會時，那位與這件事有關的人在非常巧妙的時機登場了。

「喔喔，吾兄啊，你想找的笨蛋自己提頭上門嘍。」

「……是啊，是我想找的笨蛋。」

萊涅絲對著前來的費拉特笑了笑，艾梅洛則用凍結般的眼神瞪著他。托利姆瑪鎢順利停止演唱，歪著頭看向了費拉特。

「什、什麼啦，我今天什麼都還沒做喔！」

「哈哈哈哈哈，從平常表現出的信用這一點來看，某種程度上來說真的沒有人相信你喔。」

也就是說，會讓艾梅洛胃痛的麻煩大多是費拉特，或者另外的雙人拍檔搞出來的花樣。

「咦？是這樣嗎？真令人高興！」

費拉特完全聽不懂這委婉的挖苦，見他害羞地紅著臉的模樣，艾梅洛只覺得太陽穴又抽痛了起來。

「……算了，包裹是吧？好像還沒打開呢。」

「哈哈哈，這是當然。啊，我分析過了，裡面是一把短劍。」

「蠢才，這就等於打開過了。真是的……不要像惡劣女神一樣，說什麼只要不穿幫，就可以偷看人家底牌之類的話啊。」

艾梅洛一邊嘮叨，一邊打開包裹。確實如他（費拉特）所說，裡面是一把短劍。這當然不是市面上流通販售的物品，而是親手製造的吧。

萊涅絲發現包裹裡面的紙片。

「裡面有封信呢，我唸嘍……『彼此都是因自身使役者而吃盡苦頭的同病相憐，讓我送上一點小禮——獅子劫界離』。啊啊，然後附註寫了上面有毒，要小心，這樣。」

「……那個人給的小禮啊。」

艾梅洛理解狀況似的頷首。只有一個下落不明——換句話說，應該是死了的受僱魔術師——獅子劫界離。這是他送來的禮物。

其實艾梅洛跟他不算熟，頂多就是透過電話接受了他兩三次報告罷了。

那麼，他為何送這個給艾梅洛呢……信的內容就代表一切了吧，他似乎也苦於對待使役者，但若要論辛苦，艾梅洛可完全不認為自己會輸。

「意思是要你用嗎？」

費拉特興味盎然地打算拿起短劍——艾梅洛阻止了他，要他別碰。

「應該是要你賣掉吧。」

這回換成萊涅絲想拿，艾梅洛同樣加以阻止。艾梅洛把短劍連同盒子一起收起來，並嚴密地上鎖，接著回頭清了清嗓子：

「這不是要我活用，也不是要我賣掉，而是要我好好寶貝。」

說起來對方或許是知道艾梅洛的財政狀況，並且在這樣的前提下，送了這個相當值錢的玩意兒。但即使如此，艾梅洛也不想變賣。

因為費拉特不知道什麼時候又會牽扯上麻煩（順便把艾梅洛也拖下水），或者她(萊涅絲)

也有可能。

到了那時候，或許——這把短劍能派上用場。無論如何，若沒有太迫切的狀況，就不需要拿出來用或者變賣吧。

「公主，老師屬於愛惜東西的類型呢。」

「不對，他單純是個小氣鬼，同時有著半吊子的收集癖。他不是在任何方面都要讓東西填滿收集冊（清單），而是只要收集到一個程度就會滿足的類型。儘管如此，他又因為擅長收拾整理，所以打造出的整體感可是相當了得。」

費拉特和萊涅絲在艾梅洛身後偷偷摸摸地故意講悄悄話給他聽。

「你們很吵喔，安靜點。」

艾梅洛雖然瞪了過去，但費拉特和萊涅絲早已習慣了，只是同步舉手說「好——」，完全不見反省態度，而托利姆瑪鎢也不知為何跟著舉手了。

艾梅洛嘆了口氣，給費拉特指派了二十倍數量的課題，並且把萊涅絲連同托利姆瑪鎢一起趕了出去，才重重坐在椅子上，閉起了雙眼。

——幻視到的是以遙遠「盡頭之海（歐開諾斯）」為目標的征服王背影。

無論怎樣追趕，都無法勝過他的愛馬布西發拉斯。即使如此仍能笑著說，反正走到盡頭總有一天一定能追上。

重要的只有一點——不要迷失，只是專心致志地持續向前奔跑。

自己確實有奔跑嗎？就算沒有，但至少有往前就好了……

正當艾梅洛茫然地想著這些時，竟不知不覺睡著了。

然後過了五分鐘，托利姆瑪鎢和萊涅絲偷偷開了鎖溜進來。萊涅絲看到呼吸平穩地睡著的他，咯咯笑了。

托利姆瑪鎢指了指櫃子，看樣子是在問：「要不要取出短劍？」

萊涅絲搖搖頭，否定了她的想法。

「哎，偶爾讓哥哥休息一下也是當妹妹的工作，托利姆瑪鎢，去泡個紅茶吧。」

萊涅絲側眼瞥見托利姆瑪鎢點了個頭，接著看向睡得毫無防備的艾梅洛的面孔，並開始煩惱該怎麼捉弄他。

§§§

——時間已是深夜。

聖杯大戰的贏家走在成為最初戰場的平原上，現在已經完全看不到人工生命體的屍體和魔像碎片，一切都弄成了漂亮乾淨的新品。

這是一片平坦，沒有什麼有趣之處可言的大地。這就是過去的戰場。

勉強能知道的只有挖開地面般的痕跡——大概就是劍兵們的劈砍造成的吧。應該沒有任何人相信這裡曾發生過戰爭吧。

腳下踏過的土壤柔軟，帶著些許草香。「黑」騎兵（阿斯托爾弗）寂寥地心想，無論經過一百年還是一千年，這股香氣都不會改變呢。

……或許因為這裡不屬於市區，沒有人們居住的住宅區存在，讓他覺得夜晚星空是如此明亮，並且不太感覺得到寒冷——這才想到自己是使役者，當然不會覺得冷了。

無論戈爾德、卡雷斯、菲歐蕾、人工生命體們都離開了，卡雷斯離開之前把相關身分證明塞給了「黑」騎兵。

他說——不管你之後要去哪裡，都需要這些。

沒錯……接下來該去哪裡呢。

目的已經達成了。雖然很難說自己是否有完成保護好主人這項工作，但他在最後笑了，更重要的是他還活著——自己還在這裡就是最好的證明。

主人與使役者之間的關係，真的很不可思議。

原本應該是被人侍奉的王、將軍、英雄們，卻被魔術師當成使魔使喚。主人因為令咒而獲得成為主人的資格，但更重要的是沒有主人，使役者將無法生存。

就像沒有人民的王算不上王那樣。

沒有主人的使役者也稱不上使役者。

那麼，現在的自己到底算是哪一種？「黑」騎兵踩著輕盈的腳步，巡著過去戰場的遺地。

在腦中來去的，是齊格在大聖杯前所說的話。

他要騎兵加油。好了，是要加油什麼呢？騎兵邊仰望著閃耀繁星，邊拚命地思考。

他很清楚自己頭腦並不聰明。

所以，只要能想得比別人多十倍——應該就能找出該做的事吧。

這時他忽然想起有一件事情應該去做比較好。

「嗯——就去走走吧。」

比方德國沃姆斯，就是那位齊格菲迎接人生結束的土地，也是成為尼伯龍根之歌舞台的德國都市。

比方法國棟雷米，現在似乎改稱為棟雷米．拉．皮塞勒。聽說那個裁決者的住家就在那裡，應該可以去拜訪看看吧。

還有印度、希臘、日本，該去的地方很多。

然後，只要到了最後回到這裡，或許就可以發現自己該做些什麼。

如果還是找不到，那就再想想。看來，自己有很充分的時間——

「好！決定好目的了！」

騎兵攤開雙臂仰望天空，主人就在繁星那一頭的另一邊，只要主人沒有切斷因果線，就等於自己被命令了「活下去」。

不只是單純存在，而是要與各式各樣的人相關、交流，並且向前。

那麼，就活下去吧。如同過往那樣，順從己意。

因為自己愚蠢，所以說不定會犯錯。

因為自己弱小，所以說不定會失敗。

即使如此——即使如此，自己就是笨，不知道一步登天的方法。

只能抱著一張哭喪的臉爬過看不見出口的隧道。

「主人！在天空那一邊的我的主人！我不知道你有沒有看著，我想大概沒有在看，但我要在這裡發誓！我無法改變世界，也無法革新人類！但我會努力！順從你最後的命令(Order)努力！所以你只要悠哉地等著就好！」

阿斯托爾弗衝出去。

相信自己終有一天會追上繁星的那一端，即使那是一千年之後的事情，阿斯托爾弗也完全不在意吧。

即使是看不見出口的隧道，他也知道隧道的那一邊有些什麼。

# Apocrypha

# Apocrypha

——那麼，來說說外典(Apocrypha)結局吧。

說的簡潔一點，這是往那一端的巡禮。

這條路途不只是險惡，甚至連走上這條路的指引都找不到。如果是不同大陸那還能踏上，即使是不同次元也有辦法可想。但世界背面什麼的根本沒有底。

……不過，在堅強的意志之前，這種阻礙沒有意義。

花費漫長歲月找出連接(Access)方法，再花費更漫長的歲月前往該處。

但是，我約好了。

不，約定什麼的不重要，我只是想見他。即使被討厭、被恨，我覺得那樣也好。

……但同時，我有自信如果被討厭、被恨了，我一定會哭出來。

兩種不同情緒在我體內拉扯。

為了確認那難以言喻的情緒，我只為了這個而反覆著巡禮。

回想起走過的那幾天，確認平靜的那兩天。這幾乎等於執著，屬於一種妄想邪念，那麼，我的腳步應該有如陷入泥沼才是。

因為這是積怨，邪惡絕對是該要被清除的對象。

……然而，心裡卻奇妙地輕鬆。覺得好像有個輕佻的人對我說：「妳啊，為什麼沒有發現這就是答案呢。」而偏偏是那傢伙告訴我這點，讓我有點不開心。

也是會有這種神奇的事情呢——好了，繼續旅行吧。

走過、看過了許多地方，挖掘許多所謂地面之處深深探究，即使找不到也不痛苦。

彷彿因為永恆詛咒而徘徊的船夫一般，但這樣我也無妨。如果將永遠徘徊，那就是給我的相應懲罰。

……連這些想法，也都是多餘的。

說穿了，自己的心情非常單純。

想見他，只是想見他，想實踐再會的約定，祈願能緊緊握住他的手——

然後，想要加以確認這份彷彿漂在大海上的小瓶子般的心情。

§§§

——說得簡潔一點，那裡是個哪兒也不是的場所，是個哪兒也不是的世界。

從時間這個概念中解放出來的那個地方，沒有早晚之分，沒有太陽和月亮，只有淡淡的極光照亮天空。

這個世界沒有變化。遼闊的海洋不知波浪為何，天空也不知雲朵的飄流為何。住在這般世界的龍，覺得天空看不到月亮也見不著繁星這一點令人有些寂寥。

所以龍閉上眼睛。只要閉眼，映在眼簾的就是各式各樣寶貴的回憶。

重複幾千、幾萬次也不覺厭倦，值得誇耀的過去。

龍等待著終有一日會造訪此處的某人，那將證明人類已經上升至天際。

如果那個人是自己認識的對象就好了——牠邊這麼祈禱，邊度過每一天。

雖說是每一天，但以牠的角度來看，無論十年還是百年都沒有差別。龍的肉體對時間的經過反應非常遲鈍。

牠不會餓，也不用睡覺，只是發著呆度日。幻獸是一種好似存在，又像不存在的不明確事物。無論如何，不會有人主動接近自己，老實說這樣很好。

——只是，等待著。

名為希望的懲罰，名為絕望的福音。

——只是，被追趕著。

在那之後究竟發生過多少爭端，生出多少人嘆息，讓多少無辜存在因而死亡了呢？

……每每想到這裡，就差點要屈服，並認為自己是否做錯了。

自己或許錯了，或許做出致命性的事，人類有可能一步也沒有前進——

這樣的念頭，有如毒那般侵蝕自己。

所以天草四郎時貞才會追求簡單的救贖，只要自己一個人起義就夠了的世界。

這是不信任他人的表徵，是每個英雄都會身陷其中的陷阱。因為對自身優秀無所自覺，所以才存在的，無可救藥的感情。

而每次，牠都會想起她說相信自己的那句話。儘管抱持那樣深沉的絕望，也不屈服的聖女話語。

牠心想原來如此，這想必是必然。

自己很平凡，幾乎沒有任何比他人優秀之處，而說到比他人差的部分，用兩隻手都數不完。牠有自覺，自己只是無比幸運。

所以龍才相信。

這樣的自己都能來到這裡了，一定會有未知的某人也能抵達。

——所以持續等待。

平凡、平均且無法細數地誕生又死去的無限某人。儘管懷抱持續向下修正的夢想，仍為了向前進而流淚的愚蠢之徒們。

正因為是這樣的他們，才能夠踏出強力的一步。不是仰賴偉大的英雄拉著他們的手，也不是倚靠聖人在背後推他們一把，只憑藉自身意志，踏出向前的一步。

牠相信。

懷抱著人類正是如此的希望。

而這樣的人類終有一天將——

「請起來。」

一道聲音響起。那不是幻聽，也不是幻覺，而是確實存在於此處。

儘管期待終有一天會有人來，但龍卻懷抱著不敢置信的想法睜開眼。眼中看到的存在，令牠緩頰。

她遵照約定，來到了這裡。

龍看著她那與相遇時幾乎毫無改變的模樣而瞇細了眼，看樣子自己的任務到此結束了。永恆不變的世界開始運轉，伸出的那隻手果然一如過往。

而自己握住那隻手的手，也一樣如同當年那般。

「……啊啊，果然，跟她說得一樣。」

少女看著握住的手，不禁流淚。

少女有種似乎終於理解了遙遠過往的當時所懷抱心情的感覺，那應是虛幻、脆弱，如泡泡般消逝的事物。

而如果能夠一直、一直寶貝著——多半就是為了這個瞬間。

「我不會再丟下你一個人了。」

讓你等了太久，把永遠推給你、讓你背負了萬劫，即使受到懲罰也無可奈何，即使被咒罵也無可奈何。

然而，少年絕對不會這麼做，他甚至反握住她的手，一副很抱歉的態度說道：

「旅程很漫長嗎？」

「沒有你那麼久。」

「我只是在這裡發呆等人來，雖然無聊，但不痛苦，因為妳說過會來。」

少年得意地說道，那並不是因為少女遵守約定帶給他的喜悅，而是他自己遵守了約定所產生的喜悅。以他的角度來看，少女遵守約定似乎是理所當然。

少女忍著不哭，緊緊握住雙手，只是享受著喜悅。

一切都如同那天，少女甚至心想：真的可以這樣嗎？

自己背著罪，而且是過於深重的罪。因為自己不成材，致使他背負的沉重命運。

然而，他仍像當天那樣。

自己也覺得自己跟那一天相比沒有改變。哎呀，真是一個連對自己都很遲鈍的無可救藥鄉下姑娘啊——

「……謝謝你，真的很謝謝你。」

明明還有很多話該說，但少女只能說出這句話。內心懷抱滿滿的情緒，覺得除了感謝之外，說什麼都怪怪的。

但少年似乎接受了般頷首，像是只聽了這句話就理解了一切那樣。

然後，少年說：

「好，那出發吧。我已經可以不用留在這裡了吧？」

在世界另一面持續等待著幾近永恆時間的少年，像這樣乾脆地說。

永遠什麼的，只是如半路上的休息。既然開始了，只要重新開始就好。

原來他是這樣想的嗎？他想要繼續向前。這令少女驚訝，同時也讓她無比高興。

因為死者是靜止的生物，所以如此專心致志。

因為生者在靜止的世界生存，所以不變地發著呆。

少女微笑，決定不會再放開緊握的手。

少女一副若無其事的態度說「對了對了」，並且在這段漫長又漫長的旅程終點，總算說出自己已確認的真正心意。

「——我愛戀著你。」

少女以盛開的花朵般的笑容說出了那份心意。

並抓起驚訝的少年的手，不等他回答就邁開腳步。旅行的目的已經完成，所以踏上新的旅程吧。

「好了，我們走吧。新星（世界）在等著你。」

聽少女這麼說，少年有點害羞地點點頭。

兩人邁開腳步。

走遍繁星的旅程即將開始。

# 後記

東出祐一郎

整部作品完結之後才寫的後記，多少都有半夜寫情書的元素存在。而如果作品屬於二次創作就更不在話下。

所以如果我之後回來重新讀過一遍，一定會覺得很害臊，但儘管我沒喝酒，我也要裝作自己醉了向前衝。我認為現在自己這麼做才是對的。啊啊，丟臉喔，好丟臉。

總之《Fate/Apocrypha》在此完結。雖然活下來的人們的戰鬥還會持續下去，但那又是另一段故事了。我現在覺得，我真的什麼都寫完了。如果事後回首，可能會產生一些這邊那樣寫、那邊這樣寫就好了的後悔，但總之先不管這些——現在我很滿足。

《Fate/stay night》毫無疑問是會在美少女遊戲史上留名的作品，而對我本人來說，也是持續喜愛超過十年的作品。

在劍兵路線因劍兵的真面目吃驚、在凜路線因弓兵最後那番話而流淚、在櫻路線因衛宮士郎的決定而顫抖，而有了現在的自己。

《Fate/stay night》對自己而言，或許毫無疑問是無盡的夢、無法觸及的繁星吧。

所以現在我偶爾也會茫然地想，撰寫《Fate/Apocrypha》這件事是否只是一場夢呢？夢醒之後發現自己只是一介粉絲，只是仰望那股光輝的存在呢？

這兩年真的像是化為蝴蝶快樂飛舞的時光。

《Fate/stay night》目前已播出電視動畫版（本書發售的時候，差不多是第一季結束吧），而將要在手機上發表的新型態遊戲《Fate/Grand Order》也發表了。

與其說「Fate」……更應該說奈須きのこ老師打造出的世界像是可無限擴展的邊疆，《Fate/Apocrypha》也是讓我在這個世界上玩耍的作品。

雖然這部作品確實是由TYPE-MOON BOOKS發行——但同時依然只是一部外典，是屬於奈須きのこ老師打造的TYPE-MOON世界二次創作作品。

所以如果可以，我也希望各位能來這個世界玩耍。透過思考設定，撰寫文章，或者畫圖的形式……讓我們看看「我所想到的Fate」這些二次創作的基礎，並且像虛淵玄大哥那樣大聲喊出：「我最喜歡『Fate』啦。」

比方說，在這部作品之後沒多久，成田良悟老師的《Fate/strange Fake》預定將要發售（漫畫版應該會與Fake小說版同日發售，漫畫也很棒喔！）。舞台在美國，虛假的聖杯戰爭，我想應該有人已經看過宣傳短片了吧。除此之外，還有與本作品同日發售，三田誠老師的《艾梅洛閣下II世事件簿》，是以艾梅洛II世為主角的魔術推理作品……！兩部作品都讓我期待到無法自拔。此外，還有櫻井光老師（又名櫻井・鬼啊要死了・光）所寫的《Fate/Prototype　蒼銀的碎片》在Comptiq上好評連載等，各式各樣的人所想的各式各樣型態「我所想到的Fate」獲得發表。

敬請期待「我所想到的Fate」發表，希望各位能體會在這個世界玩耍的快樂之處，且若這部作品能幫助到各位享受樂趣，那就太好了。

最後，在此向奈須きのこ大人、武內崇大人，當然還有TYPE-MOON的各位；在魔術考證方面諸多叨擾的三輪清宗大人；協助翻譯莎士比亞作品的海法紀光氏；打造《Fate/Apocrypha》線上版設定、插畫的各位創作者；還有一直陪伴這部作品的插畫家近衛乙嗣老師致上深厚的謝意。

這是一段漫長又漫長的旅程，儘管與「Fate」相關的沉重壓力讓我跌跌撞撞，但還是勉強完結了。

一點點小想法能發展成全五集的作品，除了意想不到的幸運使然之外別無其他。希望至少能以像樣的形式把這份幸運——打造成各位會覺得有趣的作品就好了。

啊啊，希望各位覺得有趣啊！

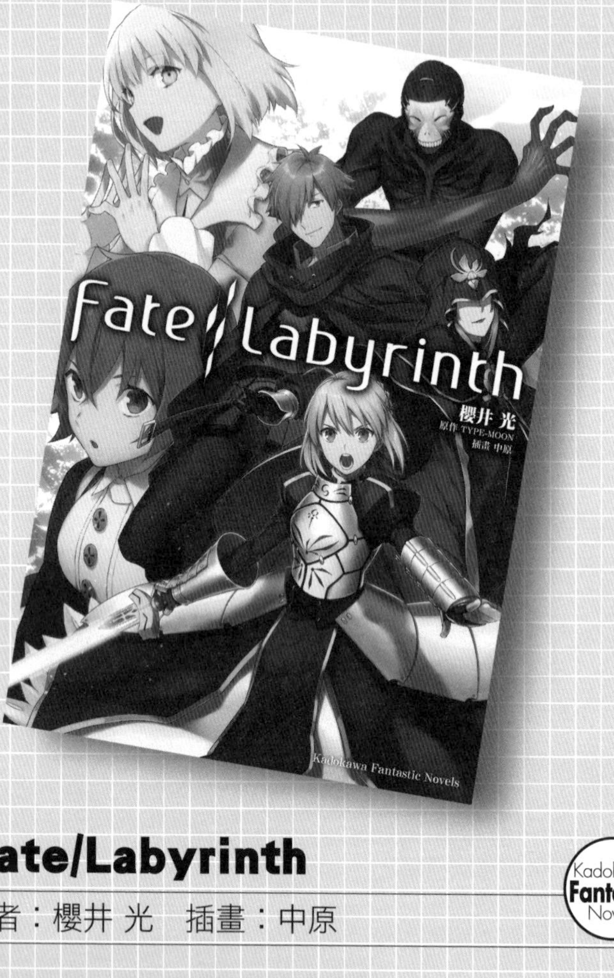


# Fate/Labyrinth

作者：櫻井 光　插畫：中原

Kadokawa Fantastic Novels

## 召喚自《Fate》各系列的使役者
## 在新篇章的傳說迷宮中相會！

艾爾卡特拉斯第七迷宮是惡名昭彰，吞噬所有入侵者的魔窟。然而卻因某種原因，迷宮內的亞聖杯指引沙条愛歌，使她的意識附在來此處探險的少女諾瑪身上。面對各類幻想種、未知使役者阻擋去路，愛歌/諾瑪究竟能夠達成目標全身而退嗎？

NT$300/HK$98

# 艾梅洛閣下II世事件簿 1~5 待續

Kadokawa Fantastic Novels

作者：三田誠　插畫：坂本みねぢ

**失控的魔眼、神祕的英靈與死徒的產物——**
**在錯綜複雜的案件中，魔眼拍賣會終於開始！**

在魔眼蒐集列車上發生的凶殺案朝著出乎所有人意料的方向發展。艾梅洛閣下II世遭到新登場的戰士襲擊而倒下，這輛列車也面臨重大威脅。為了脫離險境，格蕾與持有過去視魔眼的代行者——卡拉博、自稱間諜的少女——伊薇特共同合作，然而……

各 **NT$200~270/HK$65~80**

國家圖書館出版品預行編目資料

Fate/Apocrypha 5 邪龍與聖女 / 東出祐一郎作 ;何陽譯 -- 初版 -- 臺北市 : 臺灣角川, 2020.06

面 ;　公分. -- (Kadokawa fantastic novels)

譯自 : Fate/Apocrypha 5「邪竜と聖女」

ISBN 978-957-743-816-4(平裝)

861.57　　109005096

Kadokawa Fantastic Novels

# Fate/Apocrypha 5（完）

「邪龍與聖女」

（原著名：フェイト/アポクリファ 5「邪竜と聖女」）

2020年6月24日 初版第1刷發行

作 者：東出祐一郎
插 畫：近衛乙嗣
譯 者：何陽

發行人：岩崎剛人
總經理：楊淑媄
資深總監：許嘉鴻
總編輯：蔡佩芬
編 輯：孫千棻
美術設計：莊捷寧
印 務：李明修（主任）、張加恩（主任）、張凱棋

發行所：台灣角川股份有限公司
地 址：105台北市光復北路11巷44號5樓
電 話：（02）2747-2433
傳 真：（02）2747-2558
網 址：http://www.kadokawa.com.tw
劃撥帳戶：台灣角川股份有限公司
劃撥帳號：19487412
法律顧問：有澤法律事務所
製 版：尚騰印刷事業有限公司
ISBN：978-957-743-816-4